T0025559

Beren y Lúthien

Biblioteca J. R. R. Tolkien

J. R. R. Tolkien

Beren y Lúthien

Editado por Christopher Tolkien

Ilustrado por Alan Lee

minotauro

Obra editada en colaboración con Editorial Planeta – España

Título original: *Beren and Lúthien*

Publicado originalmente en el Reino Unido por HarperCollins Publishers en 2017

Bajo el sello editorial BOOKET M.R.
Avenida Presidente Masarik núm. 111,
Piso 2, Polanco V Sección, Miguel Hidalgo
C.P. 11560, Ciudad de México
www.planetadelibros.com.mx

Adaptación de portada: Booket / Área Editorial Grupo Planeta
Ilustración de portada: © Alan Lee, 2017

Primera edición impresa en España en Booket: octubre de 2020
ISBN: 978-84-450-0907-9

Primera edición impresa en México en Booket: mayo de 2022
Segunda reimpresión en México en Booket: noviembre de 2022
ISBN: 978-607-07-8743-0

Impreso en los talleres Impresora Tauro, S.A. de C.V.
Av. Año de Juárez 343, Colonia Granjas San Antonio, Iztapalapa
C.P. 09070, Ciudad de México.
Impreso en México –*Printed in Mexico*

J. R. R. Tolkien es el celebrado creador de la Tierra Media y el autor de obras de ficción tan clásicas y extraordinarias como *El Hobbit*, *El Señor de los Anillos* y *El Silmarillion*. Sus libros han sido traducidos a más de sesenta lenguas y se han vendido millones de ejemplares en todo el mundo.

Christopher Tolkien es el tercer hijo de J. R. R. Tolkien. Elegido por Tolkien para ser su albacea literario, dedicó su vida desde la muerte de su padre en 1973 a la edición y publicación de su obra inédita, entre la que destacan *El Silmarillion* y las colecciones de relatos tituladas *Cuentos Inconclusos* y *La Historia de la Tierra Media*.

Alan Lee es el ilustrador de la aclamada edición especial de *El Señor de los Anillos*, así como de la edición conmemorativa de *El Hobbit*. Estudió diseño gráfico y la representación de los mitos celtas y nórdicos, y ha ilustrado un amplio abanico de libros.

Para Baillie

Índice

Lista de ilustraciones

Prefacio

Tras la publicación de *El Silmarillion* en 1977 dediqué varios años a investigar la historia más antigua de la obra, y a escribir un libro al que llamé *La historia de El Silmarillion*. Más tarde se convirtió en la base (algo abreviada) de los primeros volúmenes de *La Historia de la Tierra Media*.

En 1981 escribí una larga carta a Rayner Unwin, el presidente de la editorial Allen and Unwin, con un resumen de lo que había hecho (y lo que seguía haciendo). En aquel momento, tal y como le conté, el libro tenía una extensión de 1.968 páginas, en un formato de unos cuarenta y dos centímetros, por lo que evidentemente no estaba para publicar. Le dije: «Si y/o llega a leer el libro, se dará cuenta enseguida de por qué he dicho que no veo cómo podría publicarlo. Las discusiones sobre el texto y otras cuestiones son demasiado detalladas y minuciosas; la cantidad de material es (y progresivamente lo será aún más) prohibitiva. Lo he hecho en parte por satisfacer mi propio deseo de poner todo en orden, en parte porque quería saber cómo la concepción en sí realmente fue desarrollándose desde sus primeros inicios...

»Si este tipo de pesquisas llega a tener algún interés en el futuro, quiero asegurarme, hasta donde esto sea posible, de que cualquier investigación sobre la "historia literaria" de JRRT no se convierta en especulaciones absurdas debido a la falta de conocimientos del auténtico sentido de la evolución de los textos. El caos y la dificultad intrínseca de muchos de los folios: las múltiples capas de cambios textuales en una sola hoja manuscrita; las vitales pistas escritas sobre pedacitos de papel, esparcidos por cualquier parte del archivo; los textos escritos sobre el dorso de otras obras; el desorden y la separación de distintas partes de los manuscritos, y la ilegibilidad parcial o total en algunos puntos de los textos, son factores imposibles de exagerar...

»En teoría podría producir muchos libros sobre la Historia, y existen muchas posibilidades y combinaciones posibles. Por ejemplo, podría hacer "Beren", con el Cuento Perdido original,[1] *La Balada de Leithian*, y un ensayo sobre la evolución de la leyenda. Mi preferencia, si algún día llegamos a hablar en términos tan positivos sobre este asunto, probablemente sería el tratamiento de una leyenda como una entidad en desarrollo, antes que tratar todos los Cuentos Perdidos de golpe; pero las dificultades expositivas de tanto detalle serían en tal caso grandes, porque uno tendría que explicar muy a menudo lo que ocurre en otro lugar, en otros escritos no publicados».

Dije que disfrutaría con la tarea de escribir un libro llamado «Beren» siguiendo el planteamiento que acababa de sugerir; sin embargo, «sería problemático organizar el material de tal manera

1. «Los Cuentos Perdidos» es el nombre de las versiones originales de las leyendas de *El Silmarillion*.

que fuera comprensible sin que las intromisiones del editor fueran abrumadoras».

Cuando escribí esto, mis afirmaciones sobre la publicación eran sinceras: no tenía ninguna esperanza de que fuera posible, más allá de mi propuesta de elegir una única leyenda como «una unidad en desarrollo». Parece que esto es exactamente lo que he hecho ahora —sin pararme a pensar en lo que le había dicho a Rayner Unwin en una carta escrita hacía treinta y cinco años: me había olvidado por completo de dicha carta, hasta que di con ella por casualidad cuando el presente libro ya estaba casi terminado.

Sin embargo, existe una diferencia sustancial entre este libro y mi idea original, relativa a la diferencia de contexto. Desde entonces, una gran parte de la inmensa colección de manuscritos pertenecientes a la Primera Edad, o los Días Antiguos, ya ha sido publicada en ediciones completas y detalladas: sobre todo en los volúmenes de *La Historia de la Tierra Media*. La idea de un libro dedicado a la evolución de la historia de «Beren», que me atreví a mencionar a Rayner Unwin como una posible publicación, habría sacado a la luz mucho material desconocido que no estaba disponible hasta la fecha. Sin embargo, el presente libro no ofrece ni una sola página de material original e inédito. ¿Qué necesidad hay, entonces, de publicarlo ahora?

Intentaré ofrecer una respuesta (inevitablemente compleja), o varias respuestas. En primer lugar, uno de los objetivos de las anteriores ediciones consistía en presentar los textos de modo que mostrasen adecuadamente el aparentemente excéntrico modo de composición de mi padre (a menudo impuesto por presiones externas), para ir descubriendo los diferentes estadios de la evolución de una narración determinada, y justificar mi interpretación de las pruebas.

Al mismo tiempo, la Primera Edad de *La Historia de la Tierra Media* fue tratada en aquellos libros como una historia en dos sentidos. Por un lado, era una historia propiamente dicha —una crónica de vidas y acontecimientos en la Tierra Media— pero también era una historia de concepciones literarias que iban cambiando conforme pasaban los años, por lo que la historia de Beren y Lúthien se extiende a lo largo de muchos años y en varios libros. Además, puesto que la historia se vinculó al «Silmarillion»[2] —que fue desarrollándose poco a poco—, para finalmente convertirse en una parte fundamental del mismo, su evolución queda recogida en sucesivos manuscritos dedicados fundamentalmente a la historia entera de los Días Antiguos.

Por lo tanto, no es fácil seguir la historia de Beren y Lúthien como una narración única y bien definida en *La Historia de la Tierra Media.*

En una carta de 1951, citada con frecuencia, mi padre la llama «la principal de las historias del Silmarillion», y dice de Beren que es «el mortal proscrito, el que tiene buen éxito (con la ayuda de Lúthien, una mera doncella, si bien perteneciente a la nobleza élfica) allí donde los ejércitos y los guerreros habían fracasado: penetra en la fortaleza del Enemigo y arranca uno de los Silmarilli de la Corona de Hierro. De este modo obtiene la mano de Lúthien y se lleva a cabo el primer matrimonio entre mortales e inmortales.

Como tal, la historia es una novela de hadas heroica (hermosa y vigorosa, según creo) comprensible en sí misma con sólo un vago y general conocimiento del entorno. Pero es también un eslabón fundamental en el ciclo, privado de su plena significación fuera del lugar que ocupa en él».

2. Con el «Silmarillion», Christopher Tolkien se refiere al corpus mitológico de leyendas, a diferencia de *El Silmarillion* (el libro, publicado por primera vez en 1977, que recoge una selección de dichas leyendas). (*N. del trad.*)

En segundo lugar, tengo dos propósitos con el presente libro. Por un lado he intentado separar la historia de Beren y Tinúviel (Lúthien) de tal manera que pueda funcionar sola, hasta donde esto sea posible (en mi opinión) sin distorsionarla. Por otro lado, he querido mostrar cómo esta historia fundamental evolucionó a lo largo de los años. En mi prefacio del primer volumen de *El Libro de los Cuentos Perdidos*, dije lo siguiente acerca de los cambios que se habían producido en las historias:

> [...] en la historia de la historia de la Tierra Media rara vez había desarrollo por descarte directo: mucho más a menudo se producía por sutiles transformaciones en etapas, de modo que la formación de las leyendas (el proceso por el que la historia de Nargothrond entra en contacto con la de Beren y Lúthien, por ejemplo, un contacto que ni siquiera se sugiere en los Cuentos Perdidos, aunque ambos elementos estaban presentes en él) se parece a la formación de las leyendas entre los pueblos: el producto de muchas mentes y muchas generaciones.

Un rasgo esencial del presente libro es la presentación de los estadios de la evolución de la leyenda de Beren y Lúthien mediante las palabras de mi propio padre, ya que el método que he empleado consiste en la extracción de pasajes de manuscritos mucho más largos en prosa o verso, escritos a lo largo de muchos años.

También de esta manera salen a la luz pasajes con descripciones detalladas, de un dramatismo inmediato, que se pierden en la manera resumida y condensada que caracteriza a tanto material narrativo de *El Silmarillion*; incluso llegamos a descubrir elementos en la historia que más tarde desaparecieron por completo. De esta manera, por ejemplo, sale el contrainterrogatorio de Beren,

Felagund y sus compañeros, disfrazados de orcos, por parte de Thû el Nigromante (la primera aparición de Sauron), o la aparición en la historia del abominable Tevildo, el Príncipe de los Gatos, que claramente merece ser recordado, por breve que fuera su vida literaria.

Por último, citaré otro de mis prefacios, el de *Los Hijos de Húrin* (2007):

> Es innegable que hay muchísimos lectores de *El Señor de los Anillos* para quienes las leyendas de los Días Antiguos (publicadas anteriormente por separado en *El Silmarillion*, *Cuentos Inconclusos* e «Historia de la Tierra Media») son completamente desconocidas, a excepción de la reputación de que su forma y estilo son inaccesibles.

También es innegable que la presentación de los textos en los volúmenes de *La Historia de la Tierra Media* puede provocar rechazo. Esto es así porque el modo de composición de mi padre era intrínsecamente difícil, y uno de los propósitos principales de la Historia consistía en tratar de desenredarlo y de esta manera (aparentemente) exponer los relatos de los Días Antiguos como una creación de incesantes fluctuaciones.

Desde mi punto de vista, mi padre pudo haber dicho lo siguiente para explicar las razones por las que algún elemento había sido eliminado de un relato: «Llegué a la conclusión de que no fue lo que pasó»; o, «Me di cuenta de que no era el nombre adecuado». Tampoco hay que exagerar las fluctuaciones: a fin de cuentas había importantes y esenciales elementos que permanecieron. Sin embargo, está claro que yo esperaba, al componer este libro, que pudiera mostrar cómo la creación de una leyenda antigua de la Tierra Media, que cambió y se expandió a lo largo de muchos años, refleja cómo el autor buscaba una presentación del mito más fiel a sus intenciones.

En mi carta a Rayner Unwin de 1981, señalé que si me limitaba a una sola leyenda de entre las leyendas de los Cuentos Perdidos, «las dificultades expositivas de tanto detalle serían en tal caso grandes, porque uno tendría que explicar muy a menudo lo que ocurre en otro lugar, en otros escritos inéditos». Esa predicción ha resultado ser correcta en el caso de Beren y Lúthien. Había que dar con algún tipo de solución, porque Beren y Lúthien no vivieron, amaron y murieron, con sus amigos y sus enemigos, solos y sin pasado sobre un escenario vacío. Por ello he seguido mi propia solución, que ya utilicé en *Los Hijos de Húrin*. En mi prefacio para aquel libro escribí lo siguiente:

> Así pues, según las propias palabras de mi padre, es incuestionable que, si le era posible concluir los relatos finales y acabarlos a la escala que él deseaba, veía los tres «Grandes Cuentos» de los Días Antiguos (*Beren y Lúthien*, *Los Hijos de Húrin* y *La Caída de Gondolin*) como obras lo suficientemente completas en sí mismas como para no necesitar el conocimiento del gran corpus de leyendas conocido como *El Silmarillion*. Por otro lado, tal como mi padre observó en el mismo lugar, la historia de los Hijos de Húrin forma parte de la historia de los Elfos y los Hombres en los Días Antiguos, e incluye necesariamente una gran cantidad de referencias a acontecimientos y circunstancias de esa historia más amplia.

Por ello, presenté «un brevísimo esbozo de Beleriand y sus pueblos cerca del final de los Días Antiguos», e incluí «una lista de todos los nombres que aparecen en el texto con indicaciones muy concisas de cada uno». En el presente libro he adoptado el método del esbozo breve de *Los Hijos de Húrin*, adaptándolo y acortándolo, y de la misma manera he incluido una lista de todos los nombres que ocurren en todos los textos, en este caso con indicaciones explicativas de la más variada índole. Este material auxiliar no es de ningún modo esencial, sino que está concebido como una ayuda para aquellos que lo estimen necesario.

Otro problema que debo mencionar surgió a partir de los muy frecuentes cambios de nombres. No ayudaría a mi propósito con el presente libro el seguir con exactitud y consistencia la sucesión de nombres en textos escritos en diferentes momentos. Por ello no he aplicado ninguna regla general a este respecto; he distinguido entre lo viejo y lo nuevo en algunos casos, pero no en otros, y por varias razones. En muchísimos casos, mi padre alteraría un nombre en un manuscrito en un momento posterior o incluso muy posterior, pero no de manera consistente: por ejemplo, de «Elfin» a «Elven».[3] En estos casos he usado «Elven» como la única forma, o Beleriand en lugar del anterior nombre Broseliand; mientras que en otras ocasiones he mantenido ambas formas, como en los casos de Tinwelint/Thingol y Artanor/Doriath.

El propósito del presente libro, por lo tanto, es marcadamente diferente del de los volúmenes de *La Historia de la Tierra Media* de los que deriva. No está en absoluto concebido como una obra auxiliar para aquellos libros. Tampoco es un intento de extraer un elemento narrativo de un vasto conjunto de una extraordinaria riqueza y complejidad; aquella narración, la historia de Beren

3. Ambos adjetivos tienen el sentido de «relativo a los Elfos»; «élfico(s)/a(s)». (*N. del trad.*)

y Lúthien, fue evolucionando por su cuenta constantemente y se desarrollaron nuevas asociaciones a medida que la leyenda fue integrándose en la historia más amplia. La decisión de qué incluir y qué dejar fuera de aquel mundo antiguo «en general» sólo podía tomarse a partir de criterios personales, a menudo cuestionables: en semejante intento no puede haber un «camino correcto» discernible. Sin embargo, en términos generales he dado preferencia a la claridad, resistiendo el deseo de profundizar en las explicaciones para no socavar el propósito principal y el método del libro.

En este mi nonagésimo tercer año de vida, éste será (presumiblemente) mi último libro de una larga serie de ediciones de los escritos de mi padre, previamente inéditos en su mayoría, y tiene un carácter un tanto curioso. He elegido este relato *in memoriam* no sólo por su arraigada presencia en la vida de mi padre, sino que también por sus insistentes reflexiones sobre la unión entre Lúthien, a quien llamaba «la más grande de los Eldar», y Beren, el Hombre mortal, y acerca de sus destinos y segundas vidas.

La historia se remonta a tiempos muy pretéritos en mi propia vida, porque constituye mi primer recuerdo nítido de un elemento concreto de una historia que me contaron, y no meramente una imagen recordada de la ocasión de la narración. Mi padre me la contó, o partes de ella, sin tener un texto delante, a principios de la década de 1930.

El elemento visual de la historia que recuerdo es el de los ojos de los lobos que fueron apareciendo uno tras otro en la oscuridad de la mazmorra de Thû.

El año después de la muerte de mi madre, que también fue el año anterior a la muerte de mi padre, me escribió una carta sobre ella en la que hablaba de su abrumadora sensación de pérdida, y de su deseo de inscribir el nombre de Lúthien debajo de su nombre en la lápida. En aquella carta, y también en la que se cita en la página 33 del presente libro, volvió al origen del relato de Beren y Lúthien, en un claro de un bosque lleno de cicutas cerca de Roos, en Yorkshire, donde ella bailó; y dijo: «Pero la historia se ha torcido, y he quedado abandonado, y *yo* no puedo implorarle al inexorable Mandos».

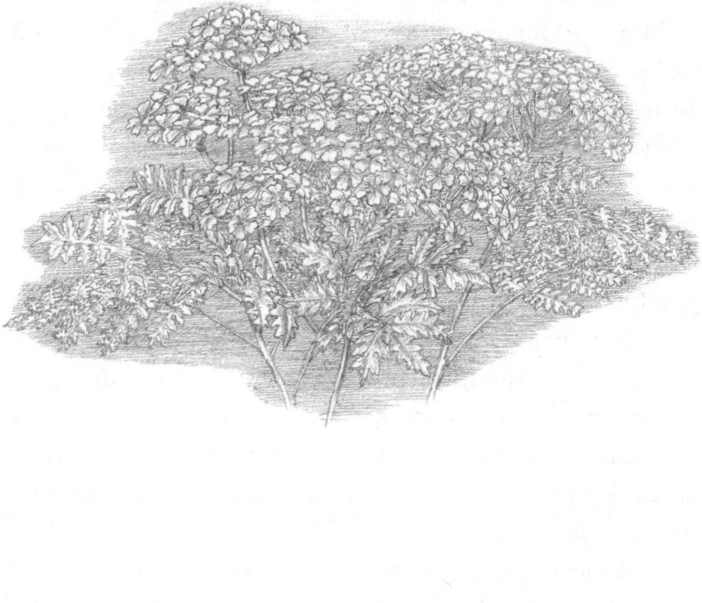

Notas sobre los días antiguos

La profundidad temporal a la que nos remite esta historia fue transmitida de manera memorable en un pasaje de *El Señor de los Anillos*. En el gran concilio en Rivendel, Elrond habla de la Última Alianza de Elfos y Hombres y de la derrota de Sauron que tuvo lugar más de tres mil años antes, al final de la Segunda Edad:

> En este punto Elrond hizo una pausa y suspiró.
>
> —Todavía veo el esplendor de los estandartes —dijo—. Me recordaron la gloria de los Días Antiguos y las huestes de Beleriand, tantos grandes príncipes y capitanes estaban allí presentes. Y, sin embargo, no tantos, no tan hermosos como cuando destruyeron a Thangorodrim, y los Elfos pensaron que el Mal había terminado para siempre, lo que no era cierto.
>
> —¿Recuerda usted? —dijo Frodo asombrado, pensando en voz alta—. Pero yo creía —balbuceó cuando Elrond se volvió a mirarlo—, yo creía que la caída de Gil-galad ocurrió hace muchísimo tiempo.

—Así es —respondió Elrond gravemente—. Pero mi memoria llega aún a los Días Antiguos. Eärendil era mi padre, que nació en Gondolin antes de la caída; y mi madre era Elwing, hija de Dior, hijo de Lúthien de Doriath. He asistido a tres épocas en el mundo del Oeste, y a muchas derrotas, y a muchas estériles victorias.

De Morgoth

Morgoth, o el Enemigo Oscuro como lo llamaron después, fue en su origen, tal y como él mismo dijo cuando Húrin fue llevado ante él como prisionero, «Melkor, el primero y más poderoso de todos los Valar, que existió antes del mundo». Convertido en un ser encarnado de manera permanente, de aspecto gigantesco y majestuoso pero también terrible, y en Rey del noroeste de la Tierra Media, estaba físicamente presente en su enorme fortaleza de Angband, los Infiernos de Hierro: el apestoso humo negro que se elevaba desde las cumbres de Thangorodrim —las montañas que Morgoth había apilado por encima de Angband— se veía desde lejos, manchando el cielo del norte. Se dice en los *Anales de Beleriand* que «entre los portales de Morgoth y el puente de Menegroth había ciento cincuenta leguas: una distancia larga, pero aún demasiado corta». Estas palabras se refieren al puente que conducía a los aposentos del rey Elfo Thingol; éstos recibían el nombre de Menegroth, las Mil Cavernas.

Sin embargo, estando encarnado, Morgoth tenía miedo. Mi padre escribió sobre él:

> Mientras crecía en malicia y daba al mal que él mismo concebía forma de engaños y criaturas malignas, su poder pasaba a ellas, y se

dispersaba, y él estaba cada vez más encadenado a la tierra, y ya no deseaba abandonar las fortalezas oscuras.

Por ello, cuando Fingolfin, Alto Rey de los Noldor, cabalgó solo a Angband para retar a Morgoth a luchar con él, gritó a las puertas: «¡Sal, rey miedoso, para luchar con tus propias manos! ¡Morador de cavernas, señor de esclavos, mentiroso y falso, enemigo de Dioses y Elfos, sal! Porque quiero ver tu cara de cobarde». Entonces (según se cuenta) Morgoth acudió, porque no podía rechazar semejante reto delante de sus capitanes. Luchó con la gran maza Grond, y por cada golpe que asestaba cavaba grandes fosos en el suelo y aplastó a Fingolfin contra la tierra; pero antes de morir, Fingolfin atravesó el pie de Morgoth con su espada, clavándolo en el suelo, y la sangre negra brotó con fuerza y llenó los fosos creados por Grond. A partir de entonces, Morgoth se quedó cojo. Y también cuando Beren y Lúthien se abrieron camino hasta la sala más profunda de Angband, donde Morgoth estaba sentado en su trono, Lúthien lanzó un hechizo sobre él; y de repente cayó como una colina que se derrumba en una avalancha, y lanzado de su trono como un rayo acabó postrado en los fondos del infierno.

De Beleriand

Mientras Bárbol caminaba a grandes trancos por el bosque de Fangorn, llevando a Merry y Pippin en la parte interior de sus codos, les cantó un canción sobre los antiguos bosques en las grandes tierras de Beleriand, que fueron destruidas en los tumultos de la Gran Batalla al final de los Días Antiguos. El Gran Mar entró, anegando todas las tierras al oeste de las Montañas Azules, llamadas Ered Luin y Ered Lindon, de tal modo que el mapa que figura en *El Silmarillion* termina en el este con aquella cadena montañosa, mientras que el mapa que se encuentra en *El Señor de los Anillos* también acaba en las Montañas Azules, pero en el oeste. En la Tercera Edad, las zonas del litoral más allá de las laderas occidentales de estas montañas fueron todo lo que quedó de aquellas tierras, llamadas Ossiriand, la Tierra de los Siete Ríos, donde una vez caminaba Bárbol:

Recorrí en el verano los olmedos de Ossiriand.
¡Ah, la luz y la música en el verano junto a los Siete Ríos de Ossir!
Y yo pensé que aquello era mejor.

Los Hombres entraron en Beleriand por los puertos de las Montañas Azules; en aquellas montañas se encontraban las ciudades de los Enanos, Nogrod y Belegost; y fue en Ossiriand donde Beren y Lúthien se retiraron a vivir cuando Mandos les permitió volver a la Tierra Media (p. 226).

Bárbol también caminó entre los pinos de Dorthonion («Tierra de Pinos»):

A los pinares de la meseta de Dorthonion subí en invierno.
¡Ah, el viento y la blancura y las ramas negras del invierno en Orod-na-Thôn!
Mi voz subió y cantó en el cielo.

Aquella tierra llegó a ser conocida después por el nombre de Taur-nu-Fuin, «el Bosque bajo la Noche», cuando Morgoth lo convirtió en «una región de terror y encantamientos oscuros, de vagabundeos y desesperación» (véase p. 109).

Los Elfos aparecieron en la tierra en un país lejano (Palisor) junto a una laguna llamada Cuiviénen, el Agua del Despertar; y desde allí fueron llamados por los Valar a abandonar la Tierra Media y atravesar el Gran Mar para llegar al «Reino Bendecido» de Aman, la tierra de los Dioses, en el oeste del mundo. Aquellos que hicieron caso a la llamada fueron guiados en una gran marcha a través de la Tierra Media por el Vala Oromë, el Cazador, y se les llama Eldar, los Elfos del Gran Viaje, o los Altos Elfos, que son distintos de aquellos que, rechazando la llamada, eligieron la Tierra Media como lugar de asentamiento y destino final.

A pesar de haber atravesado las Montañas Azules, no todos los Eldar cruzaron el mar y los que se quedaron en Beleriand se llaman los Sindar, los Elfos Grises. Su alto rey era Thingol (que significa «manto gris»), que gobernaba desde Menegroth, las Mil Cavernas, en Doriath (Artanor). Y no todos los Eldar que atravesaron el Gran Mar permanecieron en la tierra de los Valar, porque uno de sus grandes clanes, los Noldor (los «Maestros de la Ciencia»), volvieron a la Tierra Media, y se conocen como los Exiliados.

El principal instigador de esta rebelión contra los Valar fue Fëanor, que creó los Silmarils; era el hijo mayor de Finwë, que había encabezado la marcha de los Noldor desde Cuiviénen, pero ahora estaba muerto. En palabras de mi padre:

> Morgoth el Enemigo codiciaba las Joyas, y las robó después de destruir los Árboles, las llevó consigo a la Tierra Media y las ocultó en su gran fortaleza de Thangorodrim. En contra de la voluntad de los Valar, Fëanor abandonó el Reino Bendecido y se exilió en la Tierra Media, arrastrando consigo a gran parte de su pueblo; porque en su

orgullo, se proponía arrebatar las Joyas a Morgoth por la fuerza. Después de eso tuvo lugar la desdichada guerra de los Eldar y los Edain [los Hombres de las Tres Casas de los Amigos de los Elfos] contra Thangorodrim, en la que fueron por fin totalmente derrotados.

Antes de la partida de Valinor tuvo lugar el terrible acontecimiento que empañó la historia de los Noldor en la Tierra Media. Fëanor exigió de aquellos Teleri, el tercer grupo de los Eldar en el Gran Viaje, que ahora vivían en las costas de Aman, que cedieran a los Noldor su flota de barcos, su gran orgullo, porque sin barcos semejante cantidad de Elfos no iba a poder atravesar el mar y llegar a la Tierra Media. Los Teleri, sin embargo, se negaron por completo.

Entonces Fëanor y su pueblo atacaron a los Teleri en su propia ciudad, Alqualondë, el Puerto de los Cisnes, y se apoderaron de la flota por la fuerza. En aquella batalla, conocida como la Matanza de los Hermanos, muchos de los Teleri perecieron. En *El Cuento de Tinúviel* (p. 45) se refiere a ello como «la crueldad de los Gnomos en el puerto de los Cisnes», véase también p. 129, versos 510-521.

Fëanor murió en una batalla poco después del regreso de los Noldor a la Tierra Media, y sus siete hijos se quedaron con amplios territorios en el este de Beleriand, entre Dorthonion (Taur-na-fuin) y las Montañas Azules.

El segundo hijo de Finwë era Fingolfin (el medio hermano de Fëanor), que se consideraba el rey supremo de todos los Noldor; con su hijo Fingon gobernó Hithlum, que se situaba en el norte y el oeste del gran macizo de Ered Wethrin, las Montañas de la Sombra. Fingolfin murió en combate singular con Morgoth. El segundo hijo de Fingolfin, el hermano de Fingon, fue Turgon, el fundador y señor de la ciudad escondida de Gondolin.

El tercer hijo de Finwë, el hermano de Fingolfin y medio hermano de Fëanor, era en los primeros textos Finrod, posteriormente llamado Finarfin (véase p. 106). El hijo mayor de Finrod/ Finarfin se llamaba, en los primeros textos, Felagund, pero más tarde el nombre cambió a Finrod y él, inspirado por la magnificencia y belleza de Menegroth en Doriath, fundó la ciudad-fortaleza subterránea de Nargothrond, por lo que fue llamado Felagund, «Señor de las Cavernas». En consecuencia, el nombre de Felagund se convirtió en Finrod Felagund.

Las puertas de Nargothrond se abrían a la garganta del río Narog en Beleriand Occidental; pero el reino de Felagund era muy extenso: alcanzaba el río Sirion en el este y al río Nenning, que llegaba al mar en el puerto de Eglarest, en el oeste. Sin embargo, Felagund murió en las mazmorras de Thû, el Nigromante, más tarde conocido como Sauron; y Orodreth, el segundo hijo de Finarfin, asumió la corona de Nargothrond, tal y como se relata en el presente libro (pp. 111, 120).

Los otros hijos de Finarfin, Angrod y Egnor, vasallos de su hermano Finrod Felagund, vivían en Dorthonion, que se asomaba sobre las anchas llanuras de Ard-galen en el norte. Galadriel, la hermana de Finrod Felagund, vivió por mucho tiempo en Doriath con la Reina Melian. Melian (en los primeros textos era conocida como Gwendeling, y otras variaciones de este nombre) era una Maia, un espíritu de gran poder que adoptó forma humana y vivió en los bosques de Beleriand con el Rey Thingol; era la madre de Lúthien y la ascendiente de Elrond.

En el sexuagésimo año tras el regreso de los Noldor, una gran hueste de orcos bajó de Angband y terminó con muchos años de paz, pero fue derrotada por completo y aniquilada por los Noldor. Esto fue conocido como Dagor Aglareb, la Batalla Gloriosa; pero los príncipes de los Elfos tomaron buena nota de ello y organizaron el Asedio de Angband, que duró casi cuatrocientos años.

El Asedio de Angband tuvo un final repentino y terrible (aunque había sido preparado durante mucho tiempo) en una noche del solsticio de invierno. Morgoth desató ríos de fuego, que corrieron por las laderas de Thangorodrim, y la gran planicie verde de Ard-galen que se encontraba al norte de Dorthonion fue transformada en una tierra agostada y yerma, conocida a partir de ese momento por su nuevo nombre, «Anfauglith», la Ceniza Asfixiante.

Este catastrófico ataque recibió el nombre de «Dagor Bragollach», la Batalla de la Llama Súbita (p. 108). En ese momento Glaurung, el Padre de los Dragones, emergió de Angband por primera vez en toda su plenitud de poder; vastos ejércitos de orcos avanzaron hacia el sur; los príncipes élficos de Dorthonion cayeron junto con una gran parte de los guerreros de la Casa de Bëor (pp. 107-108). El Rey Fingolfin y su hijo Fingon fueron repelidos con los guerreros de Hithlum y se refugiaron en la fortaleza de Eithel Sirion (las Fuentes del Sirion), donde nacía el gran río, en las laderas orientales de las Montañas de la Sombra. Los torrentes de fuego fueron finalmente parados cuando alcanzaron las Montañas de la Sombra y ni Hithlum ni Dor-lómin fueron conquistados.

Fue el año después de la Bragollach cuando Fingolfin, preso de la furia y la desesperación, cabalgó hasta Angband y retó a Morgoth.

BEREN Y LÚTHIEN

En una carta de mi padre, escrita el 16 de julio de 1964, dijo:

> El germen del intento de escribir leyendas propias que se adecuaran a mis lenguas privadas fue el trágico cuento del desdichado Kullervo en el *Kalevala* finlandés. Sigue siendo un elemento fundamental en las leyendas de la Primera Edad (que espero publicar como *El Silmarillion*), aunque, como *Los Hijos de Húrin*, está totalmente cambiado excepto el trágico final. El segundo punto fue la escritura «sacada de mi cabeza» de *La Caída de Gondolin*, la historia de Idril y Earendel, durante una licencia por enfermedad en 1917, y la versión original del *Cuento de Lúthien Tinúviel y Beren* más tarde ese mismo año. Éste se basó en un pequeño bosque con grandes sotobosques de «cicuta» (sin duda, había allí otras muchas plantas afines) cerca de Roos, en Holderness, donde pasé un tiempo en la Guarnición Humber.

Mis padres se casaron en marzo de 1916, cuando él tenía veinticuatro años y ella, veintisiete. Primero vivieron en la aldea de

Great Haywood en Staffordshire, pero a principios de junio del mismo año, él viajó a Francia para participar en la batalla del Somme. Cayó enfermo y fue enviado de vuelta a Inglaterra a principios de noviembre de 1916, y en la primavera de 1917 fue destinado a Yorkshire.

Esta primera versión de *El Cuento de Tinúviel*, como él lo llamó, fue escrita en 1917, pero no existe —o, por ser más preciso, únicamente existe de manera fantasmal en un manuscrito escrito a lápiz—. La mayor parte de la historia fue borrada; por encima de ella mi padre escribió el texto que para nosotros es la versión más temprana. *El Cuento de Tinúviel* fue una de las historias esenciales de las primeras obras principales de la «mitología» de mi padre, *El Libro de los Cuentos Perdidos*, una obra tremendamente compleja que edité en los primeros dos volúmenes de *La Historia de la Tierra Media* entre 1983 y 1984. Sin embargo, puesto que el presente libro se dedica expresamente a la evolución de la leyenda de Beren y Lúthien, me limitaré a mencionar muy brevemente el marco físico y los destinatarios de los Cuentos Perdidos, porque *El Cuento de Tinúviel* en sí apenas está vinculado a aquel entorno.

Una concepción central de *El Libro de los Cuentos Perdidos* era la historia de un marinero inglés del periodo «anglosajón», llamado Eriol o Ælfwine, quien, navegando lejos hacia el oeste, finalmente alcanzó Tol Eressëa, la Isla Solitaria, donde vivían Elfos que habían partido de «las Grandes Tierras», posteriormente llamadas «Tierra Media» (un término que no se usa en los Cuentos Perdidos). Durante su estancia en Tol Eressëa aprendió de ellos la verdadera y antigua historia de la Creación y de los dioses, los Elfos y de Inglaterra. Esta historia queda recogida en «Los Cuentos Perdidos de Elfinesse».

La obra está escrita en una serie de pequeñas y maltrechas «libretas de ejercicios», con tinta y a lápiz, y su lectura a menudo resulta formidablemente difícil, aunque después de muchas horas escrutando el manuscrito con una lente pude elucidar, hace ya muchos años, todos los textos, con solamente algunas palabras ocasionales pendientes de resolver. *El Cuento de Tinúviel* es una de las historias que los Elfos contaron a Eriol en la Isla Solitaria, en este caso la contó una doncella llamada Vëannë: había muchos niños presentes en esas sesiones. El relato contiene detalles precisos (un rasgo que llama la atención) y está narrado en un estilo extremadamente singular, con algunos arcaísmos léxicos y sintácticos, marcadamente diferentes de los estilos posteriores de mi padre, intensos, poéticos y en ocasiones profundamente «enigmático-élficos». También hay una vena subyacente de humor sardónico en las expresiones, por aquí y por allá (en la terrible confrontación con el lobo demoniaco Karkaras, mientras huía con Beren de la sala de Melko, Tinúviel le pregunta «¿Por qué estás tan malhumorado, Karkaras?»).

En lugar de esperar hasta la conclusión del relato, creo que puede ser interesante llamar la atención en este punto sobre algunos aspectos de esta primera versión de la leyenda, y ofrecer una breve explicación de varios de los nombres importantes en la narración (que también se encontrarán en la Lista de Nombres al final del presente libro).

El Cuento de Tinúviel, en su versión reescrita, que para nosotros es la primera versión, no era ni mucho menos el primero de los Cuentos Perdidos, y algunos rasgos de otros Cuentos pueden arrojar luz sobre él. Por hablar sólo de la estructura narrativa, algunos de ellos, como el Cuento de Túrin, no están muy alejados de la versión que aparece en *El Silmarillion*, tal y como fue publicado; otros, notablemente *La Caída de Gondolin*, el primero que fue escrito, aparece en la obra publicada de forma muy comprimida; y hay también cuentos, entre los que merece una especial mención el que nos ocupa, que presentan diferencias llamativas en algunos aspectos.

Una modificación fundamental en la evolución de la leyenda de Beren y Tinúviel (Lúthien) se produjo con la posterior introducción de la historia de Felagund de Nargothrond y los hijos de Fëanor; pero igualmente significativa, desde otro punto de vista, fue la alteración de la identidad de Beren. En las versiones posteriores de la leyenda era absolutamente esencial que Beren fuera un Hombre mortal y Lúthien una Elfa inmortal; pero este elemento no estaba presente en el Cuento Perdido: Beren también era elfo. (Sin embargo, se aprecia en las notas de mi padre para otros Cuentos que Beren originalmente era Hombre; y queda claro que también era el caso en el manuscrito borrado de *El Cuento de Tinúviel.*) Beren, como elfo, era miembro del clan de Elfos llamado los Noldoli (posteriormente los Noldor), que en los Cuentos Perdidos (y más tarde aún) se traduce con la palabra «gnomos»: Beren era un gnomo. Más tarde, esta traducción se convirtió en un problema para mi padre. Estaba usando la palabra «Gnomo» con un origen y un significado totalmente diferentes de aquellos gnomos que hoy día son seres diminutos especialmente asociados a jardines. Esta otra palabra, «Gnomo», derivaba de la palabra griega *gnōmē* «pensamiento, inteligencia», y apenas sobrevive en el inglés moderno, con el significado de «aforismo, máxima», junto con el adjetivo *gnomic* («relativo a los gnomos»).

En un borrador para el Apéndice F de *El Señor de los Anillos* escribió:

> He utilizado a veces (no en este libro) «gnomos» por Noldor y «gnomish» por Noldorin. Lo hice porque a algunos «gnomo» les

sugerirá todavía conocimiento. El nombre alto élfico de este pueblo, Noldor, significa Los Que Saben; porque de los tres clanes de los Elfos, los Noldor se distinguieron siempre tanto por su conocimiento de las cosas que son y que han sido en este mundo, como por su deseo de conocer más. Sin embargo, de ningún modo se asemejaban a los gnomos, sea en teoría erudita o en fantasía popular; he abandonado ahora esta interpretación por demasiado equívoca.

(Me gustaría mencionar de pasada que mi padre también dijo [en una carta de 1954] que se arrepentía de haber usado la palabra «*Elves*» [«Elfos»], ya que se había vuelto «una sobrecarga de matices lamentables» que resultan «un obstáculo insuperable».)

La hostilidad mostrada a Beren, aun siendo elfo, se explica de la siguiente manera en el antiguo Cuento (p. 46): «todos los Elfos de los bosques creían que los Gnomos de Dor Lómin eran criaturas traicioneras, crueles y pérfidas».

Bien puede parecer algo desconcertante que la palabra «*fairy, fairies*» («hada, hadas») se usa con frecuencia para referirse a Elfos. Por ejemplo, en relación a las polillas blancas que volaban en los bosques, «Por ser un hada, a Tinúviel no le molestaban», (p. 45); se hace llamar a sí misma «Princesa de las Hadas» (p. 63); se dice de ella (p. 76) que «recurrió a sus artes y a su magia de hada». En primer lugar, la palabra «hada» es sinónima de *Elfo* en los Cuentos Perdidos; y en aquellos cuentos existen varias referencias a la estatura relativa de Hombres y Elfos. En aquellos días tempranos las ideas de mi padre acerca de estos asuntos fluctuaban un poco, pero queda claro que percibió un cambio en esta relatividad conforme pasaban los años. Por eso escribió:

Los Hombres al principio tenían casi la misma estatura que los Elfos, siendo las hadas mucho más altas y los Hombres más pequeños que ahora.

Sin embargo, la evolución de los Elfos se vio claramente afectada por la llegada de los Hombres:

> Mientras los Hombres adquieren más poder y se vuelven más numerosos, las hadas decaen y se empequeñecen y van debilitándose, volviéndose tenues y transparentes, en tanto que los Hombres crecen y se vuelven más torpes y corpulentos. Finalmente los Hombres, o casi todos ellos, ya no alcanzan a ver a las hadas

Por lo tanto, no hay necesidad de suponer, a raíz de la palabra, que mi padre pensaba que las «hadas» en este cuento eran etéreas y transparentes. Además, años más tarde, cuando los Elfos de la Tercera Edad habían entrado en la historia de la Tierra Media, éstos no tenían ningún rasgo de «hadas», en el sentido moderno de la palabra.

La palabra «*fay*»[1] es más complicada. En *El Cuento de Tinúviel* se usa con frecuencia para referirse a Melian (la madre de Lúthien), que era de Valinor (y se llama a sí misma [p. 44] «hija de los dioses»), pero también en referencia a Tevildo, de quien se dice que era «un duende maligno que había adoptado la forma de un animal» (p. 72). En otros lugares de los Cuentos existen referencias a «todo lo que sabían los duendes y los Eldar», a «Orcos y dragones

1. En *El Cuento de Tinúviel*, esta palabra se traduce como «duende». *El Libro de los Cuentos Perdidos 2*, Barcelona: Minotauro, 1991, p. 40. (*N. del trad.*)

y a duendes malignos», y a «Elfos de los bosques». Quizá el ejemplo más notable sea el siguiente pasaje, extraído del cuento de *La Llegada de los Valar*:

> Alrededor de ellos viajó una gran hueste, los espíritus de los árboles y de los bosques, del valle y la floresta y de las laderas de las montañas, o los que cantan en medio de la hierba por la mañana y entonan cánticos entre las espigas erguidas al atardecer. Éstos son los Nermir y los Tavari, Nandini y Orossi, duendecillos, hadas, espíritus traviesos, *leprawns* y no sé cuántos nombres más reciben, pues son muy numerosos; sin embargo, es preciso no confundirlos con los Eldar pues han nacido antes que el mundo y son más viejos que lo que éste tiene de más viejo.

Otro rasgo desconcertante, que no sólo aparece en *El Cuento de Tinúviel* y para el cual no he podido encontrar ninguna explicación ni formular afirmaciones más generales, es el poder de los Valar sobre los asuntos de Hombres y Elfos, e incluso sobre sus mentes y corazones, en las distantes Grandes Tierras (Tierra Media). Por dar algunos ejemplos: en la p. 82 «los Valar lo condujeron [a Huan] a un claro» donde Beren y Lúthien estaban tumbados en el suelo durante su huida de Angband; y Lúthien dijo a su padre (p. 86): «[Beren] sólo logró salvarse de una espantosa muerte gracias a los Valar». En otra ocasión, el pasaje del relato de la huida de Lúthien de Doriath (p. 61), «no se internó en aquella sombría región y continuó con renovadas esperanzas» fue cambiado por «pero no se internó en esa sombría región y los Valar hicieron despertar nuevas esperanzas en su corazón y así retomó su camino».

En cuanto a los nombres que aparecen en el Cuento, señalaré aquí que Artanor corresponde a Doriath, de versiones posteriores, y también era llamado La Tierra Remota; al norte se encontraba la barrera de las Montañas de Hierro, también llamadas las Montañas de la Amargura, que Beren atravesó antes de llegar: posteriormente se convirtieron en Ered Wethrin, las Montañas de la Sombra. Al otro lado de las montañas se encontraba Hisilómë (Hithlum), Tierra de la Niebla, también llamado Dor-lómin. Palisor (p. 27) es el nombre del lugar donde nacieron los Elfos.

A menudo se refiere a los Valar como a los dioses, y se les llama también los Ainur (Ainu en singular). Melko (posteriormente Melkor) es el gran Vala malvado, llamado Morgoth, el Enemigo Oscuro, tras el robo de los Silmarils. Mandos es el nombre tanto del Vala como de su lugar de residencia. Es el guardián de las Casas de los Muertos.

Manwë es el señor de los Valar; Varda, la creadora de las estrellas, es la esposa de Manwë y vive con él en la cumbre de Taniquetil, la montaña más alta de Arda. Los Dos Árboles son los grandes árboles cuyas flores iluminaban a Valinor, y fueron destruidos por Morgoth y la monstruosa araña Ungoliant.

Por último, éste es el lugar apropiado para decir algo sobre los Silmarils, que son fundamentales para la leyenda de Beren y Lúthien: eran obra de Fëanor, el más poderoso de los Noldor: «el más poderoso en habilidades de manos y de palabra; su nombre significa "Espíritu de Fuego"». Citaré un pasaje del texto del «Silmarillion», que fue escrito posteriormente (1930), titulado *Quenta Noldorinwa*, acerca del cual véase también p. 105.

> En aquellos lejanos días Fëanor emprendió una vez una labor larga y maravillosa, e invocó todo su poder y toda su magia sutil, pues tenía el objetivo de hacer una cosa más hermosa que cualquiera de las que hubieran creado los Eldar hasta entonces, que duraría más allá del final del todo. Tres joyas hizo, y las llamó Silmarils. Un fuego viviente

ardía dentro de ellas, que combinaba la luz de los Dos Árboles; con su propia luz brillaban incluso en la oscuridad; la carne mortal impura no podía tocarlas, pues se marchitaba y se quemaba. Para los Elfos estas joyas tenían más valor que cualquier otro trabajo salido de sus manos, y Manwë las consagró, y Varda dijo: «El destino de los Elfos está encerrado aquí, y además el destino de muchas más cosas». El corazón de Fëanor estaba ligado a los objetos que él mismo había hecho.

Fëanor y sus siete hijos hicieron un juramento terrible y profundamente destructivo para afirmar su derecho único e inviolable a poseer los Silmarils, que fueron robados por Morgoth.

El cuento de Vëannë estaba dirigido expresamente a Eriol (Ælfwine), que nunca había oído hablar de Tinúviel, pero tal y como lo cuenta no hay un inicio formal: comienza hablando de Tinwelint y Gwendeling (más tarde conocidos como Thingol y Melian). Sin embargo, volveré al *Quenta Noldorinwa* para explicar este elemento esencial de la leyenda. En el Cuento, el formidable Tinwelint (Thingol) es una figura central: el rey de los Elfos que vivían en los profundos bosques de Artanor, gobernando desde sus vastas cavernas en el corazón del bosque. Sin embargo, la Reina también era un personaje de gran importancia, aunque no se dejaba ver a menudo, y a continuación reproduciré el relato sobre ella que aparece en el *Quenta Noldorinwa.*

Allí se dice que en el Gran Viaje de los Elfos de las distantes tierras de Palisor, el lugar donde se despertaron, con el objetivo final de llegar hasta Valinor en el Oeste lejano, allende el gran Océano:

Muchos de la raza élfica se perdieron en los largos y oscuros caminos, y vagaron por los bosques y montañas del mundo, y jamás fueron a Valinor ni vieron la luz de los Dos Árboles. Por ellos se los llama Ilkorindi, los Elfos que nunca moraron en Kôr, la ciudad de los Eldar en la tierra de los Dioses. Ellos son los Elfos Oscuros, y muchas son sus dispersas tribus, y muchas son sus lenguas.

De los Elfos Oscuros, el capitán más famoso es Thingol. Por esta razón jamás fue a Valinor. Melian era un hada. Moraba en los jardines de Lórien, y entre su hermoso pueblo no había nadie que la superara en belleza, ni nadie más sabio ni más diestro con la canción mágica y los sortilegios. Se dice que los Dioses dejaban sus quehaceres, y los pájaros de Valinor su trinar, que las campanas de Valmar guardaban silencio y las fuentes cesaban de correr cuando durante la mezcla de la luz Melian cantaba en los jardines del Dios de los Sueños. Siempre la acompañaban los ruiseñores, y ella les enseñó su canción. Pero amaba la sombra profunda, y a menudo se perdía en largos viajes a las Tierras Exteriores, y allí llenaba el silencio del mundo naciente con la voz y las voces de sus pájaros.

Thingol escuchó a los ruiseñores de Melian y quedó encantado, y dejó su pueblo. Encontró a Melian bajo los árboles y quedó sumido en un sueño y un gran sopor, de modo que su pueblo lo buscó en vano.

En el relato de Vëannë, cuando Tinwelint despertó de su largo sueño mítico, ya no volvió a pensar en los suyos (aunque, de veras, habría sido en vano, porque ya hacía mucho que habían llegado a Valinor), sino que sólo deseaba ver a la señora del crepúsculo. No estaba lejos, porque lo había vigilado mientras dormía.

Vëannë también dice que la morada de Tinwelint «estaba oculta a la mirada y al conocimiento de Melko gracias a la magia del duende Gwendeling, que entretejía conjuros sobre los senderos que conducían allí para que sólo los Eldar [Elfos] pudieran recorrerlos fácilmente, y así es como el rey estaba protegido contra todo peligro excepto contra la traición. Aunque sus estancias estaban construidas en una profunda y extensa caverna, era una morada hermosa y digna de un rey. Esta caverna estaba en medio del maravilloso bosque de Artanor, la más prodigiosa de todas las florestas, y un río corría delante de la entrada, pero nadie podía traspasar ese portal sin atravesar el arroyo, que cruzaba un puente estrecho y bien custodiado». En este punto, Vëannë exclama: «Escuchad, ahora os contaré algunas de las cosas que ocurrieron en la morada de Tinwelint»; y éste parece ser el lugar donde podemos afirmar que comienza el cuento propiamente dicho.

El Cuento de Tinúviel

Dos hijos tuvo entonces Tinwelint, Dairon y Tinúviel, y Tinúviel era una doncella, la más hermosa de todas las doncellas de los Elfos ocultos, y en realidad pocas han sido tan hermosas como ella, porque su madre era un duende, hija de los Dioses; y Dairon era un muchacho fuerte y feliz y su mayor placer era tocar una flauta de junco u otros instrumentos de los bosques, y ahora se lo considera uno de los tres músicos más extraordinarios de los Elfos, y los otros dos son Tinfang Trino e Ivárë, que toca junto al mar. Pero Tinúviel era feliz bailando y no hay ninguna otra que se le iguale en belleza y en la sutileza de sus pies ligeros.

A Dairon y Tinúviel les encantaba alejarse del cavernoso palacio de Tinwelint, su padre, y juntos pasaban mucho tiempo entre los árboles. Allí, Dairon solía sentarse en un montículo cubierto de hierba o en la raíz de un árbol y tocar música mientras Tinúviel bailaba al ritmo de sus melodías, y cuando bailaba acompañada por la música de Dairon era aún más ágil que Gwendeling y su encanto era mayor que el de Tinfang Trino bajo la luna y nadie podría contemplar un baile como ése, salvo en los jardines de rosas de Valinor, donde Nessa baila sobre céspedes de un verde eterno.

Tocaban música y bailaban incluso por la noche, cuando la luna despedía pálidos destellos y no sentían temor, como sentiría yo, porque el poder de Tinwelint y de Gwendeling no permitía que el mal se adentrara en los bosques, y Melko no los hostigaba todavía y los Hombres estaban confinados más allá de las colinas.

Su lugar favorito era un paraje umbroso donde crecían olmos y hayas también, pero no de gran altura, y había castaños con flores blancas, pero el suelo estaba húmedo y al pie de los árboles se extendían en una profunda bruma las plantas de cicuta. Un día de junio fueron a jugar allí y las umbelas de la cicuta parecían rodear como una nube los troncos de los árboles, y Tinúviel siguió bailando hasta que oscureció ya tarde, y había muchas mariposas nocturnas por doquier. Por ser un hada, a Tinúviel no le molestaban, como les molestan a muchos hijos de los Hombres, aunque no le gustaban los escarabajos, y ningún Eldar tocaba una araña debido a Ungweliantë, pero las pequeñas mariposas le revoloteaban en torno a la cabeza y Dairon tocaba una misteriosa melodía, cuando, de pronto, sucedió ese hecho singular.

Nunca he sabido cómo cruzó Beren las colinas; pero era más valiente que la mayoría, como os contaré, y tal vez sólo su afición a vagar a solas lo había hecho atravesar velozmente por todos los horrores de las Montañas de Hierro hasta llegar a las Tierras Remotas.

Ahora bien, Beren era un Gnomo, hijo de Egnor, el de los bosques, que cazaba en los lugares más sombríos, en el norte de Hisilómë. Entre los Eldar y aquellos de su linaje que habían sido esclavos de Melko reinaban el temor y la sospecha, y de esa manera se vieron vengadas las crueldades que cometieron los Gnomos en el Puerto de los Cisnes. Las mentiras de Melko se propagaron entre los del pueblo de Beren y por ese motivo creían que los Elfos secretos eran perversos, pero ahora contemplaba a Tinúviel, que danzaba en la penumbra, y Tinúviel llevaba un vestido perlado y sus blancos pies desnudos se movían veloces entre los tallos de la cicuta. Entonces Beren dejó de preguntarse si era Vala o Elfo o hija de los Hombres y se acercó cautelosamente para observarla; y se apoyó en un frágil olmo que crecía sobre un montículo para contemplar desde arriba el pequeño claro en el que ella bailaba, porque el embeleso lo hacía desfallecer. Era tan esbelta y tan hermosa que él terminó por salir imprudentemente de su escondite para poder mirarla mejor, y en ese momento el brillo de la luna llena se abrió paso entre las ramas y Dairon alcanzó a ver el rostro de Beren. Inmediatamente se dio cuenta de que no era de los suyos, y todos los Elfos de los bosques creían que los Gnomos de Dor Lómin eran criaturas traicioneras, crueles y pérfidas, de modo que Dairon soltó su instrumento y gritando «Huye, huye, oh Tinúviel, hay un enemigo en el bosque» desapareció veloz entre los árboles. Entonces Tinúviel, asombrada, no lo siguió enseguida, porque no comprendió sus palabras de inmediato y, como sabía que era incapaz de correr o saltar con tanta rapidez como su hermano, se deslizó precipitadamente entre la blanca cicuta y se ocultó bajo una flor muy alta con muchas hojas abiertas; y allí, con su blanco atavío, parecía una chispa de luz de la luna que brillaba a través de las hojas reflejándose en la tierra.

Entonces Beren se entristeció, porque se sintió solo y le dolió ver que se habían asustado y buscó a Tinúviel por doquier, creyendo que no había huido. De pronto, apoyó la mano en el esbelto brazo de Tinúviel oculto entre las hojas y ella se alejó de él lanzando un grito y huyó lo más rápido que podía en medio de la débil luz, revoloteando entre los troncos de los árboles y los tallos de cicuta. El suave roce de su brazo hizo que Beren la bus-

ILUSTRACIONES DE ALAN LEE

I

cara con mayor ansiedad y la siguió velozmente y, no obstante, no tan rápido como habría tenido que hacerlo, porque finalmente ella logró escapar y llegó presa de ansiedad a la morada de su padre; y, después de eso, no volvió a bailar sola en el bosque por muchos días.

Esto le causó una enorme tristeza a Beren, que no se alejaba de esos parajes con la esperanza de ver bailar nuevamente a la hermosa doncella de los Elfos, y vagó por el bosque, agitado y solitario, por días de días, buscando a Tinúviel. La buscaba al amanecer y al atardecer, pero con muchas más esperanzas cuando brillaba la luna. Finalmente, una noche divisó una chispa a lo lejos y he aquí que allí estaba ella, bailando a solas en una pequeña loma sin árboles y Dairon no la acompañaba. Muchas veces regresó ella a ese lugar, donde bailaba y cantaba para sí y a veces Dairon estaba cerca y, entonces, Beren la contemplaba desde el borde del bosque a lo lejos y a veces Dairon no estaba y Beren se acercaba con sigilo. En realidad, Tinúviel lo sentía acercarse, pero fingía no darse cuenta y ya hacía mucho que no temía, al ver la nostálgica ansiedad del rostro de Beren iluminado por la luna; y comprendió que era bueno y que estaba enamorado de su hermoso baile.

Entonces Beren comenzó a seguir furtivamente a Tinúviel a través de los bosques hasta llegar incluso a la entrada de la caverna y al extremo del puente y, cuando ella desaparecía, la llamaba desde el otro lado del río, diciendo dulcemente «Tinúviel», porque había oído el nombre de los labios de Dairon; y, aunque no lo sabía, Tinúviel solía escuchar oculta entre las sombras del cavernoso portal y reír suavemente o sonreír. Un día, finalmente, mientras danzaba a solas, él se le acercó con más atrevimiento y le dijo:

—Tinúviel, enséñame a bailar.

—¿Quién eres? —le dijo ella.

—Beren, vengo de allende las Montañas de la Amargura.

—Entonces, si deseas bailar, sígueme —dijo la doncella, y comenzó a bailar y se internó en el bosque delante de Beren, con ligereza pero no tan rápido como para que él no pudiese seguirla y, de cuando en cuando, miraba hacia atrás y reía al verlo tambalearse detrás de ella, mientras le decía—: ¡Baila, Beren, baila!, como bailan allende las Montañas de la Amargura. —Así llegaron por senderos serpenteantes hasta la morada de Tinwelint, y Tinúviel le hizo señas a Beren desde el otro lado del arroyo y él la siguió asombrado hasta el interior de la caverna y las profundas estancias de su hogar.

Sin embargo, cuando Beren se encontró frente al rey se sintió desconcertado, y enorme fue su admiración ante la grandeza de la Reina Gwendeling, y he aquí que cuando el rey le dijo:

—¿Quién eres tú, que entras a mi morada sin ser invitado?—, no supo qué responder. Por tanto, Tinúviel respondió por él, diciendo:

—Éste, padre mío, es Beren, un viajero que viene de allende las montañas y puede aprender a bailar como bailan los Elfos de Artanor— y rio, pero el rey frunció el ceño cuando le oyó decir de dónde procedía Beren y le dijo:

—No hables irreflexivamente, hija mía, y dime si este bárbaro Elfo de las sombras ha intentado hacerte daño.

—No, padre —dijo ella—, y no creo que su corazón albergue maldad alguna y no seas cruel con él, a menos que quieras ver llorar a tu hija Tinúviel, porque nadie ha sentido más admiración por mi baile que él.

Entonces Tinwelint dijo:

—Oh, Beren, hijo de los Noldoli, ¿qué deseas de los Elfos del bosque antes de regresar al lugar de donde vienes?

Fue tal la prodigiosa alegría que sintió el corazón de Beren cuando Tinúviel se refirió a él de esa manera ante su padre que su valor despertó y resurgió en él el espíritu aventurero que lo había hecho abandonar Hisilómë y atravesar las Montañas de Hierro, y, mirando con valentía a Tinwelint, le dijo:

—Mi único anhelo, señor, es vuestra hija Tinúviel, porque es la más hermosa y la más dulce de todas las doncellas que he visto o con las que haya soñado jamás.

Entonces sólo hubo silencio en la sala, excepto por la risa de Dairon, y todos los que escuchaban quedaron consternados, pero Tinúviel bajó los ojos, y el rey, al ver el aspecto rústico y tosco de Beren, también se echó a reír, ante lo cual Beren se sonrojó de vergüenza y el corazón de Tinúviel se entristeció por él.

—¡Muy bien!, puedes desposar a mi Tinúviel, la más hermosa de las doncellas del mundo, y convertirte en el príncipe de los Elfos de los bosques; modesto es el favor que solicita un extraño —dijo Tinwelint—. Tal vez tenga derecho a solicitar algo a cambio. No será algo especial, sólo una muestra de tu aprecio. Tráeme un Silmaril de la corona de Melko y ese mismo día Tinúviel te desposará, si así lo desea.

Entonces, todos los que se encontraban allí se dieron cuenta de que el rey se compadecía del Gnomo y respondía como si se tratara de una burda chanza y sonrieron, porque en ese entonces los Silmarils de Fëanor tenían gran fama en todo el mundo y los Noldoli habían relatado historias sobre ellos y muchos de los que huyeron de Angamandi los habían visto brillar en la corona de hierro de Melko. Jamás se quitaba la corona y para él esas joyas eran tan valiosas como sus ojos y nadie en todo el mundo —duende, elfo u hombre— podía abrigar esperanza alguna de tocarlas siquiera y de seguir con vida. En realidad, Beren lo sabía y comprendió el significado de esas sonrisas burlonas y, dominado por la ira, gritó:

—¡Oh, no!, ése es un obsequio muy insignificante para el padre de una novia tan encantadora. No obstante, extrañas me parecen las costumbres de los Elfos de los bosques, que se asemejan a las rudas leyes de los Hombres, de referirse a un obsequio que no se ha ofrecido, pero he aquí que yo, Beren, un cazador de los Noldoli, os otorgaré vuestro modesto deseo —y, con esas palabras, abandonó impetuosamente la sala ante el asombro de todos; pero Tinúviel rompió a llorar.

—No está bien lo que has hecho, padre mío —exclamó—, condenar a alguien a muerte con tu lamentable chanza, porque presiento que ahora tratará de realizar esa hazaña, enloquecido como está por tu burla, y Melko lo matará y nadie volverá a contemplar mi baile con tanto amor.

Entonces, dijo el rey:

—No será el primer Gnomo al que Melko haya dado muerte y con menos motivos. Tiene suerte de no quedar cautivo aquí, prisionero de crueles maleficios por haber osado entrar en mis estancias y por sus insolentes palabras. —Pero Gwendeling no dijo nada, ni regañó a Tinúviel ni objetó el que llorase por ese vagabundo desconocido.

Pero, alejándose de Tinwelint y dominado por la furia, Beren se internó en el bosque hasta llegar cerca de las colinas más bajas y las tierras yermas que anunciaban la proximidad de las sombrías Montañas de Hierro. Sólo entonces percibió su cansancio y enlenteció su marcha y a partir de entonces comenzaron sus mayores tormentos. Vivió noches de profundo desaliento y no encontraba nada que le hiciera abrigar esperanzas en su búsqueda y, en realidad, había pocos motivos para tener esperanzas y, poco después, mientras caminaba a lo largo de las Montañas de Hierro hasta llegar cerca de las pavorosas regiones donde se encontraba la morada de Melko, se sintió dominado por los más terribles temores. En esos parajes había muchas serpientes venenosas y merodeaban los lobos, y mucho más temibles aún eran las bandas errantes de trasgos y de Orcos, detestables criaturas de Melko que se aventuraban lejos cumpliendo sus malvadas órdenes, colocando trampas y capturando animales y Hombres y Elfos y llevándolos a rastras ante su señor.

Muchas veces Beren estuvo a punto de ser capturado por los Orcos y una vez sólo logró escapar de las fauces de un enorme lobo después de enfrentarse a él armado nada más que con un garrote de fresno, y en cada jornada de su viaje hacia Angamandi conoció otros peligros y aventuras. El hambre y la sed también solían torturarlo y muchas veces habría vuelto atrás si eso no hubiese sido tan peligroso como seguir avanzando; pero la voz de Tinúviel intercediendo ante su padre resonaba en su corazón y, por la noche, le parecía que a veces su corazón la oía llorar quedamente por él, allá lejos, en los bosques donde vivía; y, en realidad, eso era lo que sucedía.

Un día fue tal su hambre que se lanzó a buscar restos de comida en un campamento abandonado de un grupo de Orcos, pero algunos de ellos regresaron de improviso y lo hicieron prisionero y lo torturaron, pero no le dieron muerte porque, al ver lo fuerte que era pese a lo agotado que estaba por las privaciones, su capitán pensó que a Melko tal vez le complaciera que lo llevaran ante él para destinarlo a algún duro oficio, como esclavo en las minas o en sus fraguas. Así fue como arrastraron a Beren hasta donde se encontraba Melko, y, a pesar de eso, conservó su coraje, porque el pueblo de su padre creía que el poder de Melko no sería eterno y que los Valar escucharían por fin los lamentos de los Noldoli y se alzarían y apresarían a Melko y dejarían entrar nuevamente a Valinor a los fatigados Elfos y, entonces, reinaría nuevamente en la Tierra una enorme alegría.

Sin embargo, Melko se enfureció al verlo y preguntó cómo podía ser que un Gnomo, esclavo por el solo hecho de serlo, hubiese osado internarse en los bosques sin ser llamado, pero Beren respondió que no era un fugitivo, sino que provenía de un pueblo de Gnomos que vivía en Aryador y que estaba muy unido a los Hombres. Eso enfureció aún más a Melko, porque constantemente estaba tratando de poner fin a la amistad y a los contactos entre los Elfos y los Hombres, y dijo que sin duda tramaba graves traiciones contra el dominio de Melko y que merecía ser torturado por los Balrogs; pero Beren, viéndose en peligro, le dijo:

—No penséis, oh poderosísimo Ainu Melko, Señor del Mundo, que eso pueda ser verdad, porque, de ser así, no habría llegado aquí solo y sin ayuda. Beren, hijo de Egnor, no abriga amistad alguna por el linaje de los Hombres; en realidad, se ha marchado de Aryador hastiado de las tierras plagadas por ellos. En épocas pasadas, mi padre me contó muchas historias sobre vuestro esplendor y vuestra gloria y, aunque no soy un esclavo traidor, mi mayor deseo es serviros en lo que pueda, por poco que sea. —Y Beren siguió diciendo que era un gran cazador de animales pequeños y de pájaros y que se había extraviado en las colinas persiguiéndolos, hasta que, después de mucho vagar, había llegado a tierras desconocidas, y que, incluso si los Orcos no lo hubieran atrapado, lo único que podría haber hecho para salvarse habría sido acercarse a su majestad, el Ainu Melko, y suplicarle que lo destinara a una humilde tarea, tal vez como proveedor de carnes para su mesa.

Ahora bien, los Valar deben de haber inspirado ese discurso o quizá haya sido que Gwendeling, compadeciéndose de él, le dio, gracias a un hechizo, el don de expresarse con ingenio, porque de hecho eso le salvó la vida, y Melko, al ver que era corpulento, le creyó y accedió a destinarlo como siervo a las cocinas. Los halagos siempre tenían un dulce aroma para ese Ainu y, pese a su insondable saber, muchas veces lo engañaron las mentiras de aquellos que despreciaba cuando las cubrían con placenteras alabanzas; por tanto, ordenó que Beren se convirtiera en siervo de Tevildo, el Príncipe de los Gatos. Tevildo era un gato poderoso —el más poderoso de todos— y estaba poseído por un espíritu maligno, como dicen algunos, y siempre formaba parte del séquito de Melko; y ese gato dominaba a todos los demás, y él y sus súbditos eran los cazadores y los proveedores de carne para la mesa de Melko y para sus frecuentes banquetes. Por tal motivo, aún reina el odio entre los Elfos y todos los gatos, aun ahora, cuando Melko ha perdido su poder y sus animales se han convertido en seres insignificantes.

Por tanto, cuando condujeron a Beren a las estancias de Tevildo, que no se encontraban muy lejos del trono de Melko, se sintió aterrorizado porque no había previsto que tal cosa pudiese suceder, y las estancias estaban en penumbra y plagadas de gruñidos y monstruosos ronroneos.

Por doquier se veía el destello de los ojos de los gatos que resplandecían como lámparas verdes o rojas o amarillas, allí donde los vasallos de Tevildo agitaban y fustigaban sus hermosas colas, pero Tevildo estaba sentado a la cabeza de todos y era un gato enorme y negro como el carbón y de aspecto maligno. Tenía ojos alargados, pequeños y oblicuos, con un brillo rojo y verde a la vez, pero sus largos mostachos grises eran fuertes y afilados como agujas. Su ronroneo era como un redoble de tambores, y su gruñido, como un trueno, pero cuando gritaba iracundo hacía helarse la sangre y, en efecto, las aves y los animales pequeños quedaban petrificados o solían caer muertos ante ese solo sonido. Al ver a Beren, Tevildo entrecerró los ojos hasta casi cerrarlos por completo y dijo:

—Huelo a perro —y a partir de ese instante sintió aversión por Beren. Ahora bien, en su rústico hogar Beren había sentido un gran afecto por los perros.

—¿Por qué —preguntó Tevildo— osáis traer a esta criatura ante mi presencia, a menos que sea para convertirla en carne?

Pero los que llevaban a Beren dijeron:

—No, Melko ha ordenado que este desdichado Elfo pase el resto de su vida como cazador de animales y de pájaros bajo las órdenes de Tevildo.

Entonces Tevildo comenzó a chillar burlonamente y dijo:

—En realidad, mi amo debe de haber estado dormido o tal vez estaba pensando en otra cosa, porque ¿cómo creéis que pueda servir un hijo de los Eldar para ayudar al Príncipe de los Gatos y sus vasallos en la caza de pájaros o animales? Igual podríais haber traído a un Hombre de torpes pies, porque no hay Hombre o Elfo que pueda competir con nosotros en nuestras cacerías. —Sin embargo, puso a prueba a Beren y le ordenó que cazara tres ratones—. Porque mis estancias están infestadas de ratones —dijo.

Esto no era cierto, como se puede suponer, aunque había unos cuantos, de una especie muy salvaje, maligna y misteriosa, que osaban vivir allí en profundos agujeros, pero eran más grandes que las ratas y muy feroces, y Tevildo les permitía quedarse para propia diversión y no permitía que mermaran.

Beren pasó tres días tratando de atraparlos pero, como no tenía nada con que hacer un cepo (y en realidad no le había mentido a Melko al decir que era muy hábil para hacer trampas), no logró su propósito y lo único que consiguió con todo su esfuerzo fue terminar con un dedo mordido. Entonces Tevildo se mostró muy burlón e iracundo, pero en esa oportunidad ni él ni sus vasallos lo atacaron y sólo le hicieron unos cuantos rasguños, porque Melko había prohibido que le hicieran daño. No obstante, los días que pasó a partir de entonces en la morada de Tevildo fueron funestos. Lo convirtieron en pinche de cocina y vivía miserablemente, limpiando los suelos y los recipientes, refregando las mesas y cortando leña y acarreando agua. A menudo lo ponían también a dar vueltas a los asadores en los que asaban delicadamente pájaros y enormes ratones para los gatos, pero rara vez le daban de comer o lo dejaban dormir y se volvió macilento y desastrado y muchas veces deseó no haberse alejado jamás de Hisilómë para no haber visto nunca la imagen de Tinúviel.

La hermosa doncella lloró por mucho tiempo después de la partida de Beren y no volvió a bailar en los bosques, y Dairon se enfureció y no podía comprenderla, pero ella había llegado a amar el rostro de Beren, que curioseaba entre las ramas, y el crujido de sus pasos cuando la seguía por el bosque; y añoraba oír nuevamente su voz que la llamaba anhelante «Tinúviel, Tinúviel» desde la otra orilla del arroyo ante el portal de su padre, y no bailaba ya desde que Beren había partido hacia las funestas estancias de Melko y probablemente ya había perecido. Esta idea llegó a causarle tal dolor que la delicada doncella se acercó a su madre, porque no se atrevía a dirigirse a su padre ni podía soportar que él la viera llorar.

—Oh, Gwendeling, madre mía —dijo—, dime si puedes, gracias a tu magia, cómo se encuentra Beren. ¿Está bien?

—No —dijo Gwendeling—. Vive, pero en penoso cautiverio, y la esperanza ha muerto en su corazón porque he aquí que es esclavo de Tevildo, el Príncipe de los Gatos.

—Entonces —dijo Tinúviel—, debo ir en su ayuda, porque no sé de nadie que esté dispuesto a hacerlo.

Ahora bien, Gwendeling no rio, porque era sabia y previsora con respecto a muchas cosas, pero era inconcebible que ningún Elfo, y mucho menos una doncella, la hija del rey, se aventurara sin compañía hasta la morada de Melko, incluso en esos remotos días, antes de la Batalla de las Lágrimas, cuando el poder de Melko no había llegado a ser extraordinario y ocultaba sus propósitos y extendía su red de mentiras. Por eso, Gwendeling le prohibió dulcemente que dijera esas insensateces; pero Tinúviel dijo:

—Entonces, tienes que interceder ante mi padre para que le ayude, para que envíe guerreros a Angamandi y le exija al Ainu Melko que ponga en libertad a Beren.

Eso fue lo que hizo Gwendeling, por amor a su hija, y Tinwelint respondió tan airado que Tinúviel hubiese preferido no haber revelado su deseo; y Tinwelint le prohibió hablar de Beren o pensar en él nuevamente y juró darle muerte si volvía a poner los pies en esas estancias. Entonces Tinúviel reflexionó largamente sobre lo que podía hacer y, dirigiéndose a Dairon, le rogó que la ayudase o que incluso se aventurara con ella hasta Angamandi si así lo deseaba; pero Dairon no sentía afecto por Beren y dijo:

—¿Por qué motivo debería enfrentarme al más terrible de todos los peligros que hay en el mundo por un Gnomo vagabundo de los bosques? En realidad, no siento simpatía por él, porque ha puesto fin a nuestros juegos, a nuestra música y a nuestros bailes. —Pero, además, Dairon le contó al rey lo que Tinúviel había pretendido que hiciese y no lo hizo con malas intenciones, sino porque temía que Tinúviel se marchara lejos, a la muerte, llevada por la locura de su corazón.

Ahora bien, cuando Tinwelint oyó esto llamó a Tinúviel y le dijo:

—¿Por qué motivo, oh doncella mía, no olvidas esa locura y obedeces mis órdenes? —Pero Tinúviel no respondió y el rey le hizo prometer que no pensaría nunca más en Beren ni que, dejándose llevar por su insensatez, trataría de seguirlo a las tierras perversas ya fuera sola o tentando a uno de los suyos a acompañarla. Pero Tinúviel dijo que no podía prometerle lo primero y que sólo podía prometerle en parte lo segundo, porque no trataría de tentar a ningún habitante de los bosques a acompañarla.

Entonces su padre se mostró muy airado y, en medio de su ira, sentía un gran asombro y temor, porque amaba a Tinúviel; pero éste fue el plan que concibió, porque no podía dejar a su hija encerrada eternamente en las cavernas iluminadas tan sólo por luces tenues y titilantes. Por encima de los portales de su cavernosa morada se elevaba una empinada ladera que llegaba hasta el río y allí crecían frondosas hayas; y había una, llamada Hirilorn, la Reina de los Árboles, por su enorme tamaño, y su tronco tenía surcos tan profundos que parecía como si de la tierra surgieran tres troncos unidos entre sí, de igual tamaño, redondos y enhiestos, con una corteza gris tan suave como la seda de la que no surgían ni ramas ni varillas hasta una gran altura sobre la cabeza de los hombres.

En lo alto de ese extraño árbol, a la mayor altura que los hombres podían hacer llegar las más altas escalerillas, Tinwelint hizo construir una pequeña cabaña de madera, que se apoyaba en las primeras ramas y quedaba dulcemente velada por las hojas. La cabaña tenía tres esquinas y tres ventanas en cada pared, y cada esquina descansaba sobre uno de los troncos de Hirilorn. Tinwelint ordenó vivir allí a Tinúviel hasta que consintiera en actuar con sensatez y, una vez que ella subió por las altas escalerillas de pino, las retiraron y ya no hubo manera de que pudiera bajar. Le llevaban todo lo que necesitaba y algunos trepaban por las escalerillas con alimentos y todo lo que deseara y, después de bajar, retiraban nuevamente las escalerillas y el rey prometió que haría dar muerte a todo aquel que dejara una de ellas apoyada en el tronco o que colocara una a hurtadillas por la noche. Siempre había un grupo de guardias cerca del árbol y, sin embargo, Dairon solía llegar hasta allí agobiado de dolor por lo que había provocado, porque se sentía solo sin Tinúviel; pero en un comienzo Tinúviel vivió con gran deleite en su cabaña rodeada de hojas y a veces miraba por el ventanuco mientras Dairon tocaba debajo de él sus más dulces melodías.

Pero una noche Tinúviel tuvo un sueño inspirado por los Valar y soñó con Beren y su corazón dijo:

—Debo partir en busca de aquel que todos los demás han olvidado. —Y, al despertar, la luna brillaba entre los árboles, y reflexionó profundamente cómo podría escapar. Porque Tinúviel, hija de Gwendeling, no ignoraba las magias ni los hechizos, como se puede imaginar, y después de mucho pensar concibió un plan. Al día siguiente, les pidió a quienes vinieron que le trajeran un poco del agua más cristalina del río que corría allá abajo.

—Pero —les dijo— hay que recogerla a medianoche en un cuenco de plata y tenéis que traérmela sin decir una palabra —y, después de eso, les pidió que le llevaran vino—. Pero —les dijo— tenéis que traerlo a mediodía en una jarra de oro y el que lo traiga tiene que cantar mientras vaya subiendo. —Y ellos hicieron lo que les había pedido, pero sin decirle nada a Tinwelint.

Entonces Tinúviel dijo:

—Presentaos ahora ante mi madre y decidle que su hija quiere un torno de hilar para ocuparse en sus horas de tedio. —Pero a Dairon le rogó en secreto que le hiciera un pequeño telar y él se lo hizo allí mismo, en la pequeña cabaña de Tinúviel en lo alto del árbol.

—Pero ¿con qué vas a hilar y con qué vas a tejer? —le dijo él; y Tinúviel le respondió—: Con hechizos y magias. —Pero Dairon no sabía lo que se proponía ni le dijo nada al rey ni a Gwendeling.

Cuando estuvo a solas, Tinúviel cogió el agua y el vino y, sin dejar de cantar una canción muy hechicera, los mezcló y, tras verter la sustancia en el cuenco de oro, comenzó a cantar una canción para el crecimiento y, después de trasvasarla al cuenco de plata, cantó otra canción y en esta canción iba diciendo los nombres de todas las cosas más altas y más grandes que había en la Tierra: las barbas de los Indravangs, la cola de Karkaras, el cuerpo de Glorund, el tronco de Hirilorn y la espada de Nan, y no olvidó tampoco la cadena Angainu hecha por Aulë y Tulkas ni el cuello del gigante Gilim, y, por último, habló de lo más grande y lo más largo, el cabello de Uinen, la dama del mar, que se extiende sobre todas las aguas. Entonces se lavó los cabellos con la mezcla de agua y vino y, mientras lo hacía, iba cantando otra canción, una canción del sueño más profundo, y los cabellos de Tinúviel, oscuros y más finos que los más delicados rayos del crepúsculo, comenzaron súbitamente a crecer con enorme rapidez y, después de doce horas, ocupaban casi todo el pequeño cuarto, y entonces Tinúviel se sintió muy complacida y se acostó a descansar; y cuando despertó el cuarto estaba cubierto con una especie de negra neblina que la ocultaba por completo y he aquí que sus cabellos se escapaban por las ventanas y se extendían sobre los troncos del árbol en la mañana. Entonces buscó con gran esfuerzo sus pequeñas tijeras y se cortó los cabellos casi a ras de la cabeza y, después de eso, le volvieron a crecer sólo del largo que tenían antes.

Entonces comenzó su arduo quehacer y, aunque trabajó esforzadamente con la destreza de una Elfa, pasó mucho tiempo hilando y aún más tejiendo, y si venía alguien y la llamaba desde abajo, le pedía que se marchara, diciendo:

—Estoy acostada y no deseo más que dormir. —Y Dairon estaba muy sorprendido y la llamaba a menudo, pero ella no respondía.

Con esos oscuros cabellos Tinúviel tejió un negro y brumoso manto embebido con una somnolencia mucho más hechicera que el manto con el que se había cubierto su madre y con el que había bailado muchísimo tiempo antes de la salida del Sol, y cubrió con él sus blancas vestiduras, que brillaban tenuemente, y el aire se llenó de un sopor mágico en torno a ella; y con lo que quedaba hizo una soga muy resistente que ató al tronco del árbol dentro de su cabaña, y así terminó su quehacer y miró hacia el oeste por la ventana, en dirección al río. La luz del sol ya se iba apagando entre los árboles y, cuando las sombras cubrieron los bosques, comenzó a cantar una canción muy dulce y suave y, mientras cantaba, dejó caer sus largos cabellos por la ventana para que su niebla adormecedora rozara la cabeza y la cara de los guardias, que, escuchando su voz, quedaron sumidos de pronto en un sueño insondable. Envuelta en sus oscuras vestimentas, Tinúviel bajó entonces por la cuerda hecha con sus cabellos, tan ágil como una ardilla, y se alejó bailando hacia el puente, y antes de que los guardias del puente alcanzaran a gritar, ya estaba bailando entre ellos; y, apenas los rozó el borde de su negro manto, se quedaron dormidos, y Tinúviel huyó lejos, muy lejos, con toda la rapidez de que eran capaces sus pies danzarines.

Cuando la fuga de Tinúviel llegó a oídos de Tinwelint, sintió a la vez un inmenso dolor y una gran ira, y toda su corte se alborotó y el eco de la búsqueda se extendió por todos los bosques, pero Tinúviel ya estaba muy lejos, cerca de las lóbregas laderas donde comienzan las Montañas de la Noche; y se dice que Dairon salió tras ella y se perdió irremediablemente y nunca regresó a Elfinesse, sino que se dirigió hacia Palisor y que allí sigue tocando sutiles melodías mágicas, melancólico y solitario, en los bosques y las florestas del sur.

Pero no había pasado mucho tiempo cuando, mientras avanzaba, un súbito temor sobrecogió a Tinúviel al pensar en lo que había osado hacer y en lo que la esperaba; entonces, se volvió por un rato y lloró, deseando que Dairon estuviese a su lado, y se dice que en realidad él no estaba muy lejos de allí, pero que vagaba sin rumbo entre los altos pinos, en la Floresta de la Noche, donde tiempo después Túrin dio muerte a Beleg por accidente.

Tinúviel estaba cerca de esos parajes, pero no se internó en esa sombría región y, recobrando el valor, avanzó de prisa y, gracias a su extraordinario poder mágico y al hechizo de asombro y de somnolencia que la rodeaba, no la abrumaron los mismos peligros que antes había enfrentado Beren; pero fue un viaje largo y difícil y agotador para una doncella.

Ahora debo contarte, Eriol, que por ese entonces había una sola cosa en el mundo que preocupaba a Tevildo: la casta de los Perros. En realidad, muchos de ellos no eran ni amigos ni enemigos de los Gatos, porque se habían convertido en siervos de Melko y eran tan salvajes y crueles como todos sus animales; y de los más crueles y salvajes creó la raza de los lobos, por los que sentía un especial afecto. ¿No era acaso Karkaras, el de los Dientes de Cuchillo, ese enorme lobo gris, el padre de los lobos, que custodiaba la entrada a Angamandi en ese entonces como lo había hecho por mucho tiempo? Sin embargo, muchos de ellos no obedecían a Melko ni vivían abrumados de temor ante él, sino que habitaban en las moradas de los Hombres y los protegían contra todos los males que podrían haber sufrido de no ser por su presencia o vagaban por los bosques de Hisilómë o, después de atravesar las regiones montañosas, se aventuraban incluso algunas veces hasta la región de Artanor, y más lejos aún y hacia el sur.

Si alguno de ellos llegaba a atisbar a Tevildo o a alguno de sus vasallos o sus súbditos, lanzaba terribles aullidos y comenzaba a perseguirlos con encono y, aunque rara vez dieron muerte a algún gato por lo hábiles que son éstos para trepar y esconderse y por el poder protector de Melko, entre ellos reinaba una gran enemistad y los gatos se atemorizaban ante algunos de esos sabuesos. Pero

Tevildo no temía a ninguno, porque era tan fuerte como cualquiera de ellos y más ágil y más veloz que todos, con la excepción de Huan, el Capitán de los Perros. Huan era tan veloz que en una oportunidad había rozado el pelaje de Tevildo y, aunque Tevildo le había hecho pagar por eso hiriéndolo con sus largas uñas, el orgullo del Príncipe de los Gatos no se conformó con eso y anhelaba hacerle mucho daño a Huan el Perro.

Es por eso que Tinúviel fue muy afortunada al encontrarse con Huan en los bosques, aunque en un comienzo sintió pavor y huyó de él. Pero Huan le dio alcance en un par de saltos y, hablándole dulcemente y con voz grave en la lengua de los Elfos Perdidos, le pidió que no temiera y le dijo:

—¿Por qué veo a una doncella de los Elfos, una doncella tan hermosa, vagando sola tan cerca de la morada del Ainu del Mal? ¿No sabes, pequeña, que es muy peligroso andar por estas tierras, incluso acompañada, y que al que las recorre a solas lo espera la muerte?

—Sí, lo sé —dijo ella—, y no estoy aquí por el placer de caminar; sólo busco a Beren.

—¿Qué sabes de Beren? —le preguntó Huan—, ¿o hablas acaso de Beren, el hijo del cazador de los Elfos, Egnor bo-Rimion, que es mi amigo desde hace ya mucho tiempo?

—No, ni siquiera sé si mi Beren es tu amigo, porque sólo busco a ese Beren que viene de allende las Montañas de la Amargura, al que conocí en los bosques cercanos a la casa de mi padre. Se ha marchado y mi madre, Gwendeling, con su sabiduría, dice que vive como esclavo en la cruel morada de Tevildo, el Príncipe de los Gatos; y no sé si esto es verdad o si ha sufrido una desgracia aún mayor y he salido en su búsqueda, aunque no tengo ningún plan.

—Entonces, voy a urdir un plan para ti —dijo Huan—, pero ¿confías en mí?, porque soy Huan, el Perro, el mayor enemigo de Tevildo. Descansa ahora conmigo por un rato entre la sombra de los bosques y yo pensaré con mucho afán.

Entonces Tinúviel le obedeció y durmió largo tiempo mientras Huan vigilaba, porque estaba muy fatigada. Pero al cabo de un rato despertó y dijo:

—¡Ay!, he dormido demasiado. Dime qué has pensado, oh Huan.

Y Huan dijo:

—Éste es un asunto misterioso y difícil, y no se me ocurre más que esto: acércate con cautela, si te atreves a hacerlo, a la morada de ese Príncipe mientras el sol está alto y Tevildo y la mayoría de los suyos dormitan en las terrazas que hay ante las puertas. Averigua allí, como puedas, si Beren aún se encuentra en ese lugar, como dijo tu madre. Yo me quedaré no muy lejos de allí en los bosques y, ya sea que Beren esté allí o no, me complacerás y a la vez lograrás lo que deseas si al presentarte ante Tevildo le dices que te has tropezado con Huan, el Perro, que yacía enfermo en los bosques, en este sitio. No le digas cómo llegar hasta aquí, porque tú misma tienes que guiarlo, si es posible. Entonces verás lo que he urdido para ti y para Tevildo. Presiento que, por llevarle esas nuevas, Tevildo no te tratará mal dentro de su morada ni intentará retenerte allí.

De ese modo, Huan pretendía hacer daño a Tevildo, o quizá incluso darle muerte si era posible, y ayudar a Beren, porque creía realmente que era Beren, el hijo de Egnor, al que adoraban los sabuesos de Hisilómë. De hecho, después de oír el nombre de Gwendeling y, dándose cuenta entonces de que la doncella era una princesa de las hadas de los bosques, estaba ansioso por ayudarla y su corazón se conmovió ante su dulzura.

Entonces Tinúviel, armándose de valor, se dirigió furtivamente a la morada de Tevildo, y Huan quedó muy asombrado por su valentía y la siguió sin que ella se diera cuenta, lo más lejos que pudo para que su plan no fracasara. Finalmente la perdió de vista, y Tinúviel, alejándose del amparo de los árboles, llegó a un paraje cubierto de altos pastos y salpicado de arbustos, que se elevaba hacia una saliente de las colinas. El sol brillaba sobre ese espolón rocoso, pero sobre las colinas y las montañas del fondo se cernía una nube negra, porque allí se encontraba Angamandi; y Tinúviel siguió caminando, sin atreverse a contemplar esa lóbrega imagen porque se sentía abrumada de temor y, a medida que avanzaba, el terreno se iba elevando y el pasto era cada vez más escaso y se iba cubriendo de piedras hasta llegar a un risco escarpado en una de sus caras y allí, sobre una plataforma pedregosa, estaba el castillo de Tevildo. No había ningún sendero que condujera a él y el terreno en el que se alzaba descendía de terraza en terraza hacia los bosques, de modo que nadie podía llegar hasta la entrada a menos que saltara de una a otra y éstas eran cada vez más empinadas a medida que se acercaban al castillo. Éste tenía muy pocas ventanas y ninguna de ellas estaba cerca de la tierra; de hecho, la misma entrada estaba en el aire, donde en las casas de los Hombres se encuentran las ventanas del piso más alto; pero en el techo había muchos espacios amplios y planos expuestos al sol.

Tinúviel comenzó a vagar desconsolada por la primera terraza, mientras miraba con espanto el sombrío castillo que se elevaba sobre la colina, cuando he aquí que en un recodo de la roca encontró a un gato solitario que descansaba al sol y que parecía dormir. Al acercarse, él abrió un ojo amarillo y le hizo un guiño y, luego de levantarse y estirarse, se le aproximó y dijo:

—Aléjate, pequeña, ¿no sabes que acabas de entrar donde no debes, al lugar donde toman el sol su alteza Tevildo y sus vasallos?

Entonces Tinúviel sintió un miedo espantoso, pero respondió con toda la temeridad que podía y le dijo:

—Sí, lo sé, señor mío —y esto complació mucho al viejo gato, porque en realidad sólo era el guardián del portón del castillo—, pero os agradecería que me condujerais ante Tevildo, incluso si está dormido —dijo ella, pero el guardián dio un coletazo, negándose asombrado—. Tengo que decirle algo de suma importancia en sus propios oídos. Conducidme a su presencia, oh, señor mío —le rogó y, ante eso, el gato lanzó un ronroneo tan sonoro que ella se atrevió a acariciarlo en la horrible cabeza, que era mucho más grande que la suya y más grande aún que la de cualquier perro que habite en la Tierra.

Ante esa súplica, Umuiyan, que así se llamaba, le dijo:

—Ven conmigo —y cogiendo súbitamente a Tinúviel por el hombro de su vestido, lo que le despertó un enorme pavor, se la echó a la espalda y saltó hasta la segunda terraza. Allí se detuvo y, mientras Tinúviel desmontaba con gran esfuerzo, le dijo—: Tienes suerte de que esta tarde mi señor Tevildo descanse en esta baja terraza lejos de su hogar, porque un gran cansancio y un repentino deseo de dormir se han apoderado de mí, y me temo que no estaré dispuesto a llevarte mucho más lejos. —Y Tinúviel estaba envuelta en su manto de oscura niebla.

Junto con decir eso, Umuiyan dio un enorme bostezo y se estiró antes de conducirla por la terraza hasta llegar a un espacio abierto donde, sobre un amplio lecho de piedras calcinantes, yacía el horrible cuerpo del mismísimo Tevildo, con los dos malévolos ojos cerrados. Umuiyan, el guardián del portón, se le acercó y le dijo quedamente al oído:

—Una doncella espera que la recibáis, señor mío; tiene importantes nuevas para vos y no deja de insistir. —Entonces, Tevildo dio un furioso coletazo, entreabriendo un ojo—: ¿Qué es esto? Date prisa —le dijo—, porque ésta no es la hora indicada para solicitar una audiencia a Tevildo, el Príncipe de los Gatos.

—No, señor —dijo temblando Tinúviel—, no os enfadéis y no creo que os enfurezcáis cuando me escuchéis, aunque se trata de algo que es preferible no decir aquí ni siquiera en un susurro cuando sopla una brisa. —Y Tinúviel fingió mirar con recelo hacia los bosques.

—¡No!, márchate —dijo Tevildo—, hueles a perro y ¿qué buena nueva puede recibir un gato de un hada que haya tenido tratos con los perros?

—No es sorprendente, señor, que huela a perro, porque acabo de escapar de uno y en realidad se trata de un perro muy feroz cuyo nombre conocéis. —Entonces Tevildo se sentó y abrió los ojos y miró alrededor y se estiró tres veces y, finalmente, le ordenó al gato guardián que la dejara entrar; y Umuiyan se la echó a la espalda como había hecho antes.

Tinúviel estaba aterrada porque, habiendo conseguido ya lo que deseaba, entrar a la fortaleza de Tevildo y tal vez descubrir si Beren se encontraba allí, ya no tenía plan alguno y no sabía qué le podía suceder; en realidad, de poder hacerlo, habría huido, pero los gatos ya empezaban a subir por las terrazas en dirección al castillo, y Umuiyan dio un salto con Tinúviel a la espalda y luego otro y la tercera vez se tambaleó, de modo que Tinúviel dio un grito de pavor y Tevildo dijo:

—¿Qué te sucede, Umuiyan, torpe de ti? Ya es hora de que dejes de servirme si los años han comenzado a pesarte tan pronto.

Pero Umuiyan le dijo:

—No, señor, no sé lo que me sucede, pero una niebla me nubla los ojos y me pesa la cabeza —y se tambaleó como un borracho, de modo que Tinúviel se bajó deslizándose de su espalda y, a continuación, Umuiyan se dejó caer como si estuviera profundamente dormido; pero Tevildo estaba furioso y cogió a Tinúviel sin ninguna delicadeza y él mismo la llevó hasta el portón. En-

II

tonces, dando un enorme salto, cruzó la puerta y, luego de ordenarle a la doncella que se apeara, dio un grito que retumbó aterradoramente en los sombríos pasadizos y corredores. Los gatos aparecieron de inmediato y a algunos de ellos les ordenó que bajaran hasta donde estaba Umuiyan y que lo ataran y lo arrojaran desde las rocas—. En el norte, donde son más abruptas, porque ya ha dejado de servirme —dijo—, ya que los años lo hacen tambalearse. —Y Tinúviel se estremeció al ver lo despiadada que era esa bestia. Pero, mientras hablaba, también él comenzó a bostezar y a tambalearse, como si lo dominara una súbita somnolencia, y les ordenó a otros que condujeran a Tinúviel a una sala que había dentro, donde Tevildo solía sentarse a comer con sus vasallos más importantes. Estaba llena de huesos y tenía un olor espantoso; no había ni una sola ventana y nada más que una puerta; un escotillón comunicaba el cuarto con las enormes cocinas, de las que escapaba una luz roja que apenas iluminaba el lugar.

Cuando los gatos la dejaron allí, Tinúviel se sintió tan aterrada que se quedó quieta por un momento, incapaz de moverse, pero tardó poco en acostumbrarse a la oscuridad y comenzó a escudriñar el escotillón, que tenía un ancho borde al que se trepó, porque no era muy alta y Tinúviel era una Elfa muy ágil. Y, mirando desde allí, porque estaba abierto de par en par, vio las altas cocinas abovedadas y las enormes fogatas que ardían en su interior y a los que trabajaban afanosamente sin salir jamás de allí, y casi todos eran gatos, pero he aquí que junto a una gran fogata estaba agachado Beren, agobiado por el esfuerzo, y Tinúviel se sentó y lloró, pero aún no se atrevía a hacer nada. Mientras estaba sentada allí escuchó la dura voz de Tevildo que retumbó de pronto en el interior del cuarto:

—En el nombre de Melko, ¿dónde ha huido ahora esa Elfa loca? —Y, al oírlo, Tinúviel se apegó a la muralla, pero Tevildo advirtió dónde se encontraba y gritó—: Entonces, el pajarillo ya no canta; baja de allí o voy a tener que atraparte, porque no voy a permitir que los Elfos me pidan audiencia para burlarse de mí.

Entonces, con temor y a la vez con la esperanza de que su voz diáfana llegara a los oídos de Beren, Tinúviel comenzó de pronto a hablar en voz muy alta y a contar su historia para que resonara en las estancias; pero Tevildo le dijo:

—Habla más bajo, querida muchacha, si lo que cuentas debe ser un secreto allá fuera, no hay por qué pregonarlo aquí dentro.

Entonces Tinúviel dijo:

—No me habléis así, oh gato, por más que seáis el poderoso Señor de los Gatos, porque ¿no soy acaso Tinúviel, la Princesa de las Hadas, que se ha apartado de su camino para serviros? —Cuando hubo dicho esto, en voz mucho más sonora que antes, se escuchó un enorme estruendo en las cocinas porque alguien dejó caer de pronto muchos recipientes de metal y cacharros de barro, pero Tevildo refunfuñó:

—Es el bobo de Beren, el Elfo, que ha tropezado. ¡Que Melko me libre de bobos como él! —Pero Tinúviel, sospechando que Beren la había escuchado y que la sorpresa lo había impresionado, olvidó su temor y dejó de arrepentirse de su osadía. Sin embargo, Tevildo estaba enfurecido por sus palabras altaneras, y si no le hubiera interesado descubrir primero de qué podía servirle el relato de Tinúviel, le habría hecho daño de inmediato.

En realidad, a partir de ese instante, Tinúviel corría un gran peligro, porque Melko y todos sus vasallos consideraban que Tinwelint y los suyos eran forajidos y se complacían en atraparlos y tratarlos con mucha crueldad, de modo que Tevildo habría conquistado gran estimación si hubiese llevado a Tinúviel ante la presencia de su amo. De hecho, apenas hubo revelado su nombre, Tevildo se propuso hacerlo después de ocuparse de sus asuntos, pero en realidad ese día su ingenio estaba adormecido y se olvidó de seguir preguntándose por qué estaba sentada Tinúviel en el borde del escotillón; y también dejó de pensar en Beren, porque lo único que deseaba era escuchar la historia de Tinúviel. Por tanto, disimulando su mal humor, le dijo:

—No, Señora, no os enfadéis, venid, la espera ha despertado mi curiosidad; ¿qué tenéis que decirme?, porque mis oídos están ansiosos por escucharos.

Pero Tinúviel le dijo:

—Hay una bestia enorme, grosera y violenta, que se llama Huan —y, al escuchar ese nombre, la espalda de Tevildo se encorvó y los pelos se le erizaron y le chisporrotearon, y el brillo de su mirada se enrojeció—. Y me parece vergonzoso —siguió diciendo Tinúviel— que se permita a ese bruto seguir infestando los bosques, tan cerca incluso de la morada del poderoso Príncipe de los Gatos, mi señor Tevildo.

Pero Tevildo dijo:

—No se le permite que lo haga y sólo se acerca a hurtadillas.

—En todo caso —dijo Tinúviel—, allí está ahora mismo, pero presiento que por fin es posible poner fin a su [vida], porque he aquí que, mientras atravesaba los bosques, vi a un enorme animal echado y gimiendo como si estuviera enfermo; y sí, era Huan, víctima de algún mal o de un conjuro maléfico, y allí está todavía, indefenso, en un claro que no está a más de una milla hacia el oeste de este lugar, en los bosques. Tal vez no os habría importunado con esta historia, de no haber sido porque, cuando me acerqué a ayudarle, este bruto se abalanzó sobre mí y trató de morderme, y pienso que una criatura de su especie merece todo lo que pueda sucederle.

Ahora bien, todo lo que dijo Tinúviel no era sino una gran mentira que Huan le había ayudado a urdir, y las doncellas de los Eldar no están acostumbradas a mentir; pero nunca he oído que ninguno de los Eldar ni Beren la hayan criticado por ello y tampoco yo lo hago, porque Tevildo era un gato malvado y Melko era el más maléfico de todos los seres y Tinúviel corría un gran peligro. Pero Tevildo era un gran mentiroso y muy hábil, tan versado en todos los engaños y las sutilezas de todas las bestias y las criaturas que rara vez sabía si debía creer lo que le decían o no y tenía la costumbre de desconfiar de todo salvo de aquello que deseaba creer, así que a menudo lo engañaban los más honestos. Fue tanto lo que le agradó la historia de Huan y de su desamparo que se mostró dispuesto a creer que era cierta y a comprobar al menos si era verdad; sin embargo, en un comienzo fingió indiferencia, diciendo que era muy poco importante para guardar tanto secreto al respecto y que se podría haber hablado de ello fuera de allí sin ningún problema. Pero Tinúviel dijo que no creía necesario decirle a Tevildo, el Príncipe de los Gatos, que Huan era capaz de escuchar hasta el más leve sonido a una legua de distancia y la voz de un gato más que cualquier otro sonido.

Ahora bien, Tevildo fingió que no creía en su historia para tratar de averiguar exactamente dónde estaba Huan, pero ella sólo le dio respuestas vagas, porque comprendió que ésa era su única esperanza de escapar del castillo, y finalmente Tevildo, dominado por la curiosidad y amenazándola con grandes males si no decía la verdad, llamó a dos de sus vasallos, y uno de ellos era Oikeroi, un gato feroz y guerrero. Entonces los tres abandonaron ese lugar con Tinúviel, pero ésta se quitó su mágico manto negro y lo dobló de tal manera que, por su tamaño y su espesor, parecía el más pequeño pañuelo (porque tal era su habilidad) y así bajó de terraza en terraza sobre la espalda de Oikeroi sin ningún contratiempo, y su portador no se sintió adormecido en absoluto. Luego comenzaron a avanzar cautelosamente por los bosques en la dirección que ella les había indicado y no pasó mucho tiempo antes de que Tevildo oliera a perro y se le erizara la enorme cola y empezara a fustigarla, pero después de eso trepó a un alto árbol y miró hacia el claro que Tinúviel les había enseñado. De hecho, allí ve al robusto Huan postrado, quejándose y gimiendo, y baja rápidamente y con gran júbilo y, en su afán, se olvida de Tinúviel, quien, muerta de miedo por Huan, se esconde entre un montón de helechos. Lo que Tevildo y sus dos compañeros pretendían hacer era entrar furtivamente en el claro desde distintos puntos y dejarse caer súbitamente sobre Huan, sin que él se percatara, y darle muerte o, si estaba demasiado débil para luchar, burlarse de él y atormentarlo. Eso fue lo que hicieron pero, apenas saltaron sobre Huan, él dio un brinco en el aire con un fuerte aullido y enterró las fauces en la espalda del gato Oikeroi, cerca del cuello, y Oikeroi cayó muerto; pero el otro vasallo se encaramó gritando a un árbol muy alto y Tevildo quedó solo frente a Huan, y no estaba muy dispuesto a enfrentarse con él de esa manera, pero Huan se le acercó tan rápidamente que no alcanzó a huir y lucharon ferozmente en el claro y Tevildo hacía unos ruidos espantosos; pero finalmente Huan lo cogió por el cuello y el gato podría haber muerto si, dando manotazos a ciegas, no le hubiese enterrado las garras a Huan en un ojo. Entonces Huan empezó a aullar y, dando pavorosos chillidos, Tevildo se soltó con un violento tirón y trepó a un árbol alto y liso que había cerca, tal como había hecho su compañero. Aunque está malherido, Huan salta al pie del árbol con feroces ladridos y Tevildo le lanza maldiciones y le grita imprecaciones desde arriba.

Entonces dijo Huan:

—¡Escucha, Tevildo!, éstas son las palabras de Huan, al que pretendiste atrapar y dar muerte mientras yacía indefenso, como a los miserables ratones que tanto te gusta cazar; quédate para siempre en lo alto de ese árbol solitario y desángrate hasta morir o baja y deja que te entierre los dientes. Pero si nada de esto te parece bien, dime dónde se encuentran Tinúviel, la Princesa de las Hadas, y Beren, el hijo de Egnor, porque son mis amigos. Ellos serán el precio de tu rescate, aunque es darte mucho más valor del que tienes en realidad.

—Esa maldita Elfa está lloriqueando allá entre aquellos helechos, si mis oídos no me engañan —dijo Tevildo—, y tengo la impresión de que Miaulë, el cocinero que tengo en las cocinas de mi castillo, está dándole unos buenos arañazos a Beren por lo torpe que fue hace una hora.

—Entonces ordena que me los traigan sanos y salvos —dijo Huan— y tú puedes regresar a tu morada y lamerte sin que te haga daño.

—Puedes estar seguro de que el vasallo que me acompaña irá a buscarlos para entregártelos —dijo Tevildo, pero Huan gruñó—: ¡Ay!, y seguramente traerá a todos los de tu tribu y a las huestes de los Orcos y a los azotes de Melko. No, no soy un necio; prefiero que le des una prenda a Tinúviel y que ella vaya a buscar a Beren, aunque, si prefieres, puedes quedarte donde estás. —Entonces Tevildo se vio obligado a arrojar su collar dorado, una contraseña que ningún gato osa ignorar, pero Huan dijo—: No, se necesita algo más, porque esto hará que todos los tuyos vengan a buscarte. —Y Tevildo lo sabía y esperaba que eso sucediera. Así fue como por fin el cansancio y el hambre y el miedo obligaron al orgulloso gato, un príncipe al servicio de Melko, a revelar el secreto de los gatos y el conjuro que Melko le había entregado y ésas eran las palabras mágicas que mantenían en su lugar las piedras de su maléfico hogar y a todos los animales del pueblo de los gatos bajo su dominio, otorgándoles un poder perverso que superaba a su propia naturaleza; porque hacía mucho ya que se decía que Tevildo era un duende maligno que había adoptado la forma de un animal. Cuando hubo revelado su secreto, Huan se echó a reír hasta que los bosques se estremecieron, porque sabía que el dominio de los gatos había llegado a su fin.

Llevando el collar dorado de Tevildo, Tinúviel se precipitó a la primera terraza hasta llegar ante el portón, donde repitió el conjuro con voz diáfana. Entonces he aquí que los gritos de los gatos resonaron por doquier y la casa de Tevildo se estremeció; y de allí comenzaron a salir muchísimos seres que se habían empequeñecido hasta volverse insignificantes y que se aterrorizaron ante Tinúviel, que, agitando el collar de Tevildo, repitió algunas de las palabras que había oído decir a Tevildo ante Huan, y se postraron ante ella. Pero Tinúviel les dijo:

—¡Escuchad!, traed a todos los Elfos o a los hijos de los Hombres que están prisioneros entre estas murallas. —Y he aquí que le llevaron a Beren, pero no había ningún otro esclavo, con la excepción de Gimli, un viejo Gnomo, agobiado por la esclavitud y ya ciego, pero que tenía el oído más agudo que se ha conocido en el mundo, como dicen todas las canciones. Gimli salió apoyándose en un palo y con la ayuda de Beren, pero éste estaba cubierto de harapos y macilento y llevaba un enorme cuchillo que había sacado de la cocina, temiendo una nueva desgracia cuando la casa comenzó a estremecerse y oyó el griterío de todos los gatos; pero cuando vio a Tinúviel de pie en medio de los gatos que trataban de huir de su lado y vio el gran collar de Tevildo, sintió un gran asombro y no supo qué pensar. Pero Tinúviel estaba dichosa y le dijo:

—Oh, Beren, tú que vienes de allende las Montañas de la Amargura, ¿quieres bailar conmigo?... Pero salgamos de aquí. —Y se alejó con Beren, y todos los gatos empezaron a aullar y a gemir, de modo que Huan y Tevildo los oyeron desde los bosques, pero ningún gato los siguió ni los importunó, porque tenían miedo y habían perdido el poder mágico de Melko.

De esto se lamentaron después, cuando Tevildo regresó a su hogar seguido de su trémulo compañero, porque la ira de Tevildo era terrible y daba coletazos y golpeaba a todos los que estaban cerca. Ahora bien, aunque parezca insensato, cuando Beren y Tinúviel llegaron al claro, Huan, el Perro, dejó marcharse al Príncipe maligno sin atacarlo nuevamente, pero se colocó el collar dorado alrededor del cuello y esto fue lo que más enfureció a Tevildo, porque el collar encerraba una gran magia que daba fuerza y poder. A Huan no le complacía en absoluto que Tevildo siguiera vivo, pero dejó de temer a los gatos y los de esa tribu huyen de los perros desde entonces y los perros no han dejado de burlarse de ellos desde la humillación de Tevildo en los bosques cercanos a Angamandi; y ésa es la mayor proeza de Huan. Tiempo después, Melko se enteró de todo lo que había sucedido y maldijo a Tevildo y a los suyos, y los expulsó de sus tierras y desde entonces no tienen ni señor ni amo ni amigos y gimen y chillan porque sus corazones se sienten solitarios y llenos de amargura y desolados, y reina la oscuridad y no hay ni un solo rastro de bondad.

Sin embargo, en la época de la que habla este cuento lo que más ansiaba Tevildo era atrapar nuevamente a Beren y a Tinúviel y dar muerte a Huan, para recuperar el conjuro y el poder mágico que había perdido, porque Melko le inspiraba un gran temor y no osaba pedirle ayuda a su amo ni decirle que había sido derrotado y que había perdido su conjuro. Sin saber nada de eso, Huan sentía temor ante esos parajes y tenía mucho miedo de que lo ocurrido llegara rápidamente a oídos de Melko, como pasaba con la mayoría de las cosas que sucedían en el mundo; por tanto, Tinúviel y Beren se marcharon muy lejos con él y se convirtieron en grandes amigos y, viviendo de ese modo, Beren recuperó sus fuerzas y el recuerdo del cautiverio lo abandonó y Tinúviel lo amaba.

Pero fueron días desolados y duros y muy solitarios, porque nunca llegaron a ver el rostro de un Elfo o de un Hombre, y, al cabo de un tiempo, Tinúviel comenzó a sentir una profunda añoranza por Gwendeling, su madre, y por las canciones llenas de dulces sortilegios que solía cantarles a sus hijos a la hora del crepúsculo en los bosques cercanos a su antigua morada. A menudo, Tinúviel creía escuchar la flauta de su hermano Dairon en los hermosos claros donde a veces se quedaban por un tiempo, y su corazón se entristecía. Finalmente, le dijo a Beren y a Huan:

—Debo regresar a mi hogar. —Y el dolor se apoderó del corazón de Beren, puesto que le gustaba vivir así en los bosques con los perros (porque muchos otros se habían unido a Huan), pero no si Tinúviel se marchaba.

Sin embargo, dijo:

—Jamás regresaré contigo a tu tierra de Artanor ni iré después a buscarte, dulce Tinúviel, a menos que lleve conmigo el Silmaril; pero es posible que nunca lo consiga, porque ahora soy un fugitivo de la morada de Melko y corro peligro de sufrir los más espantosos tormentos si uno de sus sirvientes llega a verme. —Eso fue lo que dijo con dolor en el corazón al despedirse de Tinúviel y ella se sintió muy confusa, porque no se resignaba a abandonar a Beren ni tampoco a vivir eternamente en el exilio. Se quedó sentada por un largo rato, llena de tristes pensamientos y sin hablar, pero Beren se sentó junto a ella y por fin le dijo:

—Tinúviel, lo único que puedo hacer es ir en busca del Silmaril —y ella comenzó a buscar a Huan para pedirle que le ayudara y le diera consejos, pero él estaba muy serio porque sentía que la idea no era más que una insensatez. No obstante, finalmente Tinúviel le rogó que le diera la piel de Oikeroi, al que había dado muerte en la contienda del claro; Oikeroi era un gato muy poderoso y Huan llevaba consigo la piel como un trofeo.

Entonces Tinúviel recurrió a sus artes y a su magia de hada, y le colocó la piel a Beren y lo transformó en un enorme gato y le enseñó a sentarse y a tenderse, a caminar y a saltar y a trotar como los gatos, hasta que los bigotes de Huan se erizaron al verlo, lo que hizo reír a Beren y a Tinúviel. Sin embargo, Beren no aprendió nunca a chillar o a gemir o a ronronear como ningún gato que haya existido, y Tinúviel tampoco pudo darle brillo a los ojos sin vida que había en la piel del gato.

—Pero tendremos que conformarnos —dijo—, pareces un gato muy noble, siempre que no abras la boca.

Entonces se despidieron de Huan y emprendieron el camino rumbo a la morada de Melko por fáciles senderos, porque Beren se sentía muy incómodo y tenía mucho calor dentro de la piel de Oikeroi, y por un tiempo Tinúviel sintió el corazón tan liviano como no lo había sentido desde hacía mucho y acariciaba a Beren o le tiraba de la cola, y Beren se enfadaba porque no podía dar coletazos para responder con tanto ardor como habría deseado. Sin embargo, por fin llegaron a las inmediaciones de Angamandi, y la prueba de ello eran los ruidos retumbantes y sordos y el fuerte martilleo de diez mil herreros que trabajaban sin cesar. Estaban cerca de las tristes estancias donde los Noldoli cautivos trabajaban arduamente, sin cesar, bajo las órdenes de los Orcos y los trasgos de las colinas, y la sombra y la oscuridad eran tales que se desalentaron, pero Tinúviel se cubrió nuevamente con el oscuro manto que provocaba un profundo sueño. El portón de Angamandi era de hierro con horribles figuras labradas y estaba cubierto de cuchillos y clavos, y delante de él se encontraba el lobo más grande que se haya visto en el mundo, Karkaras, el de los Dientes de Cuchillo, que jamás había dormido; y Karkaras gruñó cuando vio acercarse a Tinúviel, pero no le prestó mucha atención al gato, porque pensaba que los gatos no eran importantes y porque salían y entraban constantemente.

—Oh, Karkaras, no gruñas —le dijo Tinúviel—, porque vengo en busca de mi señor Melko y este vasallo de Tevildo me acompaña. —El oscuro manto ocultaba toda su deslumbrante belleza y Karkaras no se inquietó, aunque se le acercó para olerla, como solía hacer, y el manto no lograba ocultar el dulce aroma de los Eldar. Inmediatamente, Tinúviel comenzó a bailar una danza mágica y le rozó los ojos con las negras hebras de su velo oscuro, de modo que la somnolencia le hizo temblar las patas y se dejó caer y se durmió. Pero Tinúviel no dejó de bailar hasta que Karkaras cayó en un profundo sueño y comenzó a soñar con grandes cacerías en los bosques de Hisilómë cuando todavía era un cachorro, y entonces los dos cruzaron el negro portal y, después de atravesar muchos pasadizos tortuosos y sombríos, llegaron por fin ante el mismísimo Melko.

En esa penumbra, Beren parecía un perfecto vasallo de Tevildo y, en realidad, en otros tiempos Oikeroi había frecuentado las estancias de Melko, de modo que nadie le prestó atención y se escabulló sin ser visto bajo el trono del Ainu, pero las víboras y las horribles cosas que había allá abajo le provocaron tal temor que no se atrevió a moverse.

Ahora bien, todo esto ocurrió con la mayor fortuna, porque si Tevildo hubiese estado con Melko habrían descubierto el engaño, y, en realidad, habían pensado que corrían ese peligro, sin saber que Tevildo estaba ahora en sus estancias, y no sabían qué podrían hacer si su derrota se llegaba a conocer en Angamandi; pero he aquí que Melko miró escrutadoramente a Tinúviel y le dijo:

—¿Quién eres tú, que revoloteas por mis estancias como un murciélago? ¿Cómo lograste entrar? Porque no cabe duda de que no eres de aquí.

—No, aún no lo soy —dijo Tinúviel—, pero tal vez lo sea más adelante, si por ventura lo permite vuestra bondad, Melko, señor mío. ¿No sabéis, acaso, que soy Tinúviel, hija del proscrito Tinwelint, y que me ha expulsado de sus estancias, porque es un Elfo arrogante y no otorgo mi amor porque él me lo ordene?

Ahora bien, Melko estaba realmente muy sorprendido de que la hija de Tinwelint llegara así, por su propia voluntad, a su morada, a la terrible Angamandi, y sospechando algo desagradable le preguntó qué deseaba:

—Porque —le dijo— ¿no sabes que aquí no sentimos amor alguno por tu padre ni los suyos y que no debes esperar que te hable con dulzura o te dé consuelo?

—Eso ha dicho mi padre —dijo ella—, pero ¿por qué habría de creerle? ¡Mirad!, puedo bailar sutiles danzas y ahora bailaré ante vos, mi señor, porque presiento que entonces me otorgaréis un humilde rincón de vuestras estancias, donde pueda quedarme hasta que mandéis llamar a la pequeña bailarina Tinúviel para aliviar vuestra ansiedad.

—No —dijo Melko—, poco me importan esas cosas; pero como has venido de tan lejos para bailar, baila pues, y después de eso veremos —y junto con eso echó una horrible mirada de soslayo, porque se le acababa de ocurrir una maldad.

Entonces Tinúviel comenzó a bailar un baile que ni ella ni ningún otro espíritu ni elfo ni duende había bailado jamás antes ni bailaría desde entonces y, después de un rato, hasta el mismo Melko empezó a contemplarla asombrado. Tinúviel bailaba por toda la sala, ágil como una golondrina, silenciosa como un murciélago, mágicamente bella como sólo Tinúviel ha sido, y tan pronto estaba junto a Melko como delante de él como a sus espaldas, y su manto brumoso le rozaba el rostro y ondulaba ante sus ojos, y los que estaban sentados cerca de las murallas o de pie en la sala fueron cayendo dormidos uno a uno, sumergiéndose en sueños abismales en los que soñaban con todo lo que anhelaban sus malignos corazones.

Las víboras que había bajo el trono estaban petrificadas y los lobos que descansaban junto a sus pies bostezaban adormilados y Melko no dejaba de contemplarla hechizado, pero aún despierto. Entonces Tinúviel empezó a bailar más grácilmente aún ante sus ojos y, mientras bailaba, iba cantando en una voz muy dulce y prodigiosa una canción que le había enseñado Gwendeling hacía mucho tiempo, una canción que los jóvenes y las doncellas cantaban bajo los cipreses de los jardines de Lórien, cuando el Árbol Dorado ya se había marchitado y Silpion lanzaba deslumbrantes destellos. La canción encerraba el canto de los ruiseñores y daba la impresión de que el aire de ese funesto lugar se llenaba de sutiles aromas mientras ella apenas rozaba el suelo con los pies, como una pluma al viento; y tampoco se ha vuelto a escuchar una voz tan melodiosa ni a ver tal belleza en ese sitio, y el Ainu Melko, a pesar de todo su poder y toda su grandeza, terminó por sucumbir a la magia de la doncella Elfo y hasta los párpados de Lórien se habrían cerrado si hubiese estado allí. Entonces Melko se inclinó hacia delante, adormecido, y cayó al suelo profundamente dormido y su corona de hierro rodó lejos.

Tinúviel se detuvo súbitamente. Lo único que se escuchaba en toda la sala era la pesada respiración de los que dormían; hasta Beren yacía dormido bajo el trono de Melko, pero Tinúviel lo remeció hasta despertarlo. Entonces, asustado y tembloroso, desgarró su disfraz y, liberándose de él, se puso en pie. Luego saca el cuchillo que trae de las cocinas de Tevildo y coge la extraordinaria corona de hierro, pero Tinúviel no logra moverla y Beren no puede darle la vuelta. En la umbrosa sala donde el mal duerme, los dos están enloquecidos de pavor mientras Beren se esfuerza por arrancar un Silmaril con su cuchillo lo más silenciosamente que puede. Por fin logra soltar la enorme joya engarzada en el centro de la corona y el sudor le corre por la frente, pero precisamente cuando logra arrancarla, he aquí que su cuchillo se parte con un fuerte chasquido.

Tinúviel ahoga un grito al ver lo que acaba de suceder y Beren se aleja de un salto con el Silmaril en la mano, y los que duermen se mueven agitados y Melko gruñe como si perversos pensamientos turbaran su sueño y una torva expresión le cruza el rostro dormido. Ya satisfechos con esa joya reluciente, los dos huyen desesperados del salón, atravesando con precipitación innumerables pasadizos oscuros hasta que, al ver el brillo de luces grisáceas, se dan cuenta de que están cerca del portón; y, ¡horror!, Karkaras está al otro lado del umbral, nuevamente despierto y alerta.

De inmediato, Beren se abalanzó delante de Tinúviel aunque ella le gritó que no lo hiciera, y en realidad no debería haberlo hecho, porque Tinúviel no alcanzó a lanzar su hechizo para adormecer nuevamente al animal, que, al ver a Beren, mostró los dientes y gruñó iracundo.

—¿Por qué estás tan malhumorado, Karkaras? —dijo Tinúviel.

—¿Por qué este Gnomo que no vi entrar sale ahora tan de prisa? —dijo el de los Dientes de Cuchillo y, junto con decirlo, saltó sobre Beren, que golpeó al lobo en el entrecejo con un puño, mientras con la otra mano lo cogía del cuello.

Entonces Karkaras atrapó entre sus horrorosas fauces la mano en la que Beren empuñaba el deslumbrante Silmaril, y con un mordisco arrancó la mano y la joya y cerró sus rojas fauces con ellas dentro. Inmenso fue el dolor de Beren e inmensos también el temor y la angustia de Tinúviel pero, aunque esperaban que el lobo los atacara, algo muy extraño y terrible sucedió entonces. El Silmaril lanzó una llamarada blanca que encerraba en su interior y que poseía una magia sagrada y poderosa, porque ¿no provenía acaso de Valinor y los reinos bendecidos y había sido hecha con los hechizos de los Dioses y de los Gnomos antes de que el mal llegara allí?; y no soportaba el roce de una piel malvada o de una mano impía. El Silmaril baja por el asqueroso cuerpo de Karkaras y de pronto la bestia se siente arder entre horribles tormentos y sus gemidos de dolor causan espanto al retumbar en los rocosos pasadizos, de modo que toda la corte adormilada se despierta. Entonces Tinúviel y Beren huyeron de la entrada veloces como el viento, pero Karkaras ya los había dejado atrás, furioso y enloquecido como una bestia perseguida por los Balrogs; y, más tarde, una vez recuperado el aliento, Tinúviel lloró por el brazo mutilado de Beren, besándolo una y otra vez, de modo que afortunadamente dejó de sangrar y el dolor lo abandonó y se curó gracias al tierno poder de su amor; pero, a partir de entonces, en todos los pueblos se conoció a Beren como Ermabwed, el Manco, Elmavoitë en el lenguaje de la Isla Solitaria.

Sin embargo, ahora tenían que reflexionar cómo podían escapar, si tenían la suerte de hacerlo, y Tinúviel envolvió su oscuro manto en torno al cuerpo de Beren y así, por un tiempo, mientras avanzaban por las colinas en medio de las sombras y la oscuridad, nadie llegó a verlos, aunque Melko había puesto en pie de guerra contra ellos a todos sus Orcos aterradores; y su furia ante el robo de la joya fue la más terrible que habían conocido los Elfos hasta entonces.

Aun así, les pareció que muy pronto la red de los cazadores se estrechaba cada vez más a su alrededor y, aunque ya habían llegado a los confines de los bosques más conocidos y atravesado la tenebrosa floresta de Taurfuin, todavía se extendían muchas peligrosas leguas entre ellos y las cavernas del rey, e incluso si lograban llegar hasta allí les parecía que sólo conseguirían que sus perseguidores los siguieran a esas tierras y que el odio de Melko caería sobre todos los habitantes de los bosques. El clamor y el griterío eran tales que Huan los escuchó a lo lejos, y enorme fue su asombro ante la osadía de esos dos y aún mayor porque habían escapado de Angamandi.

Entonces Huan atravesó los bosques con muchos perros, persiguiendo a los Orcos y a los vasallos de Tevildo, y sufrió muchas heridas y dio muerte o aterrorizó e hizo huir a muchos de ellos, hasta que una tarde, a la hora del crepúsculo, los Valar lo condujeron a un claro en esa región del norte de Artanor que desde entonces se ha conocido como Nan Dumgorthin, la tierra de los ídolos siniestros, pero ésa es otra historia. Sin embargo, incluso en ese entonces era una tierra siniestra y sombría y ominosa y el espanto se extendía bajo sus árboles amenazadores al igual que en Taurfuin; y esos dos Elfos, Tinúviel y Beren, estaban allí, agotados y sin esperanzas, y Tinúviel lloraba pero Beren jugueteaba con su cuchillo.

Ahora bien, cuando Huan los vio no les permitió hablar ni contarle lo que les había sucedido, sino que de inmediato subió a Tinúviel sobre su robusta espalda y le ordenó a Beren que corriera lo más velozmente que pudiera a su lado:

—Porque —les dijo— una gran hueste de Orcos se acerca velozmente y los lobos van rastreando y explorando el camino. —Y la jauría de Huan corre junto a ellos y avanzan veloces por senderos rápidos y secretos rumbo a las tierras del pueblo de Tinwelint. Así lograron eludir a sus enemigos, pero después de eso se enfrentaron muchas veces a malignas criaturas errantes y Beren dio muerte a un Orco que casi logró arrastrar con él a Tinúviel y ésa fue una verdadera hazaña. Al ver que aún los perseguían de cerca, Huan los condujo una vez más por caminos serpenteantes y no osaba llevarlos directamente a la tierra de las hadas de los bosques. Pero los guiaba con tanta astucia que finalmente, después de muchos días, dejaron atrás a los perseguidores y ya no volvieron a ver ni a escuchar a las bandas de los Orcos; ningún trasgo los acechaba y por la noche el aire no traía los aullidos de los malvados lobos, y tal vez fuera así porque ya habían entrado al círculo de la magia de Gwendeling, que ocultaba los senderos a las criaturas malignas y que alejaba todo mal de las regiones de los Elfos de los bosques.

Entonces Tinúviel volvió a respirar tranquila por primera vez desde que había huido de las estancias de su padre, y Beren descansó al sol, lejos del lóbrego Angband, hasta que lo abandonó la última amargura del cautiverio. Gracias a la luz que brillaba entre las verdes hojas y el susurro de los vientos puros y el canto de los pájaros, volvieron a vivir sin ningún temor.

Sin embargo, finalmente llegó un día en que, al despertar de un profundo letargo, Beren se desperezó como quien deja atrás un sueño placentero y recupera la conciencia y dijo:

—Adiós, oh Huan, el más fiel compañero, y tú, pequeña Tinúviel, a la que amo profundamente, que la suerte te acompañe. Sólo te ruego una cosa, que regreses de inmediato a la seguridad de tu hogar y espero que el buen Huan te guíe. Pero yo, ¡ay!, yo debo internarme en los bosques solitarios, porque he perdido el Silmaril que tuve en mi poder y nunca osaré acercarme nuevamente a Angamandi y, por tanto, jamás entraré en las estancias de Tinwelint. —Entonces lloró silenciosamente, pero Tinúviel, que estaba cerca y había oído sus reflexiones, se le acercó y le dijo—: No, he cambiado de parecer, y si vives en los bosques, oh Beren Ermabwed, lo mismo haré yo, y si vagas por lugares desolados también yo vagaré por allí, contigo o detrás de ti; pero mi padre no volverá a verme, a menos que tú me lleves a su lado. —Beren se alegró al oír sus dulces palabras y habría estado dispuesto a vivir con ella como un cazador en los parajes desiertos, pero su corazón se acongojó por todo lo que ella había sufrido por causa de él y por ella dejó a un lado su orgullo. Tinúviel logró persuadirlo, diciéndole que mostrarse terco sería una insensatez y que su padre sólo los recibiría con júbilo, porque estaría feliz de ver a su hija aún con vida.

—Tal vez se avergüence de que por su chanza hayas perdido tu hermosa mano entre las fauces de Karkaras —le dijo a Beren. Pero también le suplicó a Huan que los acompañara por un trecho—. Porque mi padre te debe una gran recompensa, oh Huan —le dijo—, si de verdad ama a su hija.

Así fue como los tres emprendieron nuevamente juntos el camino y por fin llegaron a los bosques que Tinúviel conocía y amaba, cerca de donde vivía su pueblo y de las profundas estancias de su hogar. Pero al acercarse vieron que entre esas gentes reinaba un temor y un alboroto desconocidos por muchísimo tiempo y, al interrogar a los que lloraban delante de sus puertas, se enteraron de que desde el día en que Tinúviel había huido misteriosamente, la desgracia se había apoderado de ellos. He aquí que el rey, enloquecido de dolor, había abandonado su cautela y su astucia de antaño; incluso había enviado a sus guerreros en busca de la doncella, de un lugar a otro, en la profundidad de los funestos bosques, y muchos habían sido asesinados o se habían extraviado para siempre y ahora luchaban contra los siervos de Melko a lo largo de las fronteras del norte y del este, y todo el pueblo estaba aterrado porque temía que el Ainu pudiera poner en movimiento a sus fuerzas y los destruyera, y el poder mágico de Gwendeling era incapaz de detener a todos los Orcos.

—¡Ay! —decían—, y ahora ha sucedido lo peor, porque hace mucho que la Reina Gwendeling se ha alejado de todos y no sonríe ni habla y parece contemplar a lo lejos con ojos fatigados y el velo de su magia que rodeaba los bosques se ha esfumado y los bosques están tristes, porque Dairon no regresa y ya no se escuchan sus melodías en los claros. Oíd ahora la peor de todas las malas nuevas, porque debéis saber que desde la morada del Mal se ha dejado caer enfurecido sobre nosotros un enorme lobo gris dominado por un espíritu malvado, que deambula como si lo impulsara una recóndita locura y nadie está a salvo. Ya ha dado muerte a muchos mientras corre desenfrenadamente, lanzando dentelladas y gritando por los bosques, de modo que hasta las mismas orillas del río que corre ante la morada del rey se han convertido en un lugar donde acecha el peligro. El espantoso lobo se acerca a menudo a beber allí y parece el mismísimo Príncipe del mal, con los ojos inyectados de sangre y la lengua colgando, y nunca sacia su sed, como si un fuego interior lo consumiera.

Entonces Tinúviel se entristeció al pensar en las desdichas que padecían los suyos y su corazón sufría más que nada ante la suerte de Dairon, porque hasta entonces no había oído ningún rumor sobre él. No obstante, no podía desear que Beren no hubiese llegado jamás a las tierras de Artanor, y juntos se dirigieron de prisa ante Tinwelint; y a los Elfos de los bosques ya les parecía que el mal comenzaba a disiparse ahora que Tinúviel se encontraba nuevamente entre ellos sana y salva. En realidad, apenas habían abrigado esperanzas de que eso sucediera.

Aunque encuentran muy abatido al Rey Tinwelint, su dolor se convierte rápidamente en lágrimas de júbilo y Gwendeling vuelve a cantar de alegría cuando Tinúviel entra y, quitándose el atavío de oscura niebla, se muestra ante ellos en su antiguo y precioso resplandor. Por un rato, todo es júbilo y asombro en la sala, pero finalmente el rey mira a Beren y dice:

—Así que también tú has vuelto, trayendo el Silmaril, sin duda, para compensar todo el mal que has traído a mi tierra; pero si no es así no comprendo por qué has venido.

Entonces Tinúviel golpeó el suelo con un pie y dio un grito tan fuerte que el rey y todos los que estaban a su alrededor se asombraron ante su nuevo e intrépido humor.

—¡Qué vergüenza, padre mío!, éste es el valiente Beren, que tu chanza arrojó a sombríos lugares y a un horrible cautiverio y sólo logró salvarse de una espantosa muerte gracias a los Valar. A mi parecer, sería más propio de un rey de los Eldar recompensarlo que injuriarlo.

—No —dijo Beren—, tu padre, el rey, está en su derecho. Señor —dijo—, ahora mismo tengo el Silmaril en mi mano.

—Enséñamelo, entonces —dijo el rey asombrado.

—No puedo hacerlo —dijo Beren—, porque la mano no está aquí —y extendió el brazo mutilado.

Entonces el corazón del rey se conmovió ante su valentía y su nobleza y les pidió a Beren y a Tinúviel que le contaran todo lo que le había sucedido a cada cual, y estaba ansioso por escucharlos, porque no comprendía bien las palabras de Beren. Sin embargo, después de oír el relato, su corazón sintió aún más simpatía por Beren y se maravilló ante el amor que había despertado en el corazón de Tinúviel y que la había llevado a realizar mayores proezas y más osadas que todos los guerreros de su pueblo.

—Oh Beren —dijo—, te ruego que no vuelvas a alejarte de esta corte ni de Tinúviel, porque eres un gran Elfo y tu nombre siempre será honrado entre todos los pueblos. —Pero Beren le respondió con orgullo y dijo—: No, oh Rey, no olvido mi promesa ni la vuestra y os traeré el Silmaril o no viviré jamás en paz en vuestra morada. —Y el rey le rogó que no regresara a los reinos sombríos y desconocidos, pero Beren dijo—: Ya no es preciso hacerlo, porque esa joya está cerca de vuestras cavernas —y le explicó claramente a Tinwelint que la bestia que asolaba sus tierras no era otro que Karkaras, el lobo que custodiaba el portón de Melko; y esto es algo que no todos sabían, pero Beren sí lo sabía porque se lo había dicho Huan, el sabueso más hábil para descifrar huellas y rastros, aunque a ningún sabueso le falta habilidad para hacerlo. En realidad, Huan acompañaba a Beren en esa sala y cuando oyó a esos dos hablar de una persecución y de gran cacería les rogó que lo dejaran participar; y le otorgaron con mucho gusto lo que pedía. Los tres se prepararon entonces para perseguir a la bestia y así liberar a todos del terror que despertaba el lobo, y Beren cumplió su palabra y llevó un Silmaril a Elfinesse para que brillara allí nuevamente. El mismo Rey Tinwelint encabezó la persecución y Beren iba a su lado, y Mablung, el de la Mano Pesada, jefe de los vasallos del rey, se levantó de un salto y cogió una lanza —un arma poderosa capturada en una batalla contra los Orcos lejanos—, y junto a los tres caminaba con majestuosidad Huan, el más fuerte de los perros, pero no aceptaron a nadie más a su lado de acuerdo con los deseos del rey, que dijo:

—Basta con cuatro para dar muerte incluso al Lobo del Infierno. —Pero sólo aquellos que lo habían visto sabían cuán temible era esa bestia, casi tan grande como un caballo de los Hombres y con un aliento tan ardiente que quemaba todo lo que rozaba. A la salida del sol emprendieron la marcha y poco después Huan avistó una huella fresca junto al río, no muy lejos de las puertas del rey. Y dijo:

—Ésta es la huella de Karkaras. —Caminaron todo el día bordeando el río y en muchos sitios sus orillas tenían rastros frescos de pisadas y estaban removidas y el agua de las charcas cercanas estaba turbia, como si bestias enloquecidas se hubiesen revolcado y hubieran luchado allí poco antes.

El sol se va ocultando y apagando más allá de los árboles del oeste, y la oscuridad empieza a caer desde Hisilómë y la luz del bosque desaparece. Incluso así llegan a un sitio donde las huellas se desvían del río o tal vez se pierden en las aguas y Huan ya no puede rastrearlas; y entonces acampan en ese lugar y se turnan para dormir junto al río y la noche va pasando.

De pronto, mientras Beren estaba de guardia, se escuchó a lo lejos un grito de pavor, que parecía el aullido de unos setenta lobos salvajes, y luego, ¡horror!, las ramas comenzaron a desgajarse y los árboles frágiles se quebraban con un chasquido a medida que el terror se aproximaba, y Beren comprendió que Karkaras ya estaba encima de ellos. Apenas tuvo tiempo de despertar a los demás, y no bien se levantaron de un salto, medio dormidos, cuando recortada bajo la titilante luz de la luna que se filtraba hasta allí surgió amenazadora una enorme silueta que huía como un ser enloquecido en dirección al agua. Huan se echó a ladrar y de inmediato la bestia se desvió bruscamente de su camino y se le acercó, y le salía espuma de las fauces y los ojos le brillaban con una luz rojiza y una mezcla de terror y de ira le desfiguraba la cara. Apenas apareció entre los árboles, Huan se le acercó corriendo intrépidamente, pero Karkaras, dando un gran salto, pasó por encima del robusto perro, porque de pronto toda su furia se encendió al reconocer a Beren, que estaba de pie un poco más atrás, y en la confusión de su mente le parecía que él era la causa de todos sus sufrimientos. Entonces Beren levantó rápidamente una lanza y se la enterró en el cuello y Huan dio otro salto y lo cogió por una de las piernas traseras y Karkaras se desmoronó como una piedra, porque en ese preciso instante la lanza del rey se le enterró en el corazón y su espíritu maligno lo abandonó y se alejó gimiendo lánguidamente hacia Mandos sobre las sombrías colinas; pero Beren yacía aplastado bajo el cuerpo de Karkaras. Entonces apartan el cadáver y se precipitan a abrirlo, pero Huan comienza a lamer el rostro de Beren, del que mana sangre. Muy pronto comprueban que Beren ha dicho la verdad, porque las entrañas del lobo están semiconsumidas, como si hubiera tenido un fuego ardiente en su interior, y, súbitamente, la noche se ilumina con un fulgor maravilloso, en el que brillan pálidos y misteriosos colores, cuando Mablung saca el Silmaril. Entonces, extendiendo el brazo, dijo:

—Aquí tenéis, oh Rey.

Pero Tinwelint dijo:

—No, no lo recibiré a menos que Beren me lo entregue. —Pero Huan dijo—: Y es posible que eso no ocurra jamás, a menos que lo curemos con presteza, porque presiento que está malherido —y Mablung y el rey se sintieron avergonzados.

Entonces, levantaron suavemente a Beren y lo atendieron y lo lavaron, y comenzó a respirar, pero ni hablaba ni abría los ojos y, cuando salió el sol, después de descansar un poco, lo llevaron con la mayor delicadeza en una litera hecha con ramas, a través de los bosques; y cerca del mediodía divisaron por fin nuevamente las casas del pueblo y para entonces estaban terriblemente agotados y Beren no se había movido ni hablado y sólo había dejado escapar tres gemidos.

Todos los del pueblo salieron en tropel a su encuentro cuando se enteraron de que estaban cerca y algunos les llevaron comida y bebidas frescas y ungüentos y bálsamos para sus heridas, y de no haber sido por la que había sufrido Beren, su alegría habría sido inmensa. Entonces cubrieron con suaves telas las ramas con hojas en las que descansaba y lo condujeron a las estancias del rey, y allí estaba esperándolos Tinúviel, abrumada de dolor; y se echó sobre el pecho de Beren y comenzó a llorar y a besarlo y él despertó y la reconoció y, después de eso, Mablung le entregó el Silmaril y él lo sostuvo con los brazos en alto contemplando su belleza, antes de decir lenta y dolorosamente:

—Aquí tenéis, oh Rey, os entrego la prodigiosa joya que deseabais y no es más que un objeto de poco valor hallado a la vera del camino, porque creo recordar que antaño teníais otra joya de inconcebible belleza, que ahora me pertenece. —Pero, mientras hablaba, las sombras de Mandos le cubrían el rostro y su espíritu huyó en ese instante a los confines del mundo y los tiernos besos de Tinúviel no lograron hacerlo regresar.

[Aquí Vëannë de repente deja de hablar y llora, y después de un rato dice:

—No, ése no es el final de la historia; pero aquí termina la parte de la historia que conozco bien.

En la conversación que sigue a esto, uno de los Ausir dice:

—Escuchad, he oído decir que el sortilegio de los tiernos besos de Tinúviel curó a Beren e hizo que su espíritu regresara desde el portal de Mandos y que vivió por mucho tiempo entre los Elfos Perdidos...]

Pero otro niño dijo:

—No, no fue eso lo que ocurrió, oh Ausir, y si escuchas te contaré el verdadero y prodigioso cuento; porque Beren murió allí en los brazos de Tinúviel, como dijo Vëannë, y Tinúviel, abrumada de dolor y sin encontrar ni consuelo ni luz en todo el mundo, lo siguió presurosa por los sombríos caminos que todos debemos recorrer a solas. Y hasta el frío corazón de Mandos se conmovió ante su belleza y su tierna hermosura, y le permitió llevar a Beren nuevamente al mundo y nunca se ha vuelto a permitir tal cosa ni a un Hombre ni a un Elfo y hay muchas canciones e historias que hablan de las súplicas de Tinúviel ante el trono de Mandos, pero no las recuerdo bien. Entonces Mandos les dijo a los dos: «Escuchad, oh Elfos, no os envío a un mundo de perfecta dicha, porque ésta no se encuentra ya en ningún lugar del mundo donde mora Melko, el del malvado corazón, y debéis saber que os convertiréis en mortales al igual que los Hombres y que cuando regreséis aquí será para siempre, a menos que los Dioses os manden llamar a Valinor». Sin embargo, los dos partieron tomados de la mano y juntos recorrieron los bosques del norte y muchas veces los vieron bajar de las colinas bailando mágicas danzas, y sus nombres se hicieron famosos por doquier.

[Entonces Vëannë dijo:]

—Y no sólo bailaban, porque a partir de entonces realizaron notables proezas y hay muchas historias que hablan de ellas y que debes escuchar, oh Eriol Melinon, cuando volvamos a contar cuentos. Porque a los dos se los llama en las historias i-Cuilwarthon, que quiere decir «los muertos que renacen», y se convirtieron en poderosas hadas en las tierras que circundan el norte del Sirion. Éste es el final, ¿te ha gustado la historia?

[Entonces Eriol dijo que no había esperado oír una historia tan asombrosa de alguien como Vëannë, a lo que ella contestó:]

—Pero no lo conté con mis propias palabras, aunque me gusta mucho; y, en realidad, todos los niños conocen las proezas que relata y lo he aprendido de memoria, leyéndolo en los libros de los Cuentos Perdidos y no comprendo todo lo que se cuenta en él.

Durante la década de 1920, mi padre estaba trabajando en la transformación de los Cuentos Perdidos de Turambar y Tinúviel en verso. En 1918 comenzó a redactar el primero de estos poemas, *La Balada de los Hijos de Húrin*, escrito en el metro aliterativo del inglés antiguo, pero lo abandonó mucho antes de terminarlo, muy probablemente cuando dejó la Universidad de Leeds. En el verano de 1925, el año en que asumió la cátedra de anglosajón en Oxford, comenzó a escribir «el poema de Tinúviel», llamado *La Balada de Leithian*. Lo tradujo como *Liberación de la esclavitud*, pero nunca explicó el título.

Introdujo fechas en muchos puntos del manuscrito, lo cual llama la atención puesto que no resulta nada característico. La primera de ellas, en el verso 557 (siguiendo la enumeración de la totalidad del poema), es el 23 de agosto de 1925, y la última, el 17 de septiembre de 1931, aparece junto al verso 4085. Poco después de ese punto, en el verso 4223, el poema fue abandonado, en un momento de la narración en que «las fauces de Carcharoth se cerraron como una trampa» sobre la mano de Beren, que portaba el Silmaril mientras huía de Angband. Existen sinopsis en prosa para el resto del poema, que nunca fue escrito.

En 1926 mi padre envió muchos de sus poemas a R.W. Reynolds, que había sido su profesor en la King Edward's School de Birmingham. Aquel año compuso un texto sustancioso con el título *Esbozo de la Mitología,* con referencia especial a *Los Hijos de Húrin*, y más tarde, en el sobre que contenía el manuscrito, puso que este texto era «el Silmarillion original», y que lo había escrito para el Sr. Reynolds para «explicar el trasfondo de la "versión aliterativa" de Túrin y el Dragón».

Este *Esbozo de la Mitología* era «el Silmarillion original» porque de él se aprecia una línea evolutiva directa, pero no hay una continuidad estilística en relación a los Cuentos Perdidos. El Esbozo es lo que indica su nombre: una sinopsis, compuesta en el presente del indicativo de manera concisa. Incluyo aquí el pasaje del texto que resume de la manera más breve el cuento de Beren y Lúthien.

Pasaje de *Esbozo de la Mitología*

El poder de Morgoth empieza a extenderse una vez más. Uno tras otro vence a los Hombres y a los Elfos en el Norte. De éstos, un famoso jefe de Ilkorindi era Barahir, que había sido amigo de Celegorm de Nargothrond.

Barahir es obligado a esconderse, su refugio descubierto y él muerto; su hijo Beren, después de una vida proscrita, huye al sur, cruza las Montañas Sombrías y tras sufrir dolorosas penurias llega a Doriath. Esta y sus otras aventuras se cuentan en *La Balada de Leithian*. Obtiene el amor de Tinúviel «el ruiseñor», nombre que él mismo da a Lúthien, hija de Thingol. Para ganarla, Thingol, con mofa, exige un Silmaril de la corona de Morgoth. Beren parte para conseguirlo, lo capturan y lo encierran en una mazmorra de Angband, pero oculta su verdadera identidad y lo entregan como esclavo a Thû el cazador. Thingol encierra a Lúthien, pero ella escapa y parte en busca de Beren. Con la ayuda de Huan, capitán de perros, rescata a Beren y consigue entrar en Angband, donde hechiza a Morgoth y, finalmente, lo envuelve en sueño con su baile. Obtienen un Silmaril y huyen, mas Carcaras, el

Lobo Guardián, les cierra el paso en las puertas de Angband. De un mordisco arranca la mano de Beren que sostiene el Silmaril, y enloquece con la angustia de la quemazón en su interior.

Escapan y después de mucho errar regresan a Doriath. Carcaras, hambriento, atraviesa los bosques y entra en Doriath, en la que Carcaras muere y Huan cae en defensa de Beren. No obstante, Beren recibe una herida fatal y muere en los brazos de Lúthien. Algunas canciones cuentan que Lúthien incluso atravesó el Hielo Crujiente, con la ayuda del poder de su divina madre, Melian, rumbo a las estancias de Mandos, donde consiguió recuperarlo; otras que Mandos, al oír su historia, lo liberó. Lo cierto es que sólo él de los mortales retornó de Mandos y vivió con Lúthien y jamás volvió a hablar a los Hombres, morando en los bosques de Doriath y en la Llanura de los Cazadores, al oeste de Nargothrond.

Se apreciará que la leyenda ha sufrido grandes cambios, de los cuales el más evidente es el del captor de Beren: aquí nos encontramos con Thû «el cazador». Al final del Esbozo se dice de Thû que era el «gran jefe» de Morgoth, y que «escapó de la Última Batalla y aún mora en lugares oscuros y pervierte a los Hombres atrayéndolos a su terrible adoración». En *La Balada de Leithian* Thû aparece como el temible Nigromante, Señor de los Lobos, que moraba en Tol Sirion, la isla en el río Sirion en la que había una atalaya élfica, que se convirtió en Tol-in-Gaurhoth, la Isla de los Licántropos. Ya es, o llegará a ser, Sauron. Tevildo y su tierra de gatos han desaparecido.

También como parte del trasfondo, otro elemento significativo de la leyenda emergió después de que *El Cuento de Tinúviel* fuera escrito: esta vez en relación al padre de Beren. Egnor el guardabosques, el gnomo «que cazaba en los lugares más sombríos, en el norte de Hisilómë» (p. 45) ha desaparecido. Ahora, en el pasaje del Esbozo citado arriba, su padre es Barahir, «un famoso líder de hombres»: fue obligado a esconderse ante el crecimiento del poder maligno de Morgoth, pero fue traicionado, su escondite descubierto y finalmente murió. «Después de una vida en el destierro, su hijo Beren huye al sur, cruza las Montañas Sombrías y llega a Doriath tras terribles tribulaciones. De ésta y otras aventuras se habla en *La Balada de Leithian.*»

Un pasaje extraído de *La Balada de Leithian*

A continuación reproduciré el pasaje de la Balada (compuesta en 1925; véase p. 191) que describe la traición de Gorlim, conocido como Gorlim el Desdichado, que reveló a Morgoth la localización del escondite de Barahir y sus compañeros, y las repercusiones de ello. Debería mencionar que los detalles textuales del poema son muy complejos, pero como mi (ambicioso) propósito con el presente libro reside en presentar un texto accesible y legible que muestre la evolución de la leyenda en sus diferentes estadios, he dejado de lado prácticamente todos los detalles de este tipo, que sólo podían haber dificultado el propósito en cuestión. Existe un repaso de la historia textual del poema en mi libro *Las Baladas de Beleriand* (*La Historia de la Tierra Media,* vol. III, 1985). Reproduzco los extractos de la Balada en el presente libro literalmente del texto que preparé para *Las Baladas de Beleriand.* La enumeración de los versos es, simplemente, relativa a los extractos, y no guarda relación alguna con la del poema completo.

El pasaje proviene del Canto II de la Balada. Le precede una descripción de la feroz tiranía de Morgoth en las tierras del norte en el momento de la llegada de Beren a Artanor (Doriath), y de la supervivencia clandestina de Barahir y Beren y otras diez personas, buscadas en vano por Morgoth durante muchos años, hasta que al final «sus pies quedaron presos en la trampa de Morgoth».

Fue Gorlim, agotado
por la fatiga y la huida y las hostilidades,
quien casualmente una noche se dirigió
por los oscuros campos con sigilo al encuentro
de un amigo oculto en el valle, 5
el que encontró un hogar que pálido se perfilaba
contra las nebulosas estrellas, todo oscuro
salvo una pequeña ventana, por la que un destello
de vacilante candil escapaba al exterior.
Allí se asomó, y lleno de zozobra 10
vio, como en un profundo sueño
cuando la añoranza engaña al dormido corazón,
a la esposa junto a un fuego moribundo
llorar al que había perdido; sus pobres ropas,
su pelo canoso y sus pálidas mejillas 15
hablaban de lágrimas y de soledad.
«¡Ah, hermosa y gentil Eilinel,
a quien creí en el oscuro infierno
hace tiempo prisionera! Antes de huir
te imaginé abatida y muerta 20
en aquella noche de súbito espanto
cuando perdí todo lo que amaba»:
eso pensó su atribulado corazón con asombro,
mientras observaba fuera, en la oscuridad.
Mas antes de atreverse a pronunciar su nombre, 25

o preguntar cómo había escapado y había llegado
a este lejano valle bajo las colinas,
oyó un grito al pie de las colinas.
Cerca ululó un búho cazador
con voz agorera. Oyó el aullido 30
de los lobos salvajes que le seguían
y perseguían sus pies entre las sombras indecisas.
Inexorable, bien lo sabía,
la jauría de Morgoth iba tras él.
Para que no mataran a Eilinel en su compañía 35
sin pronunciar palabra dio media vuelta,
y como una criatura salvaje reptando siguió
senderos tortuosos sobre el lecho rocoso
de la corriente y por estremecidos marjales,
hasta que lejos de las moradas de los hombres 40
se agazapó junto a sus pocos camaradas
en un lugar secreto; y la oscuridad creció
y menguó, y aún entonces vigiló sin dormir
y contempló el alba funesto trepar
a los húmedos cielos por encima de los árboles sombríos. 45
Una pena atenazaba su corazón, más allá del alivio
y la esperanza, más allá incluso de la cadena de la esclavitud:
volvería o no volvería a ver a su esposa.
Pero en lo único que pensaba entre el amor a su señor
y el odio al aborrecido rey 50
y la angustia por la hermosa Eilinel
que solitaria languidecía: ¿qué historia contar?

Mas al fin, cuando muchos días
de cavilar confundieron su mente,
encontró a los servidores del rey, 55
y les pidió que llevaran ante su señor
a un rebelde que buscaba el perdón,

si por fortuna el perdón se pudiera comprar
con noticias de Barahir el intrépido,
y dónde sus refugios y su fortaleza 60
mejor se podían encontrar de noche o de día.
Y así el triste Gorlim, conducido
a aquellas estancias oscuras y profundas,
cae a los pies de Morgoth,
y su confianza deposita en aquel cruel corazón 65
en el que la verdad nunca tiene cabida.
Dice Morgoth: «A Eilinel, la hermosa,
por supuesto que encontrarás, y allí
donde ella habita y te espera,
juntos para siempre estaréis, 70
y ya no tendréis que suspirar por estar separados.
Esta recompensa recibirá aquel que traiga
esas gratas noticias, ¡oh, querido traidor!
Pues Eilinel no habita aquí,
sino que en las sombras de la muerte vaga 75
viuda de esposo y de hogar.
¡Un espectro de aquello que podría haber sido,
creo yo, es eso que tú has visto!
Y ahora a través de las puertas del dolor
la tierra que pediste tristemente obtendrás; 80
a las nieblas sin luna del infierno
descenderás en busca de Eilinel».

Así, Gorlim padeció una muerte amarga
y se maldijo a sí mismo con aliento agonizante,
y Barahir fue capturado y muerto, 85
y todas las grandes proezas fueron en vano.
Pero la astucia de Morgoth fracasó para siempre,
y no prevaleció por completo sobre sus enemigos,
y quedaron algunos que siempre lucharon

deshaciendo aquello que la maldad obraba. 90
Por eso los hombres creyeron que Morgoth creó
el demoníaco fantasma que traicionó
el alma de Gorlim, provocando así
que la tenaz esperanza quedara en nada
para aquellos que vivían en el bosque solitario; 95
mas gracias a la buena fortuna Beren
fue a cazar lejos aquel día,
y sorprendido por las sombras en lugares lejanos
pernoctó, lejos de sus camaradas. En su sueño
sintió una terrible oscuridad que reptaba 100
sobre su corazón, y pensó que los árboles
estaban desnudos e inclinados bajo la doliente brisa;
no tenían hojas, pero negros cuervos
se posaban densos como hojas en ramas y corteza,
y graznaban, y al hacerlo cada pico 105
dejaba caer una gota de sangre; una red
invisible envolvió sus manos y sus piernas,
hasta que, extenuado, al borde
del tranquilo estanque se tendió y empezó a temblar.
Allí vio una sombra que se estremecía 110
lejos, sobre las aguas oscuras,
y crecía hasta convertirse en una forma tenue
que se deslizaba sobre el lago silencioso,
y acercándose lentamente, le habló con suavidad
y le dijo con voz triste: «¡Ah, aquí está ahora 115
Gorlim, traidor traicionado! ¡No temas,
mas apresúrate! Pues los dedos de Morgoth se cierran
sobre la garganta de tu padre. Él conoce
tu pacto secreto, tu oculta guarida»,
y contó todo el mal 120
que aquel había hecho y Morgoth había obrado.
Entonces Beren, despertando rápidamente, buscó

III

su espada y su arco, y corrió como el viento
que corta con cuchillos las escasas ramas
de los árboles en otoño. Por fin llegó, 125
el corazón encendido con ardiente llama,
adonde yacía Barahir, su padre;
llegó demasiado tarde. Al alborear el día
encontró los hogares de los hombres perseguidos,
una isla boscosa en el marjal, 130
y los pájaros se elevaron en súbita nube,
pero ningún pájaro del marjal gritó.
El cuervo y el grajo carroñero,
todos estaban posados en los alisos;
un grajo graznó: «¡Ja! Beren llega demasiado tarde», 135
y todos respondieron: «¡Demasiado tarde! ¡Demasiado tarde!».
Allí Beren enterró los huesos de su padre,
y formó un montículo de piedras,
y por tres veces maldijo el nombre de Morgoth,
pero no lloró, pues su corazón era como hielo. 140

Entonces caminó por el marjal y el campo y la montaña,
hasta que junto a una fuente
que brotaba caliente de los fuegos subterráneos
encontró a los asesinos y a sus enemigos,
a los criminales soldados del rey. 145
Y allí uno rio y mostró un anillo
que había arrebatado de la mano muerta de Barahir.
«Escuchad, camaradas, este anillo
en la lejana Beleriand», dijo, «fue forjado.
Uno igual no se podría comprar con oro, 150
y por él yo maté a Barahir,
y dicen que este necio ladrón realizó
una proeza de servicio hace tiempo
para Felagund. Quizá sea así,

pues Morgoth me ordenó devolverlo, 155
aunque creo que a él no le faltan
tesoros mejores en su botín.
Esa codicia no es propia de semejante señor,
por lo que me siento inclinado a declarar
que la mano de Barahir estaba desnuda». 160
Mas, mientras hablaba, una flecha voló
y cayó muerto con el corazón destrozado.
Y así a Morgoth le complació que su propio enemigo
a su servicio asestara el golpe
que castigaba el quebrantamiento de su palabra. 165
Pero Morgoth no rio cuando oyó
que Beren como un lobo solitario
saltaba enloquecido de detrás de una roca
hasta el medio de aquel campamento, junto al estanque,
y se apoderaba del anillo, y antes de que el grito 170
de cólera y furia saliera de sus gargantas
huía de sus enemigos. Su resplandeciente cota
estaba hecha de anillos de acero que ninguna lanza
podía atravesar, una malla de artesanía de los enanos;
y se perdió entre las rocas y los espinos, 175
pues Beren nació en una hora mágica;
sus fogosos perseguidores nunca descubrieron
el camino que habían tomado sus valerosos pies.

Beren tenía fama de intrépido,
hombre de los más atrevidos sobre el terreno, 180
cuando Barahir aún vivía y luchaba;
pero ahora el dolor había sumido a su alma
en negra desesperación y había despojado a su vida
de dulzura, por lo que anhelaba que el cuchillo,
la lanza o la espada acabara con su dolor, 185
y sólo temía las cadenas de la esclavitud.

Buscaba el peligro e iba al encuentro de la muerte;
así escapó del destino que perseguía,
y realizó hazañas de asombrosa maravilla
y su gloria, susurrada al oído, llegó lejos, 190
y con voz suave se entonaron cantos al anochecer
de los prodigios que antaño realizó
en solitario, acosado, perdido en la noche
con niebla o con luna, o bajo la luz
directa del ojo del día. Los bosques 195
que se extendían al norte llenó de amargas luchas
y muerte a expensas del pueblo de Morgoth;
sus camaradas fueron el haya y el roble,
que no le traicionaban, y muchas criaturas
con piel y alas emplumadas; 200
y muchos espíritus, que sólo en la piedra
y en las viejas montañas y en los yermos
habitan y vagan, fueron sus amigos.
Mas rara vez un proscrito acaba bien,
y Morgoth era un rey más fuerte 205
que lo que el mundo desde entonces en un canto
proclamaba, y su gran sabiduría
terminaba por estrangular tenaz e implacablemente
a aquel que le desafiaba. Así, a la postre
Beren tuvo que huir del bosque seguro 210
y de las amadas tierras donde yacía su padre
llorado por los juncos bajo el pantano.
Bajo un montón de piedras mohosas
ahora se deshacen esos huesos otrora poderosos,
pero Beren huye del Norte hostil 215
una noche de otoño y parte sigiloso;
el cerco de sus vigilantes enemigos
atraviesa y se va en silencio.
La cuerda oculta de su arco ya no canta,

sus flechas pulidas ya no vuelan, 220
su acosada cabeza ya no busca reposo
en el páramo, bajo el cielo.
La luna que se posaba entre la niebla
sobre los pinos, el viento que siseaba
entre los brezos y los helechos 225
nunca más le vieron. Las estrellas que ardían
en el Norte con fuego plateado
en gélidos aires, la Pipa Ardiente
que los Hombres llamaron en días ya idos,
quedaron a su espalda y brillaron 230
sobre la tierra y el lago y la colina oscurecida,
abandonando el marjal y el arroyuelo de la montaña.

Su rostro miró al Sur de la Tierra del Pavor,
adonde sólo caminos funestos conducían,
y únicamente los pies de los hombres más audaces 235
podían cruzar las frías Montañas Sombrías.
Sus laderas septentrionales estaban llenas de aflicción,
de maldad y de enemigos mortales;
sus paredes australes se elevaban escarpadas
hasta formar rocosos pináculos y pilares, 240
sus raíces estaban tejidas con engaño
y bañadas en aguas agridulces.
Allí acechaba la magia en valles y simas,
pues muy lejos, más allá del alcance
de los ojos escrutadores, a menos que fuera 245
desde la vertiginosa torre que hendía los aires
donde sólo las águilas vivían y gritaban,
se podía divisar la gris y centelleante
Beleriand, Beleriand,
las fronteras de la tierra de Faëry. 250

El *Quenta Noldorinwa*

Después del *Esbozo de la Mitología*, este texto, al que me referiré como «el Quenta», era la única versión completa y terminada de «El Silmarillion» que mi padre consiguió elaborar: un texto mecanografiado que compuso en 1930 (todo parece apuntar a que lo hizo en ese año). No han sobrevivido ni borradores preliminares ni esquemas, si es que existiesen, pero es evidente que tenía el Esbozo delante de sí durante buena parte de la composición. Es más largo que el Esbozo, y el «estilo Silmarillion» está claramente presente, pero sigue siendo una versión comprimida, con una narración compendiosa. En el subtítulo se dice que se trata de la «breve historia de los Noldoli o Gnomos», sacada de *El Libro de los Cuentos Perdidos* que escribió Eriol [Ælfwine]. Los largos poemas ya existían, claro está; eran sustanciosos pero en gran medida inacabados, y mi padre todavía estaba trabajando en *La Balada de Leithian*.

En el Quenta aparece la más importante transformación de la leyenda de Beren y Lúthien gracias a la entrada en escena del príncipe de los Noldor, Felagund, hijo de Finrod. Para explicar cómo sucedió, presentaré ahora un pasaje de ese texto, pero hace falta una nota acerca de los nombres. El líder de los Noldor en el gran viaje de los Elfos desde Cuiviénen, el Agua del Despertar en el extremo oriental, era Finwë; sus tres hijos eran Fëanor, Fingolfin, y Finrod, que era el padre de Felagund. (Posteriormente los nombres cambiaron: el tercer hijo de Finwë se convirtió en Finarfin, y Finrod se convirtió en el nombre del hijo de éste; pero Finrod también era Felagund. Este nombre significa «Señor de las Cavernas» o «Excavador de cavernas» en la lengua de los Enanos, porque fue el fundador de Nargothrond. La hermana de Finrod Felagund era Galadriel.)

Un pasaje extraído del Quenta

Éste fue el tiempo que las canciones llaman el Sitio de Angband. Las espadas de los Gnomos protegían a la tierra de la ruina de Morgoth, y el poder de él se encerró tras los muros de Angband. Los Gnomos alardearon de que nunca sería capaz de romper el cerco, y de que nadie de su pueblo podría salir jamás a hacer el mal por los caminos del mundo.

[...] En aquellos días también los Hombres atravesaron las Montañas Azules y llegaron a Beleriand, los más valientes y hermosos de su raza. Fue Felagund quien los encontró, y siempre fue su amigo. En una ocasión fue invitado de Celegorm en el Este, y con él cabalgó en una cacería. Pero se vio separado de los demás, y en un momento de la noche llegó a un valle situado al pie occidental de las Montañas Azules. Había luces en el valle y el sonido de una tosca canción. Entonces Felagund se quedó maravillado, pues la lengua de esas canciones no era la lengua de los Eldar o de los Enanos. Ni tampoco era la lengua de los Orcos, aunque eso fue lo que en un principio temió. Allí acampaba el pueblo de Bëor, un poderoso guerrero de Hombres, cuyo hijo era Barahir el valiente. Eran los primeros Hombres en llegar a Beleriand.

[...] Aquella noche Felagund pasó entre los hombres dormidos de la hueste de Bëor y se sentó junto a los fuegos moribundos donde nadie mantenía la guardia, y cogió un arpa que Bëor había dejado a un lado y con ella tocó una música como la que ningún oído mortal había oído jamás, ya que había aprendido la melodía sólo de los Elfos Oscuros. Entonces los hombres despertaron y escucharon y se maravillaron, pues había gran sabiduría en aquella canción, al igual que belleza, y el corazón que la escuchaba se tornaba más sabio. Por esta razón los Hombres llamaron a Felagund, el primero que encontraron de los Noldoni, Sabiduría, y en honor a él llamaron a su raza los Sabios, aquellos a los que nosotros llamamos Gnomos.

Bëor vivió con Felagund hasta su muerte, y Barahir su hijo fue el mejor amigo de los hijos de Finrod.

Entonces comenzó el tiempo de la ruina de los Gnomos. Pasó mucho hasta que aconteció, pues mucho había crecido su poder, y eran muy valientes, y sus aliados eran muchos e intrépidos, Elfos Oscuros y Hombres.

Pero la marea de su fortuna dio un giro súbito. Durante mucho tiempo Morgoth había preparado a sus fuerzas en secreto. En un momento de la noche en invierno soltó grandes ríos de llama que cayeron sobre toda la llanura antes las Colinas de Hierro y la quemaron hasta convertirla en un yermo desolado. Muchos de los Gnomos de los hijos de Finrod perecieron en aquel fuego, y los vapores crearon oscuridad y confusión entre los enemigos de Morgoth. En la cola de ese fuego iban los ejércitos negros de los Orcos en números como nunca antes habían visto o imaginado los Gnomos. De esa forma rompió Morgoth el cerco de la Angband y mató por medio de los Orcos una gran cantidad de los más valientes de las huestes sitiadoras. Sus enemigos se dispersaron por otros lados, Gnomos, Ilkorins y Hombres. Repelió a la mayor parte de los Hombres hasta las Montañas Azules, excepto a los hijos de Bëor y de Hador, que se refugiaron en Hithlum, detrás de las Montañas Sombrías, adonde los Orcos no iban aún en gran número. Los Elfos Oscuros huyeron al sur, a Broseliand y más allá, pero muchos fueron a Doriath, y el reino y el poder de Thingol aumentaron en aquella época, hasta convertirse en un bastión y refugio para los Elfos. La magia de Melian, que estaba entretejida alrededor de las fronteras de Doriath, mantenía el mal fuera de sus estancias y reino.

Morgoth tomó el bosque de los pinos y lo convirtió en un lugar pavoroso,y tomó la torre de guardia del Sirion y la convirtió en una fortaleza de maldad y amenaza. Allí moró Thû, el principal sirviente de Morgoth, un hechicero de terrible poder, señor de los lobos. Muy pesada fue la carga de esa terrible batalla, la segunda batalla y la primera derrota de los Gnomos, para los hijos de Finrod. Allí mataron a Angrod y Egnor. También allí habría sido capturado o muerto Felagund si no hubiera llegado Barahir con todos sus hombres y salvado al rey gnómico protegiéndole con una muralla de lanzas; y aunque la pérdida fue dolorosa, se abrieron paso luchando con los Orcos y huyeron a los marjales del Sirion, hacia el Sur. Allí Felagund pronunció un juramento de amistad y ayuda eternas en tiempos de necesidad a Barahir y todo su pueblo y descendencia, y en señal de su juramento le dio su anillo a Barahir.

Entonces Felagund fue al Sur y en las riberas del Narog fundó al estilo de Thingol una ciudad oculta y cavernosa, y un reino. A esos lugares profundos los llamó Nargothrond. Allí se dirigió

Orodreth [hijo de Finrod, hermano de Felagund] tras un tiempo de huida sin descanso y peligrosos vagabundeos, y con él Celegorm y Curufin, los hijos de Fëanor, sus amigos. El pueblo de Celegorm aumentó la fuerza de Felagund, pero habría sido mejor si se hubieran unido a su propio pueblo, que fortificó la colina Himling al este de Doriath y llenó la Garganta de Aglon de armas ocultas.

[...] En esos días de duda y miedo, después de la Segunda Batalla [la batalla de la Llama Súbita] muchas cosas terribles acaecieron de las cuales aquí poco se habla. Se cuenta que a Bëor lo mataron y que Barahir no cedió ante Morgoth, pero que toda su tierra fue arrebatada y su pueblo disperso, esclavizado o asesinado, y que él mismo se convirtió en un proscrito con su hijo Beren y diez hombres leales. Largo tiempo se escondieron, y realizaron secretos y valientes actos de guerra contra los Orcos. Pero al final, tal como se cuenta al comienzo de *La Balada de Lúthien y Beren*, el refugio secreto de Barahir fue vendido y a él lo mataron, y también a sus compañeros, todos salvo Beren, quien por fortuna aquel día se encontraba cazando lejos de allí. A partir de entonces Beren vivió como un proscrito, solo, a excepción de la ayuda que recibía de las aves y bestias que amaba; y aunque buscó la muerte en actos desesperados no encontró sino gloria y fama en las canciones secretas de fugitivos y enemigos ocultos de Morgoth, de modo que la historia de sus hazañas llegó incluso hasta Beleriand, y corrieron rumores sobre él en Doriath. Finalmente, Beren huyó del círculo cada vez más estrecho de sus perseguidores hacia el sur, y cruzó las terribles Montañas de la Sombra, y por último, agotado y consumido, llegó a Doriath. Allí, en secreto, ganó el amor de Lúthien, hija de Thingol, y él la llamó Tinúviel, el ruiseñor, debido a la belleza de su canto en el crepúsculo bajo los árboles; pues ella era la hija de Melian.

Pero Thingol se enfureció y lo despidió con desprecio, pero no lo mató porque se lo había jurado a su hija. No obstante, deseaba enviarlo a la muerte. Y en lo más íntimo pensó una misión que fuera imposible de conseguir y dijo: «Si me traes un Silmaril de la corona de Morgoth, dejaré que Lúthien se case contigo, si lo desea». Y Beren juró conseguirlo, y el mal empezó a crecer de ello. Felagund, aunque sabía que la misión estaba más allá de su poder, consintió en ayudar a Beren todo lo que pudiera debido a su propio juramento a Barahir. Pero Celegorm y Curufin disuadieron a un pueblo y alzaron una rebelión contra él. Y pensamientos malignos despertaron en sus corazones, y pensaron en usurpar el trono de Nargothrond, pues ellos eran hijos de linaje más antiguo. Antes de que se ganara un Silmaril para Thingol, acabarían con el poder de Doriath y Nargothrond.

Así pues Felagund entregó la corona a Orodeth y se marchó de su pueblo con Beren y diez hombres leales de su propio consejo. Tendieron una emboscada a una banda de Orcos y los mataron, y se disfrazaron de Orcos con la ayuda de la magia de Felagund. Pero Thû los vio desde su torre de guardia, que antaño había pertenecido a Felagund, y los examinó, y Thû y Felagund lucharon y la magia de éste fue derrotada. Así se puso de manifiesto que eran Elfos, pero los hechizos de Felagund ocultaron sus nombres y su misión. Largo tiempo los torturaron en las mazmorras de Thû, pero ninguno traicionó a los demás.

El juramento al que se hace referencia al final de este pasaje es el de Fëanor y sus siete hijos. En las palabras del Quenta, «de perseguir con odio y venganza hasta los confines del mundo a Vala, Demonio, Elfo u Hombre u Orco que sostenga o coja a guarde un Silmaril contra su voluntad». Véase p. 118, versos 172-179.

UN SEGUNDO EXTRACTO DE *LA BALADA DE LEITHIAN*

A continuación reproduciré otro pasaje de *La Balada de Leithian* (véase pp. 96, 104) que narra la historia que acabamos de ver de una manera muy comprimida, sacada del Quenta. Retomamos el poema en el momento en que el Asedio de Angband terminó con lo que más tarde se llamaría la «Batalla de la Llama Súbita». Según las fechas indicadas por mi padre en el manuscrito, el pasaje entero fue compuesto entre marzo y abril de 1928. En el verso 247 termina el Canto VI de la Balada, y comienza el Canto VII.

El fin llegó cuando la fortuna cambió,
y prendieron las llamas de la venganza de Morgoth,
y todo el poderío que él preparó
en secreto en su fortaleza ardió
e invadió la Llanura de la Sed; 5
y en su expedición participaron ejércitos vestidos de negro.

Morgoth rompió la alianza de Angband;
sus enemigos en fuego y humo
fueron dispersados, y allí los Orcos mataron
y mataron, hasta que la sangre como rocío 10
chorreó de cada cruel y curva espada.
Entonces Barahir el intrépido auxilió
con poderosa lanza, con escudos y hombres,
a Felagund herido. Escapando
al marjal, allí empeñaron su palabra, 15
y Felagund pronunció un profundo juramento
de amistad a su linaje y su descendencia,
de amor y socorro en tiempos de necesidad.
Pero allí de los cuatro hijos de Finrod
Angrod y el orgulloso Egnor fueron asesinados. 20
Entonces Felagund y Orodreth
agruparon al resto de sus hombres,
de sus doncellas y sus hermosos hijos;
abandonando la guerra establecieron su refugio
y cavernosa fortaleza lejos, en el sur. 25
Sobre la inmensa ribera del Narog se abría
su boca, que ellos mantenían oculta y cubierta,
y poderosas puertas, que no fueron atacadas
hasta los días de Túrin, vastas y sombrías,
construyeron bajo la oscura sombra de los árboles. 30
Y allí habitaron largo tiempo con ellos
Curufin y Celegorm el hermoso;
y bajo sus manos creció un pueblo poderoso
en las secretas estancias y las tierras del Narog.

Así, en Nargothrond todavía 35
reinaba Felagund, rey oculto unido
por un juramento con Barahir el intrépido.
Y ahora su hijo a través de bosques fríos

vagó solo como en un sueño.
La corriente oculta y oscura del Esgalduin 40
siguió, hasta que sus gélidas aguas
se unían con el Sirion, el venerable Sirion,
anchas y libres aguas pálidas y plateadas
que en esplendor corrían hacia el mar.
Entonces Beren llegó hasta los estanques, 45
lagos anchos y someros donde el Sirion enfría
su marea acumulada bajo las estrellas,
antes de que encolerizado y separado por los bancos
de las orillas cubiertas de cañas un poderoso marjal
alimente y riegue, para precipitarse después 50
en vastos abismos subterráneos,
donde su camino serpentea durante muchas millas.
Los Elfos llamaron entonces
Umboth-Muilin, los Marjales del Crepúsculo,
a aquellas grandes y extensas aguas 55
grises como las lágrimas. Bajo la lluvia torrencial,
atravesando la Llanura Guardada,
Beren vio las Colinas de los Cazadores
con cimas desnudas, desoladas y azotadas
por los vientos occidentales; pero en la niebla 60
de las vaporosas lluvias que centelleaban y siseaban
y caían en los marjales él sabía que bajo aquellas colinas
discurría el hendido camino
del Narog, y las vigilantes estancias
de Felagund junto a las cataratas 65
de Ingwil que se precipitaban desde el prado.
Una vigilancia permanente mantenían
los afamados Gnomos de Nargothrond,
cada colina coronada por una torre,
donde centinelas insomnes observan y escrutan 70
vigilando la llanura y todos los caminos

entre el rápido Narog y el pálido Sirion;
y arqueros cuyas flechas jamás yerran
vagan por los bosques, y matan en secreto
a aquellos que furtivamente penetran contra su
[voluntad. 75

Pero ahora él penetra en esa tierra
portando el centelleante anillo en la mano
de Felagund, y a menudo grita:
«Por aquí no viene ningún Orco o espía errante,
sino Beren, hijo de Barahir, 80
que otrora fue querido para Felagund».

Y así antes de que alcanzara la orilla oriental
del Narog, que desprende espuma y ruge
sobre las negras rocas, aquellos arqueros verdes
le rodearon. Cuando vieron el anillo 85
se inclinaron ante él, aunque su aspecto
era pobre y pordiosero. Luego, de noche,
le condujeron al norte, pues ningún vado
o puente había donde el Narog vertía sus aguas
delante de las puertas de Nargothrond, 90
y ni amigo ni enemigo podía avanzar más.

Al norte, donde esa corriente aún joven
más débil fluía, bajo la lengua
de tierra salpicada de espuma que el Ginglith circunda
donde su breve y dorado torrente finaliza 95
y se une al Narog, allí lo vadean.
Entonces se dirigen más de prisa
hacia las escarpadas terrazas de Nargothrond
y sus sombríos y gigantescos palacios.

Llegaron bajo la hoz de la luna 100
hasta puertas que allí se alzaban sombrías y talladas
con postes y dinteles de pesada piedra
y enormes maderos. Ahora las puertas

se abren como fauces, y entran
al lugar donde se levanta el trono de Felagund. 105

Hermosas fueron las palabras del rey del Narog
a Beren, y sus correrías
y todas sus luchas y amargas guerras
pronto se contaron. Detrás de puertas cerradas
se sentaron, mientras Beren narraba su historia 110
de Doriath; y le faltan las palabras
al recordar la bella danza de Lúthien
con silvestres rosas blancas en el cabello,
rememorando su élfica voz que vibraba
mientras en el crepúsculo las estrellas pendían alrededor. 115
Habló de las maravillosas estancias de Thingol
iluminadas por encantamientos, donde las fuentes caen
y el ruiseñor siempre canta
a Melian y a su rey.
Habló de la misión que Thingol le impuso 120
para escarnio suyo; cómo por amor a una doncella,
más hermosa a que las que nacen de los Hombres,
Tinúviel, Lúthien,
tuvo que enfrentarse al ardiente yermo,
y sin duda probar la muerte y el tormento. 125

Esto oyó maravillado Felagund,
y con tristeza al final pronunció sus palabras:
«Parece que Thingol sí desea
tu muerte. El fuego eterno
de esas joyas encantadas todos saben 130
que está maldecido con el juramento del interminable dolor,
y sólo los hijos de Fëanor por derecho
son señores y amos de su luz.
Él no puede esperar en su tesoro

albergar esa gema, ni es señor 135
de todo el pueblo de Elfinesse.
¿Mas dices que por nada más
puede conseguirse tu retorno
a Doriath? Muchos senderos terribles
en verdad se extienden ante tus pies, 140
y después del de Morgoth aún un tenaz
e infatigable odio, como bien sé,
te acosará desde el cielo hasta el infierno.
Si pudieran, los hijos de Fëanor
te matarían si alguna vez llegas a su floresta, 145
o en el pecho de Thingol depositaras ese fuego,
o si por lo menos consiguieras tu dulce deseo.
Celegorm y Curufin
habitan en este mismo reino,
y aunque yo, hijo de Finrod, 150
soy rey, han conquistado un gran poder
y dirigen a muchos de su propio pueblo.
A mí me han mostrado amistad
en todos los aspectos, pero mucho me temo
que a Beren, hijo de Barahir, 155
no le mostrarán ni misericordia ni amor
si en algún momento conocieran cuál es tu terrible misión».

Palabras verdaderas pronunció. Pues cuando el rey
se lo contó a todo su pueblo,
y habló del juramento de Barahir 160
y de cómo aquel escudo y lanza mortales
les habían salvado de Morgoth y de la aflicción
en los campos de batalla del norte mucho tiempo ha,
los corazones de muchos se encendieron
una vez más para la batalla. Pero avanza 165
entre la multitud, y estridentes gritos

lanza para que le oigan, uno con ojos ardientes,
el orgulloso Celegorm con centelleantes cabellos
y refulgente espada. Al momento todos los hombres miran
su severo e inflexible rostro, 170
y un gran silencio se impone en aquel lugar.

«Sea amigo o enemigo, o salvaje demonio
de Morgoth, Elfo o hijo mortal,
o cualquiera que aquí, en la tierra, pueda morar,
ninguna ley, ni amor, ni alianza del infierno, 175
ni poder de los Dioses, ni hechizo protector
defenderá del cruel odio
de los hijos de Fëanor a aquel que tome o robe
o al encontrar guarde un Silmaril.
Sólo nosotros reclamamos por derecho 180
nuestras por tres veces encantadas, brillantes joyas.»

Muchas palabras fuertes y potentes pronunció,
y como antes en Tûn la voz de su padre
despertó el fuego en los corazones,
ahora un miedo oscuro y una enconada ira 185
arrojó sobre ellos, presagiando la guerra
de amigo contra amigo; y montones de entrañas
imaginaron sus mentes que se extendían rojos
en Nargothrond en torno a los muertos,
si las huestes del Narog partían con Beren; 190
o una batalla imprevista, ruina y dolor
en Doriath, donde el gran Thingol reinaba,
si la fatal joya de Fëanor aquel conquistaba.
Y a pesar de que la mayoría era leal
a Felagund, su juramento deploró, 195
y con terror y desesperación pensó
en ir a buscar a Morgoth en su guarida

con fuerza o astucia. Curufin,
cuando su hermano dejó de hablar, empieza
a grabar esto en sus mentes; 200
y tal conjuro teje en ellos
que nunca más hasta el día de Túrin
un Gnomo del Narog en formación
de batalla abierta parte a la guerra.
Con movimientos furtivos, emboscadas, espías y saber 205
de hechicería, con alianzas secretas,
atentos a las criaturas salvajes, vigilantes, codiciosos,
cazadores fantasmales, con flechas envenenadas
e invisibles y artes ocultas y sigilosas,
con odio sordo, a sus presas 210
con pies de terciopelo durante todo el día
implacables perseguían sin ser vistos
y mataban por sorpresa durante la noche.
Así defendieron Nargothrond,
y olvidaron su linaje y su solemne vínculo 215
por el pavoroso miedo a Morgoth que las artes
de Curufin depositaron en sus corazones.

Así, aquel día iracundo
no obedecieron al rey Felagund, su señor,
mas hoscos murmuraron que ni Finrod 220
ni siquiera su hijo eran como dioses.
Entonces Felagund se quitó la corona
y a sus pies la arrojó,
el yelmo de plata de Nargothrond:
«El vuestro podéis quebrantar, pero mi vínculo 225
he de mantener y aquí abandono el reino.
¡Si hubiera aquí corazones valerosos
o que fueran leales a Finrod,
por lo menos encontraría unos cuantos

que partieran conmigo, no como un pobre 230
mendigo rechazado soportando el escarnio,
dándole la espalda a mis puertas para dejar mi ciudad,
mi pueblo, mi reino y mi corona!».

Al oír estas palabras, rápidamente se pusieron
a su lado diez guerreros veteranos, 235
hombres de su casa que siempre habían luchado
allí donde hubieran ido sus estandartes.
Uno se agachó y levantó su corona
y dijo: «Oh rey, dejar esta ciudad
es nuestro sino ahora, pero no perder 240
tu legítima autoridad. Elegirás
a uno para que sea tu lugarteniente».
Entonces Felagund la colocó
sobre la cabeza de Orodreth: «Hermano mío,
hasta mi retorno esta corona es tuya». 245
En ese momento Celegorm se sintió incapaz de seguir allí,
y Curufin sonrió y también partió.

*****

Así, sólo doce se aventuraron a partir
de Nargothrond, y al Norte
encaminaron su silencioso y secreto paso 250
y desaparecieron en el día que se iba extinguiendo.
Ningún sonido de trompeta, ninguna voz allí canta,
cuando con cotas de malla de diestras anillas,
ahora oscurecidas, y yelmos grises
y sombrías capas parten sigilosos. 255
El largo y saltarín curso del Narog
siguieron hasta encontrar sus fuentes,
los revoloteantes saltos, cuyas corrientes verticales

llenan una centelleante copa cristalina
con aguas prístinas que se agitan 260
y estremecen bajando del lago Ivrin,
el oscuro Ivrin que refleja
las pálidas paredes desnudas y siniestras
de las Montañas Sombrías bajo la luna.

Lejos, más allá del reino, inmunes 265
a Orcos y demonios y al pavor
del poderío de Morgoth sus caminos los llevaron.
En bosques oscurecidos por las cumbres
vigilaron y esperaron muchas noches,
hasta que en una ocasión en la que la nube presurosa 270
ocultó la luna y la constelación,
y los vientos del salvaje comienzo del otoño
silbaron en las ramas, y las hojas giraron
bajando por los remolinos con suave crujido,
oyeron un murmullo ásperamente transportado por el viento 275
desde lejos, una risa como un graznido que se aproximaba;
ahora más fuerte; luego oyeron el batir
de espantosas pisadas que hollaban
la tierra agostada. Después vieron venir muchas lámparas
de rojo oscuro, 280
oscilando, y centelleando sobre la lanza
y la cimitarra. Escondidos a pocos pasos
vieron pasar una banda de Orcos
con caras de trasgos, cetrinas y repulsivas.
A su alrededor aleteaban murciélagos, y el búho, 285
el ave fantasmal y solitaria de la noche, gritó
desde lo alto de los árboles. Las voces enmudecieron,
la risa como fragor de piedra y acero
pasó y se desvaneció. Detrás de ellos
los Elfos y Beren se arrastraron con más sigilo 290

que zorros furtivos en una granja
en busca de sus presas. Así al campamento
iluminado por un titilante fuego y una lámpara
llegaron a escondidas; allí treinta Orcos
cantaban sentados junto al resplandor rojo 295
de los leños que ardían. Sin emitir un sonido,
los rodearon en silencio uno a uno,
cada uno a la sombra de un árbol,
cada uno lenta, sombría y secretamente
sacó su arco y tensó la cuerda. 300

¡Oíd cómo vibran y cantan
cuando Felagund lanza un grito!
Y súbitamente doce Orcos caen y mueren.
Luego dan un salto arrojando a un lado los arcos.
¡Fuera las brillantes espadas y rápidos los golpes! 305
Ahora los Orcos abatidos gritan y aúllan
como criaturas perdidas en un infierno sin luz.
Se libra una batalla bajo los árboles,
dura y rápida; pero ningún Orco huye;
allí dejó su vida aquella banda errante 310
y nunca más mancilló la tierra dolorida
con pillaje y asesinato. Mas ningún canto
de júbilo o de triunfo sobre el mal
entonaron allí los Elfos. Se hallaban
en terrible peligro, pues sabían que nunca sola a la guerra 315
partía una banda tan pequeña de Orcos.
Rápidamente los despojaron de las ropas
y arrojaron los cadáveres a un foso.
Esta desesperada acción les fue recomendada
por la sagacidad de Felagund: 320
disfrazó a sus camaradas de Orcos.

Cogieron las lanzas emponzoñadas, los arcos de cuerno
las espadas curvas que habían llevado sus enemigos;
y aunque sentían asco, cada uno se vistió
con las tristes y asquerosas ropas de Angband. 325
Sus blancas manos y sus caras untaron
con pigmento oscuro; cortaron el cabello desgreñado,
todo lacio y negro, de las cabezas de los trasgos
y lo unieron pelo a pelo
con destreza Gnómica. Mientras cada uno se burla 330
de su camarada consternado, temblando se colocan
la fétida peluca alrededor de las orejas.
Entonces Felagund pronunció un hechizo
de mutación y cambio de forma;
sus orejas crecieron horriblemente, y abiertas 335
en asombro sus bocas quedaron, y en un colmillo
cada diente se transformó mientras cantaba lentamente.
Ocultaron sus indumentarias Gnómicas,
y uno a uno se deslizaron detrás de él,
ahora convertido en una criatura asquerosa, un trasgo, 340
quien antes era un elfo hermoso y rey.

Partieron hacia el norte; se encontraron con Orcos
que pasaban, y no impidieron su marcha,
sino que los saludaron; y más osados
se volvían a medida que transcurrían las largas millas. 345
Por fin con pies cansados llegaron
más allá de Beleriand. Hallaron las rápidas
y jóvenes aguas, ondeando, con palidez de plata,
del Sirion, que corrían a lo largo del valle
donde Taur-na-Fuin, el Bosque bajo la Noche, 350
la cumbre cubierta de pinos del bosque sin senderos,
cae ominosamente oscura, descendiendo con lentitud
hacia el este, mientras en el oeste se juntan

las grises Montañas que se curvan al norte
e impiden el paso de la luz del día desde occidente. 355

Allí como un islote una colina se erguía solitaria
entre el valle, como una piedra
que rodara desde las vastas y lejanas montañas
arrojada por gigantes en tumulto.
El río giraba en torno a su base, 360
una corriente dividida que había excavado
los bordes colgantes hasta convertirlos en cuevas.
Allí las olas del Sirion se agitaban por un momento
y corrían hasta otras costas más puras.
Había sido una torre de vigía élfica, 365
era fuerte y todavía hermosa;
mas ahora con sombría amenaza miraba
por un lado a la pálida Beleriand
y por otro a aquella tierra doliente
que se extendía más allá de la boca septentrional del valle. 370
Desde allí se podían contemplar los campos de la aridez,
las polvorientas dunas, el ancho desierto;
y más lejos se divisaba
la lóbrega nube que colgaba y descendía
sobre las atronadoras torres de Thangorodrim. 375

En esa colina se hallaba la morada
de uno muy perverso; y el camino
que llegaba desde Beleriand hasta allí
vigilaba con ojos insomnes y llameantes.
Los Hombres le llamaban Thû, y como un dios 380
en días posteriores ante su bastón de mando
aturdidos ellos se inclinaron, y construyeron
sus espantosos templos en la oscuridad.
Aún no era adorado por Hombres esclavizados,

IV

ni era el más poderoso vasallo de Morgoth, 385
el Amo de Lobos, cuyo estremecedor aullido
por siempre reverberaba en las colinas, y repugnantes
encantamientos y oscura hechicería
entretejía y esgrimía. En magia
mantenía aquel nigromante a sus huestes 390
de fantasmas y de espectros errantes,
de monstruos ilegítimos o deformados
por los conjuros que pululaban a su alrededor,
cumpliendo sus funestas y viles órdenes:
los licántropos de la Isla del Mago. 395
Su llegada no quedó oculta a Thû;
y aunque se deslizaron bajo los aleros
de las lóbregas ramas colgantes del bosque,
desde lejos los vio, y despertó a los lobos:
«¡Partid! Traedme a esos Orcos furtivos», dijo, 400
«que extrañamente marchan, como dominados por el pavor,
y no vienen, como todos los Orcos acostumbran
y se les ordena, a traerme noticias
de todos sus actos, a mí, Thû».

Desde su torre observó, y en él creció 405
la sospecha y el pensamiento oscuro,
esperando, burlándose, hasta que se los llevaron.
Ahora están rodeados de lobos,
y temen su ruina. ¡Ay, la tierra,
la tierra del Narog está detrás! 410
El inminente infortunio abruma sus mentes,
cuando, cabizbajos, vacilantes, tienen que ir
y cruzar el pedregoso puente de la aflicción
hasta la Isla del Mago, y hasta el trono
allí labrado de piedra oscurecida por la sangre. 415

«¿Dónde habéis estado? ¿Qué habéis visto?»

«En Elfinesse; y lágrimas y angustia,
el fuego soplando y la sangre manando,
eso hemos visto, allí hemos estado.
Matamos a treinta y sus cuerpos arrojamos 420
a un oscuro foso. Los cuervos se posan
y el búho grita donde está nuestra guadaña.»

«Vamos, decidme la verdad, oh esclavos de
[Morgoth,
¿qué ocurre pues en Elfinesse?
¿Qué hay de Nargothrond? ¿Quién reina allí? 425
¿Osaron vuestros pies entrar en aquel reino?»

«Sólo hasta sus fronteras nos atrevimos.
Allí reina el Rey Felagund el justo.»

«¿Es que no habéis oído que se ha ido,
que Celegorm ocupa su trono?» 430

«¡Eso no es verdad! Si se ha ido,
entonces Orodreth ocupa su trono.»

«¡Agudos son vuestros oídos, rápidos han obtenido
noticias de reinos aún no conquistados!
¿Cuáles son vuestros nombres, oh intrépidos lanceros? 435
¿Quién es vuestro capitán? No me lo habéis revelado.»

«Nereb y Dungalef y diez guerreros,
así nos llamamos, y oscura es nuestra guarida
bajo las montañas. Por el páramo
marchamos en una misión urgente y necesaria. 440

Boldog, el capitán, allí nos espera
donde los fuegos subterráneos humean y arden.»

«Boldog, he oído, fue muerto hace poco
luchando en las fronteras de ese reino
donde el Ladrón Thingol y el pueblo proscrito 445
se esconden y se arrastran bajo el olmo y el roble
en la lóbrega Doriath. ¿Aún no habéis oído hablar
de esa hermosa hada, Lúthien?
Su cuerpo es hermoso, blanquísimo y bello.
Morgoth la poseerá en su guarida. 450
Envió a Boldog, pero Boldog fue asesinado:
extraño que no estuvierais en el grupo de Boldog.
Nereb tiene aspecto feroz, ceño sombrío.
¡La pequeña Lúthien! ¿Qué la atribula?
¿Por qué no ríe al pensar que su señor 455
va a tener una doncella entre sus tesoros,
que lo que antes era puro quedará mancillado,
que la oscuridad estará allí donde antes estaba la luz?
¿A quién servís, a la Luz o a la Oscuridad?
¿Quién es el artífice de las obras más poderosas? 460
¿Quién es el rey de los reyes terrenales,
el más grande dador de oro y de anillos?
¿Quién es el amo de la ancha tierra?
¡Quién en su júbilo despojó
a los dioses codiciosos! ¡Repetid vuestros juramentos, 465
Orcos de Bauglir! ¡No bajéis la frente!
¡Muerte a la luz, a la ley, al amor!
¡Malditas sean la luna y las estrellas del cielo!
¡Qué la oscuridad eterna consuma
a todo lo que espera fuera y en frías oleadas 470
ahogue a Manwë, Varda y el sol!
¡Que todo en odio comience,

y que todo en mal acabe
en el gemido del Mar interminable!»

Mas ni Hombre leal, ni Elfo aún libre 475
pronunciaría jamás esa blasfemia,
y Beren musitó: «¿Quién es Thû
para impedir el trabajo que hay que realizar?
A él no servimos, ni a él le debemos
obediencia, y ahora partimos». 480

Él rio: «¡Paciencia! No os quedaréis
mucho tiempo. Pero primero un canto
os dedicaré, a vuestros atentos oídos».
Entonces sus llameantes ojos posó en ellos,
y la negra oscuridad cayó en torno a todos. 485
Sólo veían como a través de una nube
de humo arremolinado aquellos ojos profundos
en los que sus sentidos se asfixiaban y ahogaban.
Entonó un canto de hechicería,
de penetración, apertura, traición, 490
revelación, descubrimiento, denuncia.
De repente, Felagund, balanceándose,
cantó allí en respuesta un canto de permanencia,
resistencia, de batalla contra el poder,
de secretos mantenidos, de fuerza como una torre, 495
y de confianza intacta, libertad, fuga;
de mutación y cambio de forma,
de engaños eludidos, de trampas rotas,
de la prisión que se abre, de la cadena que se quiebra.
Los cantos se sucedieron pasando de uno a otro. 500
A medida que la voz de Thû ganaba en fuerza,
Felagund luchaba entre la flaqueza y la zozobra,
y transfería toda la magia y el poderío

de Elfinesse a sus palabras.
Oyeron a los pájaros suavemente en la penumbra 505
cantando lejos en Nargothrond,
el suspiro del mar en el exterior,
más allá del mundo occidental, sobre la arena,
sobre la arena perlada del País de los Elfos.

Entonces se extendió la penumbra: la oscuridad crece 510
en Valinor, la roja sangre fluye
junto al mar, donde los Gnomos mataron
a los Jinetes de la Espuma y, robándolos, sacaron
sus blancos navíos con sus blancas velas
de los puertos iluminados con lámparas. El viento gime. 515
El lobo aúlla. Los cuervos alzan el vuelo.
El hielo murmura en las desembocaduras del mar.
Los tristes cautivos se lamentan en Angband.
El trueno retumba, los fuegos arden,
se produce una gran humareda, un rugido... 520
y Felagund cae desvanecido al suelo.

¡Ya tienen sus propias y hermosas formas
de piel blanca y ojos brillantes! Ya no quedan abiertas
sus bocas como las de los Orcos; y ahora se encuentran
traicionados en las manos del mago. 525
Así, su desdicha en aflicción se convirtió
en mazmorras que no conocen la esperanza o el fulgor,
donde, sujetos con cadenas que roen la carne,
y presos en redes de estranguladora malla,
yacen olvidados, en la desesperación. 530

Mas no fueron totalmente inútiles
los conjuros de Felagund, pues Thû
no conoció ni sus nombres ni su propósito.

Lo pensó y meditó mucho,
y en sus desdichadas cadenas los contempló 535
y amenazó a todos con una muerte espantosa
si alguno con aliento traidor
no le revelaba esa información. Vendrían los lobos
y lentamente, uno a uno devorarían
ante los ojos de los demás, y al fin 540
quedaría uno horrorizado,
y luego en un lugar de espanto sería colgado
y sus miembros se retorcerían de dolor,
y en las entrañas de la tierra lenta,
interminable y cruelmente el sufrimiento 545
y el tormento conocería hasta que lo declarara todo.

Thû cumplía sus amenazas.
De vez en cuando en la ciega oscuridad
dos ojos brillarían, y ellos escucharían
gritos horribles, y después un ruido 550
de desgarro, un babeo en el suelo,
y olerían la sangre mientras ésta corría.
Mas ninguno se entregó y ninguno habló.

Aquí termina el Canto VII. Ahora volvemos al Quenta, que retomamos a partir de las palabras «Largo tiempo los torturaron en las mazmorras de Thû, pero ninguno traicionó a los demás» con las que el extracto previo termina (p. 111); y le seguirá, como en ocasiones anteriores, el pasaje de la Balada correspondiente, sumamente diferente.

Otro pasaje del Quenta

Mientras tanto Lúthien, desesperada al saber gracias a la sagaz vista de Melian que Beren había caído en poder de Thû, intentó huir de Doriath. Ello llegó a oídos de Thingol, quien la encerró en una casa en la más alta de sus robustas hayas, muy lejos del suelo. Cómo escapó ella y llegó a los bosques, y Celegorm la encontró cuando cazaban en las fronteras de Doriath, se cuenta en *La Balada de Leithian*. A traición la llevaron hasta Nargothrond y Curufin el hábil se enamoró de su belleza. De lo que ella les contó supieron que Felagund se hallaba en manos de Thû; y se propusieron dejarle morir allí, y conservar a Lúthien con ellos y obligar a Thingol a que casara a Lúthien con Curufin, y así incrementar su poder y usurpar Nargothrond y convertirse en los más poderosos príncipes de los Gnomos. No pensaron en ir en busca de los Silmarils, o dejar que otros lo hicieran, hasta que todo el poder de los Elfos estuviera en sus manos y a sus órdenes. Pero lo único que consiguieron fue sembrar la discordia y el encono entre los reinos de los Elfos.

Huan era el nombre del capitán de los perros de Celegorm. Era de raza inmortal y procedía de las tierras de caza de Oromë. Éste se lo dio a Celegorm mucho tiempo atrás en Valinor, cuando Celegorm solía cabalgar en el séquito del Dios, y seguía su cuerno. Llegó a las Grandes Tierras con su amos, y ni las flechas ni las armas, los hechizos o el veneno, podían herirlo, de modo que iba a las batallas con su señor y muchas veces lo salvó de la muerte. Su destino se había decretado para que sólo encontrara la muerte a manos del lobo más poderoso que jamás caminaría sobre la tierra.

Huan era de corazón leal, y amó a Lúthien desde la primera vez que la encontrara en los bosques y la llevara a Celegorm. Tenía el corazón apesadumbrado por la traición de su amo, y liberó a Lúthien y partió con ella al Norte.

Allí Thû mató a sus prisioneros uno a uno, hasta que sólo quedaron Felagund y Beren. Cuando llegó la hora de la muerte de Beren, Felagund hizo uso de todo su poder y rompió sus ataduras y luchó con el hombre lobo que iba a asesinar a Beren; y mató al lobo, pero él murió en la oscuridad. Allí Beren se lamentó desesperado, y aguardó la muerte. Pero llegó Lúthien y cantó fuera de las mazmorras. Así ella engañó a Thû para que saliera, pues la fama de la belleza de Lúthien había llegado a todas las tierras junto con la maravilla de sus canciones. Hasta Morgoth la deseaba, y había prometido la más grande recompensa al que pudiera capturarla. Todos los lobos que enviaba Thû los mataba Huan en silencio, hasta que llegó Drauglin, el más grande de sus lobos. Se libró una lucha feroz, y Thû supo que Lúthien no estaba sola. Entonces recordó el destino de Huan, y él mismo se convirtió en el lobo más grande que jamás había caminado por el mundo, y salió a su encuentro. Pero Huan lo venció, y le quitó las llaves y los hechizos que unían los muros y torres encantados. Así se quebró la fortaleza y las torres se derribaron y abrieron las mazmorras

Muchos prisioneros fueron liberados, pero Thû huyó volando con forma de murciélago a Taur-na-Fuin. Lúthien encontró a Beren lamentándose junto a Felagund. Le curó el dolor y la debilidad que le había provocado la prisión, pero a Felagund lo enterraron en la cima de su propia isla colina, y Thû no volvió allí.

Entonces Huan regresó junto a su amo, y a partir de ese momento el amor entre ellos fue menor. Beren y Lúthien erraron alegres y felices, hasta que una vez más llegaron cerca de las fronteras de Doriath. Allí Beren recordó su juramento, y le ordenó a Lúthien que se marchara. Sin embargo, Lúthien no quería separarse de él. Nargothrond estaba agitado, pues Huan y muchos de los prisioneros de Thû trajeron las noticias de las hazañas de Lúthien, y de la muerte de Felagund, y se descubrió la traición de Celegorm y Curufin. Se dice que habían enviado una embajada secreta a Thingol antes de que Lúthien escapara, pero Thingol, furioso, había devuelto las cartas a Orodreth con sus propios sirvientes. Por lo tanto ahora los corazones del pueblo de Narong retornaron a la casa de Finrod, y lamentaron la muerte de su rey Felagund, a quien ellos habían abandonado, y se sometieron a las órdenes de Orodreth. Pero él no quiso permitirles matar a los hijos de Fëanor, tal como deseaban. En cambio, los desterró de Nargothrond, y juró que a partir de ese momento poco amor habría entre Narog y cualquiera de los hijos de Fëanor. Y así fue.

Celegorm y Curufin cabalgaban furiosos rápidamente por los bosques en dirección a Himling cuando se encontraron con Beren y Lúthien, justo en el instante en que Beren pretendía separarse de su amada. Cabalgaron hacia ellos y al reconocerlos trataron de aplastar a Beren bajo los cascos de los caballos. Pero Curufin, desviándose, alzó a Lúthien hasta su silla de montar. Entonces se produjo el salto de Beren, el mayor salto dado por el Hombre mortal. Pues saltó como un león justo sobre el veloz ca-

V

ballo de Curufin y cogió a éste del cuello, y tanto caballo como como jinete cayeron a tierra, pero Lúthien fue arrojada lejos y yació aturdida en el suelo. Allí Beren estranguló a Curufin, pero poco faltó para que él muriera a manos de Celegorm, quien regresó cabalgando con la lanza presta. En ese momento Huan abandonó el servicio de Celegorm y saltó sobre él, de modo que su caballo se desvió, y ningún hombre, por miedo al terror que inspiraba el gran sabueso, se atrevió a acercarse. Lúthien prohibió la muerte de Curufin, pero Beren lo despojó de caballo y armas, siendo la principal su famoso cuchillo, hecho por los Enanos. Cortaba el hierro como si fuera madera. Entonces los hermanos partieron al galope, pero traicioneramente dispararon contra Huan y Lúthien. A aquél no lo hirieron, pero Beren saltó delante de Lúthien y resultó herido, y los Hombres, cuando se conoció, recordaron la herida provocada por los hijos de Fëanor.

Huan se quedó con Lúthien, y al oír su perplejidad y el propósito de Beren, que aún quería ir a Angband, partió y cogió para ellos de los ruinosos recintos de Thû una piel de hombre-lobo y una de murciélago. Sólo tres veces habló Huan en la lengua de los Elfos o los Hombres. La primera fue cuando se presentó ante Lúthien en Nargothrond. Ésta fue la segunda, cuando ideó el desesperado consejo para su misión. Así que cabalgaron al Norte, hasta que no pudieron cabalgar seguros. Entonces se pusieron los disfraces de lobo y murciélago, y Lúthien con el disfraz de un espectro maligno montó el hombre-lobo.

En *La Balada de Leithian* se cuentan todos los detalles de cómo llegaron a la puerta de Angband y encontraron que hacía poco que la vigilaban, pues a Morgoth le había llegado el rumor de un plan tramado por los Elfos y que él desconocía. Por esta razón creó al más poderoso de los lobos, Carcharas, Cuchillo-colmillo, para que se sentara ante las puertas. Pero Lúthien lo hechizó, y consiguieron abrirse paso hasta la presencia de Morgoth, y Beren se escabulló furtivamente bajo su sillón. Entonces Lúthien osó realizar la más terrible y valiente hazaña que una mujer de los Elfos se atreviera a hacer jamás. Sólo se la compara con el desafío de Fingolfin, y quizá hubiese sido más grande, si ella no fuera medio divina. Se quitó el disfraz y pronunció su propio nombre, y fingió que los lobos de Thû la traían cautiva. Y lo engañó, a pesar de que Morgoth tramaba el mal en su interior; y ella bailó ante él, y sumió a toda su corte en el sueño; y le cantó, y le arrojó la túnica mágica que había tejido en Doriath a la cara, y lo obligó a dormir... qué canción puede cantar esa maravillosa hazaña, o la ira o la humillación de Morgoth, pues hasta los Orcos se ríen en secreto cuando la recuerdan, contando cómo Morgoth cayó del sillón y la corona de hierro rodó por el suelo.

Entonces Beren dio un salto, quitándose la piel lobuna, y sacó el cuchillo de Curufin. Con él arrancó un Silmaril. Pero osó más e intentó obtenerlos todos. Entonces el cuchillo de los traicioneros Enanos se rompió, y el sonido metálico agitó a las huestes durmientes y Morgoth gimió. El terror se apoderó de los corazones de Beren y Lúthien, y huyeron por los oscuros caminos de Angband. Las puertas estabas obstruidas por Carcharas, que ya había despertado del sortilegio de Lúthien. Beren se plantó ante Lúthien, lo cual resultó ser un acto desafortunado, pues antes de que ella pudiera tocar al lobo con la túnica o pronunciar una palabra mágica, éste saltó sobre Beren, quien ahora carecía de armas. Con la derecha lanzó un golpe a los ojos de Carcharas, pero el lobo le cogió la mano con las mandíbulas y la cercenó. Ahora bien, esa mano sostenía el Silmaril. Entonces las fauces de Carcharas ardieron con el fuego de angustia y tormento cuando el Silmaril le tocó la carne maligna; y aullando huyó de su presencia, de modo que todas las montañas se sacudieron, y la locura del lobo de Angband fue, de todos los horrores llegados al Norte, el más espantoso y terrible. Beren y Lúthien apenas pudieron escapar antes de que toda Angband despertara.

De sus andanzas y desesperación, y de la cura de Beren, quien desde entonces fue llamado Beren Ermbawed el Manco, de su rescate por Huan, que había desaparecido súbitamente antes de que llegaran a Angband, y de su llegada de nuevo a Doriath, poco hay aquí que contar. En cambio, en Doriath habían acontecido muchas cosas. Desde que Lúthien huyera todo había ido mal. El pesar se había abatido sobre el pueblo y el silencio se había apoderado de las canciones cuando las expediciones no la encontraron. Larga fue la búsqueda, y en ella se perdió Dairon, el flautista de Doriath, quien amaba a Lúthien desde antes de que Beren llegara a Doriath. Era el más grande músico de los Elfos, salvo por Maglor, hijo de Fëanor, y Tinfang Trino. Pero él jamás regresó a Doriath y se perdió en el Este del mundo.

También hubo ataques a las fronteras de Doriath, pues los rumores de que Lúthien estaba perdida habían llegado a Angband. Boldog el capitán de los Orcos fue muerto en combate por Thingol, y los grandes guerreros Beleg el Arquero y Mablung Mano Pesada se hallaban con Thingol en aquella batalla. Así Thingol se enteró de que Lúthien aún estaba libre de Morgoth, pero que éste conocía su errar; y el temor se adueñó de él. Mientras era víctima del miedo llegó en secreto la embajada de Celegorm, y dijo que Beren y Felagund estaban muertos, y que Lúthien se hallaba en Nargothrond. Entonces el corazón de Thingol lamentó la muerte de Beren, y se enfureció al sospechar la traición de Celegorm a la casa de Finrod, y porque retenía a Lúthien sin enviarla a casa. Por ello mandó espías a la tierra de Nargothrond y se aprestó a la guerra. Pero se enteró de que Lúthien había huido y de que Celegorm y su hermano había partido a Aglon. Así que entonces envió una embajada a Aglon, ya que su poder no era lo suficientemente grande como para caer sobre los siete hermanos, ni quería luchar con otros que no fueran Celegorm y Curufin. Pero mientras viajaba por los bosques la embajada se encontró con el ataque furioso de Carcharas. Dominado por la locura, el gran lobo había corrido por todos los bosques del Norte, y la muerte y la devastación lo acompañaban. Sólo Mablung escapó para transmitir la noticia de su llegada a Thingol. El destino, o la magia del Silmaril que portaba y lo atormentaba, hizo que los hechizos de Melian no pudieran detenerlo e irrumpió en los bosques puros de Doriath, y el terror y la destrucción se extendieron por todas partes.

Justo cuando los pesares de Doriath se hallaban en su peor momento, Lúthien, Beren y Huan regresaron a Doriath. Entonces el corazón de Thingol se aligeró, pero no miró con amor a Beren, a quien veía la causa de todas sus aflicciones. Cuando se hubo enterado de cómo éste había escapado de Thû, se sorprendió, pero dijo:

—Mortal, ¿qué ha sucedido con tu misión y tu juramento?

Entonces Beren contestó:

—Ahora mismo tengo un Silmaril en la mano.

—Muéstramelo —dijo Thingol

—No puedo —repuso Beren—, pues mi mano no está aquí.

Y contó toda la historia y dejó clara cuál era la causa de la locura de Carcharas, y el corazón y la paciencia de Thingol se suavizaron ante sus valerosas palabras, y ante el gran amor que vio entre su hija y aquel mortal valiente.

Ahora bien, en consecuencia planearon la caza del lobo Carcharas. En esa cacería participaron Huan y Thingol y Mablung y Beleg y Beren y nadie más. Y en ese punto la triste historia ha de ser breve, pues en otra parte se cuenta con más detalle. Lúthien, en el momento de la partida, se quedó atrás con malos presentimientos; y bien justificados que estaban, pues mataron a Carcharas, pero Huan murió al mismo tiempo, y murió para salvar a Beren. Sin embargo, Beren fue mortalmente herido, mas vivió para depositar el Silmaril en manos de Thingol, cuando Mablung lo hubo sacado del vientre del lobo. Entonces no volvió a hablar hasta que lo transportaron con Huan a su lado de vuelta a las puertas de los recintos de Thingol. Allí, bajo el haya en la que había estado encerrada, Lúthien salió a su encuentro y besó a Beren antes de que su espíritu partiera hacia las estancias de la espera. Así terminó la larga historia de Lúthien y Beren. Pero *La Balada de Leithian*, la liberación del cautiverio, no ha acabado aún. Pues mucho tiempo se ha dicho que Lúthien se debilitó y desapareció rápidamente y se desvaneció de la tierra, aunque algunas cancio-

nes cuentan que Melian llamó a Thorondor y él la transportó a Valinor. Y ella llegó a las estancias de Mandos, y le cantó una historia de amor conmovedora, tan hermosa que él se apiadó como nunca volvió a suceder hasta entonces. Llamó a Beren, y así, tal como Lúthien le jurara al besarlo en la hora de su muerte, se encontraron más allá del mar occidental. Y Mandos los dejó partir, pero dijo que Lúthien debería ser mortal como su amado, y que debería abandonar la tierra una vez más a la manera de las mujeres mortales, y su belleza convertirse en un recuerdo en las canciones. Así fue, pero se dice que en recompensa a partir de entonces Mandos dio a Beren y Lúthien una larga vida y gran gozo, y ellos erraron sin conocer la sed ni el frío en la hermosa tierra de Beleriand, y desde entonces ningún mortal habló con Beren o su esposa.

LA NARRATIVA DE *LA BALADA DE LEITHIAN* HASTA SU TERMINACIÓN

Esta sustanciosa parte del poema comienza a partir de la última línea del Canto VII de *La Balada de Leithian* («Mas ninguno se entregó y ninguno habló», p. 130), y el comienzo del Canto VIII corresponde al relato, muy comprimido, del Quenta (p. 132) acerca de la reclusión de Lúthien en Nargothrond, impuesta por Celegorm y Curufin y de la que fue rescatada por Huan, cuyo origen queda relatado. Una línea de asteriscos en el texto de la balada señala el inicio de otro Canto: el Canto IX en el verso 329; el Canto X en el verso 620; el Canto XI en el verso 1009; el Canto XII en el verso 1302; el Canto XIII en el verso 1605; y el Canto XIV, el último, en el verso 1940.

En Valinor había perros
con collares de plata. El venado y el jabalí,
el zorro, la liebre y el ágil corzo
allí se adentraban en las verdes florestas.
Oromë era el señor divino 5
de todos aquellos bosques. El fuerte vino

corría en sus estancias y en el canto de caza.
Los Gnomos hace tiempo lo volvieron a bautizar
Tavros, el Dios cuyos cuernos soplaron
sobre las montañas hace mucho tiempo; 10
el único de los Dioses que había amado al mundo
antes de que se desplegaran los estandartes
de la Luna y el Sol; y herrados con oro
estaban sus grandes caballos. Innumerables perros
que ladraban en los bosques más allá de Occidente 15
de raza inmortal él poseía:
grises y ágiles, negros y fuertes,
blancos con pelajes sedosos y largos,
pardos y leonados, rápidos y certeros
como flecha salida de arco de tejo; 20
sus voces eran como las campanas de profundo tono
que resuenan en las ciudadelas de Valmar,
sus ojos como joyas vivas, sus dientes
como marfil. Como la espada de la vaina
salían y se soltaban de la correa para olfatear 25
el rastro con júbilo y gozo de Tavros.

En los bosques y las dehesas verdes de Tavros
Huan había sido en otro tiempo un joven cachorro.
Creció como el más rápido de los rápidos,
y en regalo Oromë se lo dio 30
a Celegorm, al que le encantaba seguir
al gran cuerno del dios por la colina y el valle.
De todos los perros de la Tierra de la Luz,
cuando los hijos de Fëanor huyeron
y llegaron al Norte, sólo él se quedó 35
junto a su amo. Todos los ataques
e incursiones salvajes compartió
y en mortal batalla participó.

A menudo salvó a su señor Gnómico
de Orcos, lobos y remolineantes espadas. 40
Como perro lobo, incansable, gris y feroz
creció; sus ojos brillantes atravesaban
todas las sombras y nieblas, el rastro
con antigüedad de lunas encontraba en el marjal y el claro
[del bosque,
en las crujientes hojas y la polvorienta arena; 45
todos los senderos de la ancha Beleriand
conocía. Pero lo que más le gustaban eran los lobos;
le encantaba hallar sus gargantas y arrebatarles
sus rugientes vidas y su maligno aliento.
Las manadas de Thû le temían como a la Muerte. 50
Ninguna magia, ni conjuro, ni flecha,
ningún colmillo, ni el veneno que el arte del diablo
podía preparar le habían afectado; pues su sino
estaba trazado. Mas poco temía
ese destino decretado y que todos conocían; 55
ante el más poderoso él caería,
sólo ante el lobo más poderoso
que jamás se criara en cueva de piedra.

¡Oíd! Lejos en Nargothrond,
lejos sobre el Sirion y más allá, 60
se oyen débiles gritos y cuernos soplando,
y el ladrido de los perros que corren entre los árboles.
La cacería ha empezado, los bosques se agitan.
¿Quién cabalga hoy? ¿No habéis oído
que Celegorm y Curufin 65
han soltado sus perros? Con alegre batahola
montaron antes de que el sol saliera
y empuñaron sus lanzas y tomaron sus arcos.
Últimamente los lobos de Thû habían invadido

tierras cercanas y remotas. Sus ojos habían brillado 70
de noche a través de la embravecida corriente
del Narog. ¿Es que su amo sueña,
tal vez, con oscuros ardides,
con secretos que los señores Elfos guardan,
con movimientos en el reino Gnómico 75
y correrías bajo el haya y el olmo?

Curufin habló: «Buen hermano mío,
no me gusta. ¿Qué oscuro designio
augura esto? ¡Debemos apresurarnos a poner fin
a las correrías de esas criaturas malignas! 80
Y más aún, complacería mucho a mi corazón
ir de caza y abatir lobos».
Y entonces se inclinó y en voz baja susurró
que Orodreth era un estúpido ignorante;
mucho tiempo había pasado desde que el rey partió, 85
y de él ningún rumor o noticia llegaba.
«Por lo menos te beneficiaría
saber si está muerto o anda libre;
agrupar a tus hombres con sus pertrechos.
"Voy de caza", dirás entonces, 90
y los hombres creerán que siempre buscas
el bien del Narog. Mas en el bosque
se pueden descubrir cosas; y si por gracia
de la ciega fortuna él desanda
sus enloquecidos pasos, y si lleva 95
un Silmaril, no necesito declarar
nada más con palabras; pero por derecho uno
es tuyo (y nuestro), la joya de la luz;
y otro se puede conquistar, un trono.
Nuestra casa lleva la sangre más antigua.» 100

Celegorm escuchó. Nada dijo,
pero condujo una poderosa hueste;
y Huan dio brincos ante los alegres sonidos,
el jefe y capitán de sus perros.
Tres días cabalgaron por bosques y colinas 105
los lobos de Thû para cazar y matar,
y muchas cabezas y pelajes grises
capturaron, y a muchos repelieron,
hasta que cerca de las fronteras en el Oeste
de Doriath se detuvieron a descansar. 110

Se oyeron débiles gritos y cuernos soplando,
y el ladrido de los perros que entre los bosques corrían.
La cacería empezó, los bosques se agitaron,
y una allí huyó como pájaro asustado,
y el miedo anidó en sus pies danzarines. 115
Ella no sabía quién batía los bosques.
Muy lejos de su hogar, extenuada de andar, pálida,
vagaba como un fantasma por el valle;
siempre su corazón la impulsaba a levantarse y continuar,
mas sus piernas estaban agotadas, tristes sus ojos. 120
Los ojos de Huan vieron una sombra
oscilante, bajando rápida por un claro
como una neblina nocturna engañada por el día
y alejándose temerosa a toda prisa.
Ladró, y saltó con extremidades vigorosas 125
en pos de la extraña y oscura criatura esquiva.
En alas del terror, como una mariposa
perseguida por un ave que desciende de las alturas,
aleteó en una dirección, corrió en otra,
aquí se detuvo, allí surcó el aire, 130
todo en vano. Por fin se apoyó
en un árbol y jadeó. Él dio un salto.

Ninguna palabra mágica pronunciada en aflicción,
ningún misterio élfico conocía ella
o tenía sujeto a su oscura vestimenta 135
que le sirviera contra el fuerte cazador,
cuya vieja e inmortal raza y especie
ningún conjuro era capaz de desviar o sujetar.
De todos los que conoció, sólo a Huan
jamás pudo encadenar con hechizos 140
ni apresar con conjuros. Mas la belleza
y la voz gentil y la pálida angustia
y los ojos como estrellas velados por las lágrimas
domaron a quien no teme ni a los monstruos ni a la muerte.
Con facilidad la alzó y con facilidad llevó 145
su temblorosa carga. Nunca antes
Celegorm había contemplado semejante presa:
«¿Qué has traído, dime, buen Huan?
¿Una doncella élfica oscura, un fantasma o un hada?
Hoy no hemos venido a cazar algo así». 150

«Es Lúthien de Doriath»,
dijo la doncella. «Un sendero errante lejos
de los soleados claros de los Elfos de los Bosques
recorre ella con tristeza, donde el valor desaparece
y la esperanza débil se torna.» Y mientras hablaba 155
dejó caer su sombría capa,
y allí apareció en blanco y plata.
Sus estrelladas joyas centellearon brillantes
bajo el sol como rocío de la mañana;
los dorados lirios sobre el manto azul 160
refulgieron y relucieron. ¿Quién podía mirar
aquel hermoso rostro sin asombro?
Curufin la contempló largamente.
El perfume de su pelo trenzado con flores,

sus esbeltas piernas, su rostro élfico, 165
conquistaron su corazón, y allí mismo
permaneció encadenado. «Oh real doncella,
oh hermosa dama, adónde con fatigas
y en solitario viaje te diriges?
¿Qué terribles noticias de guerra y aflicción 170
han acaecido en Doriath? ¡Ven, cuéntalas!
Pues la fortuna te ha guiado bien;
amigos has encontrado», dijo Celegorm,
y observó su élfica figura.

Lúthien pensó en su corazón que su historia no narrada 175
él conocía en parte, pero no descubrió
atisbo de engaño en su sonriente rostro.
«¿Quiénes sois, pues, los que tan señorial cacería
realizáis en este peligroso bosque?»
preguntó ella; una respuesta en apariencia veraz 180
le dieron ellos. «Tus servidores, dulce dama,
señores de Nargothrond te saludan,
y te ruegan que con ellos vayas
de vuelta a sus colinas, olvidando el dolor
por un tiempo, buscando la esperanza y el reposo. 185
Y ahora lo mejor sería oír tu historia.»

Entonces Lúthien habla de las proezas de Beren
en las tierras septentrionales, de cómo el destino
le lleva a Doriath, de la ira de Thingol,
de la terrible misión que su padre 190
encomendó a Beren. Ni señal ni palabra
dieron los hermanos de oír algo
que de cerca los afectara. Ella habla
ligeramente de su fuga y del maravilloso manto
que creó, mas le faltan las palabras 195

al recordar la luz del sol en el valle,
la luz de la luna, de las estrellas, en Doriath,
antes de que Beren emprendiera el peligroso camino.
«¡La prisa, mis señores, también nos apremia!
No hay tiempo que perder en tranquilidad y descanso. 200
Pues ya han pasado días desde que la reina,
Melian cuyo corazón posee una aguda visión,
mirando a lo lejos con temor me dijo
que Beren vivía en terrible cautiverio.
El Señor de los Lobos tiene lóbregas prisiones, 205
cadenas y encantamientos crueles y poderosos
y allí atrapado y consumiéndose
yace Beren, si es que algo más horrible
no le ha llevado la muerte o el deseo de morir»:
entonces un dolor paralizante la privó de aliento. 210

Curufin dijo a Celegorm
aparte y en voz baja: «Ahora tenemos noticias
de Felagund, y ya sabemos
dónde acechan las criaturas de Thû»,
y otros consejos susurrados, 215
y le indicó qué respuesta debía dar.
«Señora», dijo Celegorm, «ves
que vamos detrás de las bestias que merodean por aquí,
y aunque nuestra hueste es grande y valiente,
no está preparada para atacar 220
la isla fortaleza del mago.
No consideres mal nuestros corazones o deseos.
Aquí abandonamos nuestra cacería
y por el camino más corto volvemos a casa,
para allí pensar en el consejo y la ayuda 225
a Beren que en tormento yace».

A Nargothrond llevaron con ellos
a Lúthien, cuyo corazón reveló su dolor.
El retraso temía; cada momento apremiaba
su espíritu, mas le pareció 230
que no cabalgaban tan de prisa como podrían.
Huan saltaba por delante noche y día,
y, siempre mirando hacia atrás, su pensamiento
estaba atribulado. Qué buscaba su amo,
y por qué no cabalgaba como el fuego, 235
por qué Curufin miraba con ardiente deseo
a Lúthien, esto meditó hondamente,
y percibió que una sombra maligna reptaba
en antigua maldición sobre Elfinesse.
Su corazón estaba desgarrado de angustia 240
por el valiente Beren, por la querida Lúthien
y por Felagund, que desconocía el miedo.

En Nargothrond ardieron las antorchas
y se dispuso festín y música.
Lúthien no lo celebró, sino que lloró. 245
Le habían cerrado los caminos; vigilada de cerca,
no podía volar. Su manto mágico
estaba escondido, y ninguno de sus ruegos
fue atendido, tampoco halló respuesta
a sus ávidas preguntas. Olvidados, 250
así parecía, estaban aquellos que permanecían presos
en la angustia y en ciegas mazmorras,
en las prisiones y la desgracia.
Lúthien descubrió demasiado tarde la traición.
En Nargothrond no se ocultó 255
que los hijos de Fëanor la tenían cautiva,
que Beren no les importaba y que
tenían pocos motivos para arrebatárselo a Thû,

rey al que no amaban y cuya misión
había despertado en sus pechos 260
viejos juramentos de odio. Orodreth conocía
el oscuro propósito que perseguían:
abandonar a la muerte al rey Felagund,
y aliar con la sangre del Rey Thingol
la casa de Fëanor por la fuerza 265
o el tratado. Mas para oponerse a su plan
él carecía de poder, pues a todo su pueblo
los hermanos todavía tenían bajo el yugo,
y todos aún escuchaban sus palabras.
Nadie prestaba atención al consejo de Orodreth; 270
olvidaron su vergüenza y no escucharon
la historia de la terrible necesidad de Felagund.

A los pies de Lúthien día tras día
y por la noche junto a su lecho permanecería
Huan, el perro de Nargothrond; 275
y ella le habló con palabras suaves y de cariño:
«Oh Huan, Huan, el perro más veloz
que jamás corrió en suelo mortal,
¿qué maldad posee tu amo
que no atiende a mis lágrimas ni a mi dolor? 280
En otro tiempo Barahir a todos los hombres por encima
de los buenos perros quería y amaba;
en otro tiempo Beren en el hostil Norte,
cuando como salvaje proscrito vivía,
tenía amigos leales entre criaturas 285
con piel y alas emplumadas,
y entre los espíritus que sólo en la roca
y en las viejas montañas y en los yermos
todavía habitaban. Pero ahora ni Elfo ni Hombre,
nadie salvo los hijos de Melian, 290

recuerda a aquel que luchó con Morgoth
y que jamás fue sometido a la vil esclavitud».

Huan nada dijo; mas Curufin
a partir de entonces nunca pudo acercarse
a Lúthien, ni tocar a aquella doncella, 295
y tuvo que alejarse temeroso de los colmillos de Huan.
Una noche cuando la humedad del otoño
se recortaba alrededor de la titilante lámpara
de la luna menguante, e inciertas estrellas
se veían volar entre los barrotes 300
de las veloces nubes, cuando el cuerno del invierno
ya se adentraba entre los árboles desnudos,
Huan desapareció. Entonces Lúthien estuvo
temiendo un nuevo mal, hasta que antes del amanecer,
cuando todo está muerto e inmóvil sin aliento, 305
y temores intangibles invaden a los insomnes,
una sombra avanzó pegada al muro.
Luego dejó caer algo con suavidad:
su capa mágica al lado de su lecho.
Temblando vio al gran perro agazaparse 310
junto a ella, oyó una voz profunda que llegaba
como lejana y lenta campana de una torre.

Así habló Huan, que nunca antes
había pronunciado palabras, y sólo por dos veces más
volvió a hacerlo en lengua élfica: 315
«Amada señora, a quien todos los Hombres,
a quien Elfinesse y todas las criaturas
con piel y alas emplumadas
deberían servir y amar... ¡despierta! ¡Vamos!
¡Ponte el manto! Antes de que el día 320
salga sobre Nargothrond huiremos

hacia los peligros Septentrionales... tú y yo».
Y antes de terminar aconsejó iniciar
la consecución de aquello que buscaban.
Lúthien escuchó asombrada, 325
y contempló a Huan con ojos suaves.
Rodeó el cuello con sus brazos
en una amistad que duraría hasta la muerte.

*****

En la Isla del Mago aún permanecían olvidados,
atrapados y torturados en aquella gruta 330
fría, inicua, sin puertas, sin luz,
y con ojos vacíos miraban a la noche interminable
dos camaradas. Ahora estaban solos.
Los otros ya no vivían, mas desnudos
sus huesos quebrados yacían y contaban 335
cómo diez habían servido bien a su señor.

Entonces Beren dijo a Felagund:
«Poca pérdida sería que yo estuviera muerto,
y estoy considerando contarlo todo,
y así, tal vez, de este oscuro infierno 340
rescatar tu vida. Te libero
de tu antiguo juramento, pues por mí
has soportado más de lo que nunca he merecido».

«¡Ah, Beren! Beren no ha descubierto
que las promesas del pueblo de Morgoth 345
son frágiles como el aliento. De este oscuro yugo
de dolor nadie escapará jamás,
sin importar que él averigüe nuestros nombres,
con el consentimiento de Thû. No, más aún, creo

que un tormento más duro probaríamos 350
si supiera que el hijo de Barahir
y Felagund están cautivos aquí,
y todavía peor si llegara a conocer
la terrible misión que emprendimos.»

La risa de un diablo oyeron vibrar 355
en su foso. «Es verdad, es verdad la palabra
que te oigo pronunciar», dijo entonces una voz.
«Poca pérdida sería que estuviera muerto él,
mortal proscrito. Mas el rey,
el Elfo inmortal, soportaría 360
muchas cosas que ningún hombre podría.
Quizá, cuando su pueblo conozca lo que de terrible [aflicción
estos muros aprisionan,
anhele rescatar a su rey
con oro, gemas e intimidados corazones valerosos; 365
o tal vez Celegorm, el orgulloso,
considere que es barata la prisión de un rival
y se reserve para él la corona y el oro.
Quizá deba saber con qué misión,
antes de que todo acabe, partisteis. 370
El lobo está hambriento, se acerca la hora;
Beren ya no tiene que esperar más para morir.»

El tiempo transcurrió lento. Entonces dos ojos
brillaron allí, en la oscuridad. Él vio su muerte,
Beren, en silencio, cuando tensó sus ataduras 375
más allá de su poderío mortal, encadenado.
De repente se oyó el ruido
de cadenas que se estiraban y soltaban,
de redes rotas. Y de un salto se lanzó

sobre la forma de lobo que reptaba 380
en la sombra el leal Felagund,
ajeno al colmillo o a la herida mortal.
En la penumbra lucharon largamente,
despiadados, gruñendo, de aquí para allá,
dientes en la carne, garras en las gargantas, 385
los dedos hundidos en el pelaje hirsuto,
pisoteando a Beren que yacía allí,
oyó al licántropo jadear, morir.
Entonces le llegó una voz: «¡Adiós!
Ya no necesito morar en la tierra, 390
amigo y camarada, intrépido Beren.
Mi corazón ha estallado, mis piernas están frías.
Aquí he agotado todas mis fuerzas
en romper las cadenas, y un terrible desgarro
de envenenados dientes hay en mi pecho. 395
Ahora tengo que partir a mi largo reposo
bajo Timbrenting, en estancias intemporales
donde los Dioses beben, donde la luz se precipita
sobre el mar refulgente». Así murió el rey,
tal como aún cantan los bardos élficos. 400

Allí yace Beren. Su dolor no conoce las lágrimas,
su desesperación no conoce ni el horror, ni el temor,
aguardando las pisadas, una voz, de la perdición.
Silencios más profundos que la tumba
de reyes ya muy olvidados, depositados 405
en catafalcos bajo años y arenas incontables
y enterrados en persistentes profundidades,
que se arrastran lentos e intactos a su alrededor.

De pronto los silencios se rompieron
en fragmentos de plata. Débil tembló 410

VI

una voz en canto que atravesó con luz
muros de roca, colina encantada,
y barrotes y cerraduras,
y los poderes de la oscuridad.
Él sintió a su alrededor la suave noche 415
de muchas estrellas, y en el aire
había crujidos y un raro perfume;
los ruiseñores estaban en los árboles,
finos dedos tocaban la flauta y la viola
bajo la luna, y una más hermosa 420
que todas las que vendrán o ya existieron,
sobre una loma solitaria de piedra
en rielante indumentaria bailaba sola.

Entonces en su sueño le pareció que él cantaba,
y sonoro y fiero su cántico vibró, 425
viejas tonadas de lucha en el Norte,
de intensas proezas, de salir al encuentro
de innumerables peligros y de romper
grandes poderes, y torres, y sacudir robustos muros;
y por encima de todo el fuego plateado 430
al que un día los Hombres llamaron la Pipa Ardiente,
las Siete Estrellas que Varda colocó
alrededor del Norte aún ardían,
una luz en la oscuridad, esperanza en el dolor,
el vasto emblema del enemigo de Morgoth. 435

«¡Huan, Huan! Oigo un canto
que brota en lo más profundo, lejano pero potente;
un canto que Beren llevó a lo más alto.
Oigo su voz. La he oído a menudo
en sueños y andanzas.» En leve susurro 440
así habló Lúthien. En el puente de la aflicción

envuelta en el manto en plena noche
se sentó y cantó, y hasta sus cumbres
y hasta sus profundidades, la Isla del Mago,
roca sobre roca y pilar sobre pilar, 445
temblorosa reverberó. Los licántropos aullaron,
y Huan, oculto, se tendió y gruñó
escuchando atento en la oscuridad,
aguardando la dura y cruel batalla.

Thû oyó aquella voz, y de pronto se levantó 450
envuelto en su capa y capucha negras
en su alta torre. Escuchó largo rato,
y sonrió, y conoció aquel canto élfico.
«¡Ah, pequeña Lúthien! ¿Qué llevó
tu necia huida hacia trampas no buscadas? 455
¡Morgoth! Una cuantiosa y rica recompensa
me deberás cuando a tu tesoro
se añada esta joya.» Descendió,
y ordenó partir a sus mensajeros.

Lúthien siguió cantando. Una sombra reptante 460
con lengua roja de sangre y fauces abiertas
se acercaba a escondidas al puente; pero ella siguió cantando
con temblorosas extremidades y lánguidos ojos abiertos.
La sombra reptante saltó a su lado,
y jadeó, y súbitamente cayó y murió. 465
Y aún siguieron avanzando, todavía uno a uno,
y todos fueron apresados, y ninguno
retornó con pies pesados para contar
que una sombra acechaba feroz y cruel
en el extremo del puente, y que abajo 470
las temblorosas y nauseabundas aguas fluían
sobre los cuerpos grises que Huan abatió.

Una sombra más poderosa ocupó despacio
el estrecho puente, un odio babeante,
un terrible licántropo, fiero y grande; 475
el pálido Draugluin, el viejo y gris señor
de lobos y bestias de aborrecida sangre,
que se alimentaba con carne de Hombre y Elfo
bajo el trono del mismo Thû.

Ya no lucharon en silencio. 480
Aullando y ladrando golpearon la noche,
hasta que el licántropo huyó de vuelta al trono,
donde había comido, para morir allí.
«Huan está allí», jadeó y cayó sin vida,
y Thû se llenó de ira y orgullo. 485
«Ante el más poderoso caerá,
ante el más poderoso de todos los lobos»,
pensó entonces, y creyó saber
cómo se iba a cumplir el destino vaticinado tiempo ha.
Entonces avanzó lentamente y centelleó 490
en la noche una forma de largo pelo
empapada en veneno, con ojos terribles,
de lobo, hambrientos; pero en ellos hay
una luz más cruel y pavorosa
que la que nunca tuvieron ojos de lobo. 495
Sus patas eran más grandes, sus fauces más anchas;
sus colmillos, más brillantes y afilados, estaban cargados
de veneno, tormento y muerte.
El mortal vaho de su aliento
la precedía. Lánguida muere 500
la canción de Lúthien, y sus ojos
se nublan y se oscurecen con un miedo
frío, venenoso y terrible.

Así fue Thû, como lobo más grande
que lo que jamás se vio salir por las puertas de Angband 505
hacia el ardiente sur, que lo que nunca acechó
en tierras mortales y sembró la muerte.
De repente saltó, y Huan se hizo
a un lado en las sombras. Se dirigió
hacia Lúthien, que yacía desvanecida. 510
A sus aturdidos sentidos llegó el olor
de su nauseabundo aliento, y ella se agitó;
confundida, susurró una palabra,
el manto se deslizó desde su rostro.
Él se tambaleó conmocionado. 515
Huan saltó hacia él. Él se echó atrás.
Bajo las estrellas estremecidas vibraron
los gritos de los agresivos lobos, prestos a la lucha,
la lengua de los perros que matan sin miedo.
Saltaban y corrían de un lado a otro, 520
simulando huir para volverse en redondo,
y morder y luchar cuerpo a cuerpo y caer y levantarse.
De repente Huan apresa y derriba
a su espantoso enemigo; desgarra su garganta,
y le arrebata la vida. Mas aquí no termina todo. 525
Thû cambia de forma a forma, de lobo a gusano,
de monstruo a su propia forma demoníaca,
pero de aquella presa desesperada
no consigue deshacerse, escapar.
Ninguna magia, ni conjuro, ni flecha, 530
ningún colmillo, ni veneno, ni arte del diablo
consiguió herir a aquel perro que en otro tiempo
había dado caza al venado y al jabalí en Valinor.

El repugnante espíritu que Morgoth creó
y crió del mal a poco escapó estremecido 535

de su oscura morada cuando Lúthien se levantó
y temblando contempló sus estertores.

«Oh demonio oscuro, oh vil fantasma
creado de lo más repulsivo, de mentiras y engaños,
aquí morirás, y tu espíritu retornará 540
a la morada de tu amo
para sufrir su escarnio y su furor;
te encerrará en las entrañas
de la tierra gimiente, y en una cavidad
por toda la eternidad tu desnuda alma 545
aullará y clamará; todo esto ocurrirá,
a menos que me entregues las llaves
de tu negra fortaleza, y me reveles
el hechizo que une las piedras
y pronuncies las palabras de apertura.» 550

Con respiración jadeante y temblorosa
él habló, y accedió a lo que se le pedía,
y vencido traicionó la confianza de su amo.

He ahí, junto al puente, un destello de luz,
como estrellas descendidas de la noche 555
para brillar y titilar aquí abajo.
Lúthien abrió los brazos por completo
y llamó con voz fuerte y tan clara
como todavía los mortales pueden oír a veces
largas trompetas élficas que resuenan 560
sobre la colina, cuando en el mundo todo está quieto.
El alba asomó por encima de las oscuras montañas,
y en lo alto sus cimas grises miraron silenciosas.
La colina tembló; la ciudadela
se desmoronó y todas sus torres se derrumbaron; 565

las rocas se abrieron y el puente se quebró,
y el Sirion se cubrió de espuma envuelta súbitamente
[en vaho.

Como fantasmas se vio volar a los búhos
ululando en el amanecer, e inmundos murciélagos
aletearon oscuramente en el aire frío 570
con chillidos débiles buscando nuevo cobijo
en las pavorosas ramas de la Floresta de la Noche.
Los lobos huyeron gimiendo y aullando
como sombras melancólicas. Fuera se arrastran
pálidas figuras andrajosas como salidas 575
de un sueño, protegiéndose los ojos ciegos:
los cautivos con miedo y sobresalto
salen del largo sufrimiento en la persistente noche
y, más allá de toda esperanza, son liberados a la luz.

Una forma de vampiro con grandes alas 580
se elevó del suelo chillando y partió,
su sangre oscura chorreando sobre los árboles;
y Huan ve junto a él un cuerpo
de lobo sin vida, pues Thû había volado
a Taur-na-Fuin, para construir allí un nuevo trono 585
y una fortaleza más oscura.

Los cautivos llegaron y lloraron y lanzaron
gritos lastimeros de gratitud y alabanza.
Pero Lúthien, con mirada anhelante, no se mueve.
Beren no viene. Por fin dijo: 590
«Huan, Huan, ¿debemos entonces
buscar entre los muertos a aquel que buscábamos,
por cuyo amor nos esforzamos y luchamos?».

Juntos los dos, de roca en roca,
por el Sirion ascendieron. Solo, 595
inmóvil, le encontraron, doliéndose

al lado de Felagund, y en ningún momento se volvió
a ver qué pies se detenían cerca de él.

«¡Ah Beren, Beren!» exclamó ella,
«¿es que te he encontrado demasiado tarde? 600
¡Ay, aquí en la tierra
el más noble de la noble raza
en vano hace suya tu aflicción!
¡Ay, nos reunimos con lágrimas
quienes un día se reunieron con júbilo fugaz!». 605
Tal amor y añoranza llenaron la voz de Lúthien
que, acallado el dolor, él alzó los ojos,
y sintió su corazón avivado de nuevo
por aquella que, atravesando el peligro, corrió a su lado.

«¡Oh Lúthien, oh Lúthien, 610
más hermosa que cualquier hija de los Hombres,
oh la más bella doncella de Elfinesse,
qué poder poseía tu amor
que te ha traído a la guarida del terror!
¡Oh ágiles piernas y cabellos oscuros, 615
oh cejas unidas por blanca flor,
oh esbeltas manos bajo esta nueva luz!»

Ella encontró los brazos de él y se desmayó
justo con el nacer del día.

*****

Los cantos han recordado que los Elfos han cantado 620
en la antigua y olvidada lengua élfica
cómo Lúthien y Beren vagaron
por las riberas del Sirion. Muchos parajes

llenaron de júbilo, y por allí sus pies
pasaron ligeros, y los días fueron dulces. 625
Aunque el invierno se enseñoreaba del bosque,
aún había flores donde ella estaba.
¡Tinúviel! ¡Tinúviel!
los pájaros no tienen miedo de morar
y cantar bajo las cumbres nevadas 630
adonde Beren y Lúthien van.

Dejaron atrás la isla del Sirion;
pero allí, en la cima de la colina, uno puede ver
una tumba verde, y una piedra levantada,
y allí todavía yacen los blancos huesos 635
de Felagund, el hijo de Finrod,
a menos que aquella tierra haya cambiado y desaparecido,
o se haya hundido en mares insondables,
mientras Felagund ríe bajo los árboles
en Valinor, y no viene nunca más 640
a este mundo gris de lágrimas y guerra.

A Nargothrond nunca más volvió;
pero hasta allí veloz corrió la fama
de su rey muerto, de la derrota de Thû,
del derrumbe de las torres de piedra. 645
Pues ahora muchos volvieron por fin a casa,
aquellos que hace mucho tiempo a la sombra pasaron;
y como una sombra había regresado
Huan, el perro, y recibió escasas
alabanzas o gracias de su iracundo amo; 650
aunque aborrecido, él era aún leal.
Las estancias del Narog se llenan de clamores
que Celegorm en vano querría acallar.
Allí los hombres lloraron a su rey caído,

gritando que una doncella osó acometer aquello 655
que los hijos de Fëanor no hicieron.
«¡Matemos a esos señores desleales y falsos!»,
clamaba ahora con fuerza el pueblo veleidoso,
esos que no quisieron cabalgar con Felagund.
Orodreth habló: «Ahora el reino 660
es sólo mío. No permitiré
derramamiento de sangre de hermanos por hermanos.
Pero ni pan ni reposo hallarán aquí
esos hermanos que han dañado
la casa de Finrod». Fueron llevados a su presencia. 665
Desdeñoso, arrogante y sin vergüenza
se mostró Celegorm. En sus ojos llameaba
una luz de amenaza. Curufin
sonreía con sus taimados y finos labios.

«Marchaos para siempre antes de que el día 670
descienda hasta el mar. Vuestro camino
nunca más os conducirá hasta aquí,
ni a ningún hijo de Fëanor;
y desde ahora nunca más habrá vínculo
de amor entre los vuestros y Nargothrond.» 675

«Lo recordaremos», dijeron ellos,
y dieron media vuelta, partiendo con premura,
y cogieron sus caballos y aquellos
que todavía los seguían. No pronunciaron palabra
pero soplaron los cuernos, y cabalgaron como el fuego, 680
y en terrible cólera se alejaron.
Ahora los errantes se estaban acercando
a Doriath. Aunque las ramas están desnudas,
aunque el viento es frío y la hierba gris
por donde pasa el siseo del invierno, 685

cantaron bajo el gélido cielo
que se alzaba pálido y alto sobre ellos.
Llegaron a la angosta corriente del Mindeb
que desde las colinas salta y centellea
por lindes occidentales donde los hechizos 690
de Melian empiezan a circundar
la tierra del Rey Thingol, y pasos extraños
envuelven y confunden en sus redes.

Allí, de repente, el corazón de Beren se entristeció:
«¡Ay, Tinúviel, aquí nos separamos 695
y nuestro breve canto juntos llega a su fin,
y cada uno sigue su camino en solitario!».

«¿Por qué nos separamos aquí? ¿Qué dices,
justo en el amanecer del día más brillante?»

«Porque has llegado sana y salva a las tierras fronterizas 700
por las que al amparo de las manos
de Melian tranquila caminarás
y hallarás tu hogar y tus bien amados árboles.»

«Mi corazón se alegra cuando los hermosos árboles
a lo lejos, altos y grises, ve 705
de la inviolada Doriath.
Mas mi corazón odió a Doriath,
y abandonaron Doriath mis pies,
mi hogar, mi pueblo. Nunca más contemplaré
la hierba o las hojas 710
sin ti a mi lado. ¡Oscura es la orilla
del profundo y poderoso Esgalduin!
¿Por qué abandonando el canto
junto a las aguas que fluyen sin cesar

tengo que sentarme al fin sola, desesperada, 715
y mirar las despiadadas aguas
con el corazón destrozado y en soledad?»

«Porque Beren no puede encontrar
nunca más el sinuoso sendero que lleva a Doriath,
aunque Thingol lo deseara o lo permitiera; 720
pues allí le juré a tu padre
no volver jamás, salvo para realizar
la búsqueda del brillante Silmaril,
y conseguir mi deseo con valor.
"Ni las rocas, ni el acero, ni el fuego de Morgoth, 725
ni todo el poder de Elfinesse
retendrán esa gema que yo poseeré":
así un día juré por Lúthien,
más hermosa que cualquier hija de los Hombres.
Mi palabra, ¡ay!, debo cumplir, 730
aunque la aflicción me atraviese y lamente
la separación.»]

«Entonces Lúthien no irá a su hogar,
sino que vagará por los bosques llorando,
sin atender al peligro, sin conocer la risa.
Y si ella no puede caminar a tu lado, 735
contra tu voluntad tus desesperados pies
perseguirá, hasta que encuentren,
Beren y Lúthien, una vez más el amor
en la tierra o en la orilla sombría.»

«No, Lúthien, la de más valeroso corazón, 740
así haces más dura la separación.
Tu amor me arrancó del terrible cautiverio,
pero a ese miedo extremo,

a esa negrísima mansión de todo pavor
nunca será conducida tu luz más dichosa.» 745

«¡Nunca, nunca!», exclamó estremecido.
Pero aunque ella suplicaba en sus brazos,
un ruido como de presurosa tormenta se acercó.
Allí Curufin y Celegorm
en súbito tumulto, como el viento 750
llegaron al galope. Los cascos de los caballos batieron
ruidosamente la tierra. En cólera y premura
corrían ahora enloquecidos hacia el norte
para encontrar el sendero entre Doriath
y las terribles y enmarañadas sombras oscuras 755
de Taur-na-Fuin. Aquél era para ellos el camino
más rápido hacia donde moraban sus hermanos
en el este, donde la vigilante colina de Himling
se cernía, alta e inmóvil, sobre el paso de Aglon.

Vieron a los dos que vagaban. Con un grito 760
dirigieron hacia ellos a su presurosa banda,
como si bajo enloquecidos cascos quisieran
separar a los amantes y acabar con su amor.
Pero al llegar los caballos se apartaron
con los ollares dilatados y los orgullosos cuellos doblados; 765
Curufin, agachándose, hasta la silla
con poderoso brazo levantó a Lúthien,
y rio. Demasiado pronto, pues con un impulso
más feroz que el del dorado rey león
enloquecido por el dolor de las puntas de flecha, 770
más poderoso que el de cualquier venado cornudo
que, acosado, salta sobre un abismo,
Beren saltó allí, y con un rugido
se encaramó sobre Curufin; en torno a su cuello

colocó los brazos, y al suelo 775
cayeron caballo y caballero;
y allí lucharon sin pronunciar palabra.
Lúthien yacía aturdida en la hierba
bajo las ramas desnudas y el cielo;
el Gnomo sintió que los sombríos dedos de Beren 780
apretaban su garganta y le estrangulaban,
y se le empezaron a salir los ojos y la lengua
jadeante colgaba de su boca.

Celegorm acudió al galope con su lanza,
y Beren estuvo cerca de la amarga muerte. 785
Casi resultó muerto por acero élfico
aquel al que Lúthien rescató de las implacables cadenas,
pero súbitamente Huan saltó ladrando,
ante el rostro de su amo, con colmillos
blancos y refulgentes, con el pelo erizado, 790
como si observara a un jabalí o a un lobo.

Aterrado, el caballo saltó a un lado,
y Celegorm gritó con ira:
«¡Maldito seas, vil perro, por atreverte
a mostrarle los dientes a tu amo!». 795
Pero ni perro ni caballo ni osado jinete
se acercarían a la fría rabia
del poderoso Huan que los mantenía ferozmente a raya.
Sus fauces eran rojas. Se apartaron,
y temerosos le observaron de lejos: 800
ni espada ni, cuchillo, ni cimitarra,
ni flecha de arco, ni golpe de lanza,
ni amo, ni hombre, temía Huan.

Curufin habría perdido allí la vida
si Lúthien no hubiera parado la lucha. 805
Despertando, se levantó y con voz suave gritó,

se colocó angustiada al lado de Beren:
«¡Controla tu ira ahora, mi señor!
No realices el trabajo de los aborrecidos Orcos
pues los enemigos de Elfinesse 810
son innumerables, y no disminuyen
por la antigua maldición, mientras aquí nos peleamos
y para mal todo el mundo
decae y se derrumba. ¡Haced la paz!».

Entonces Beren soltó a Curufin; 815
pero tomó su caballo y su cota de malla,
y su cuchillo, que pálido brillaba,
desenvainado, forjado en acero.
Las sanguijuelas nunca curaban la carne
que aquella punta había atravesado, pues hacía mucho 820
la habían fabricado enanos, cantando lentos
encantamientos en Nogrod, donde sus martillos
caían vibrando como una campana.
El hierro como madera blanda hendía,
y desgarraba la cota de malla como tejido de lana. 825
Mas ahora otras manos sostenían su mango;
su amo yacía derribado por un mortal.
Beren, levantándolo, lo empujó lejos de él,
y gritó «¡Márchate!» con lengua hiriente;
«¡Márchate, renegado y necio, 830
y procura que tu codicia se enfríe en el exilio!
Levántate y parte, y nunca más trabajes
como esclavo de Morgoth o maldito Orco».
¡Afánate, orgulloso hijo de Fëanor,
en proezas más altivas que las obradas hasta ahora!». 835
Entonces Beren se llevó a Lúthien
mientras Huan permanecía allí en guardia.

«Adiós», gritó Celegorm el hermoso.
«Que llegues lejos. Y mejor sería
que murieras de hambre en el yermo 840
que probar la cólera de los hijos de Fëanor,
que todavía pueden pasar por el valle y la colina.
¡Ni gema, ni doncella, ni Silmaril,
en tu mano estarán por largo tiempo!
¡Te maldecimos bajo las nubes y el cielo, 845
te maldecimos desde el despertar hasta el sueño!
¡Adiós!» Rápido saltó del caballo
y a su hermano levantó del suelo;
entonces el arco de tejo con alambre de oro
tensó, y disparó una flecha, 850
mientras ellos, cogidos de la mano, se alejaban,
una saeta de los enanos con cruel punta.
No se volvieron, ni miraron atrás.
Huan ladró con fuerza, y de un salto atrapó
la veloz flecha. Rápida como el pensamiento 855
otra la siguió silbando mortalmente;
mas Beren ya se había vuelto, y saltando al instante
protegió a Lúthien con su pecho.
La saeta se hundió profundamente en la carne.
Él cayó a la tierra. Los otros se alejaron al galope, 860
y riendo le dejaron tendido;
pero huyeron como el viento por temor y pavor
a la roja ira persecutoria de Huan.
Aunque Curufin reía con la boca dolorida,
con posterioridad en el Norte 865
se conocieron la historia y el rumor de la maldita
[flecha,
y los Hombres lo recordaron en la Partida
y la voluntad de Morgoth contribuyó a su odio.

Desde entonces nunca más perro nacido
siguió el cuerno de Celegorm 870
o el de Curufin. Aunque en la batalla y en la tormenta,
aunque toda su casa en la ruina roja
cayera, desde entonces Huan
nunca más puso su cabeza a los pies de aquel señor,
sino que siguió a Lúthien, bravo y rápido. 875
Ahora ella cayó llorando al lado
de Beren y trató de detener la marea
de borboteante sangre que manaba con fuerza.
Dejó al descubierto el pecho de él;
arrancó la afilada flecha del hombro; 880
limpió la herida con sus lágrimas.

Luego se acercó Huan con una hoja,
la mejor de todas las hierbas curativas,
que, siempre verde, en el claro del bosque
crecía con blanca y ancha hoja. 885
Huan conocía los poderes de todas las hierbas,
pues exploraba ampliamente los senderos de los bosques.
Con ella alivió rápidamente el dolor,
mientras Lúthien, susurrando en la penumbra,
entonaba junto a él el canto que las esposas Élficas 890
en aquellas tristes existencias habían cantado
durante largos años de guerra y armas.

Las sombras cayeron desde las montañas sombrías.
Después en el oscurecido Norte se elevó
la Hoz de los Dioses, y salieron 895
las estrellas a brillar en la noche rocosa,
radiantes, resplandeciendo frías y blancas.
Pero en el suelo hay un fulgor,
una chispa roja que llega de abajo:
en enmarañadas ramas, junto a un fuego 900

de crepitante leña y chisporroteante brezo blanco
Beren yace en profundo sopor,
caminando y vagando en el sueño.
Despierta, atenta e inclinada sobre él
hay una hermosa doncella; su sed sacia, 905
su frente acaricia, y lenta canturrea
una canción más potente que la jamás escrita
en las runas o en el arte de curar.
Los insectos nocturnos vuelan lentamente.
Gris repta la mañana nebulosa 910
desde la penumbra hasta el día remiso.

Beren despertó y abrió los ojos,
y se incorporó y gritó: «Bajo otros cielos,
en tierras más terribles y desconocidas,
creo que vagué solo largo tiempo 915
hasta la profunda sombra donde habitan los muertos;
pero siempre una voz que yo conocía bien,
como campanas, como violas, como arpas, como pájaros,
como música moviéndose sin palabras,
me llamaba, me llamaba a través de la noche, 920
y hechizado me devolvía a la luz.
¡Sanó la herida, calmó el dolor!
Ahora estamos de nuevo en la mañana,
nuevos viajes nos llevan una vez más
a peligros donde quizá se pueda conquistar la vida, 925
aunque sea difícil para Beren; y a ti
te veo esperando en los bosques,
bajo los árboles de Doriath,
mientras por mi sendero bajan sin cesar
los ecos de tu élfico canto, 930
donde las colinas son agrestes y largos los caminos».

«No, ahora ya no tenemos sólo por enemigo
al oscuro Morgoth, sino que a la aflicción,
a las guerras y venganzas de Elfinesse
tu búsqueda está ligada; y la muerte, no menos, 935
para ti y para mí, pues el valeroso Huan
predijo el fin del viejo encantamiento,
todo eso presagió que acaecería rápidamente
si sigues adelante. ¡Tu mano nunca, nunca arrancará
y depositará en las manos de Thingol la terrible 940
y ardiente joya, el fuego de Fëanor!
Y entonces, ¿por qué seguir?
¿Por qué no alejarnos del miedo y la aflicción
para caminar y vagar bajo los árboles
sin techo, con todo el mundo por hogar, 945
sobre las montañas, junto a los mares,
a la luz del sol, en la brisa?»

Así hablaron largamente con atribulado corazón;
y, sin embargo, ni todas las artes élficas de ella,
ni los ligeros brazos, ni los ojos brillantes 950
como trémulas estrellas en cielos lluviosos,
ni los tiernos labios, ni la voz encantada,
pudieron doblegar su voluntad o torcer su decisión.
Nunca se dirigiría a Doriath,
salvo para dejarla allí a ella en seguridad; 955
nunca iría a Nargothrond
con ella, a menos que allí llegaran la guerra y el dolor;
y nunca dejaría que vagara
en tierras ignotas, extenuada, descalza,
sin techo e inquieta, aquella a la que con amor 960
sacó de los escondidos reinos que ella conocía.
«Pues ahora está despierto el poder de Morgoth;
la colina y el valle ya se agitan,

la cacería ha empezado, la presa es salvaje:
una doncella perdida, una niña élfica. 965
Ahora los Orcos y los espectros acechan y escudriñan
de árbol en árbol, y de miedo llenan
cada sombra y colina. ¡A ti te buscan!
Ante esa idea mi esperanza se debilita,
mi corazón se enfría. ¡Maldigo mi juramento, 970
maldigo el destino que nos unió
y que apresó tus pies en mi triste sino
de huir y errar en la oscuridad!
Y ahora apresurémonos y, antes de que el día
caiga, tomemos el camino más rápido, 975
hasta que, atravesando las marcas de tu tierra
bajo el haya y el roble, estemos
en Doriath, la hermosa Doriath
hasta la que ningún mal encuentra el camino,
incapaz de atravesar las atentas hojas 980
que caen sobre aquellos aleros del bosque.»

Entonces ella accedió en apariencia a su deseo.
Rápidamente se dirigieron a Doriath,
y cruzaron sus fronteras. Allí se quedaron
descansando en profundos y herbosos claros; 985
allí se guarecieron del viento
bajo poderosas hayas de sedosa piel,
y cantaron al amor que aún vendrá,
aunque la tierra se hunda bajo el mar,
y, separados aquí, se encontrarán 990
para siempre en la Costa Occidental.

Una mañana ella dormía tendida
en la hierba, como si el día
fuera demasiado amargo para que tan gentil flor

se abriera en una hora sin sol, 995
Beren despertó y besó su cabello,
y lloró, y suavemente allí la dejó.
«Buen Huan», dijo él, «¡protégela!
Nunca un gamón en campo sin hojas,
nunca una rosa solitaria en arbusto espinoso 1000
se ha mecido tan frágil y fragante.
Guárdala del viento y de la helada, y ocúltala
a las manos que arrebatan y desechan;
guárdala del peregrinar y de la aflicción,
pues el orgullo y el destino ahora me obligan a partir». 1005

Montó en el caballo y se alejó al galope,
y no se atrevió a mirar atrás, sino que durante todo aquel
[día
con corazón como de piedra siguió corriendo
y tomó los senderos que iban hacia el Norte.

*****

Espaciosa y llana se extendía otrora una pradera,
adonde orgullosamente el Rey Fingolfin condujo 1010
a sus ejércitos plateados sobre el verdor,
a sus blancos caballos, sus afiladas lanzas;
sus altos yelmos hechos de acero,
sus escudos brillaban como la luna.
Allí las trompetas sonaron con fuerza, 1015
y el desafío vibró hasta las nubes
que se cernían sobre la torre septentrional de Morgoth,
mientras Morgoth aguardaba la llegada de su hora.

Ríos de fuego en el corazón de la noche
invernal, fríos y blancos, 1020

sobre la llanura fluyeron, y en lo alto
el rojo se reflejó en el cielo.
Desde las murallas de Hithlum vieron el fuego,
el vapor y el humo en cima tras cima
agolparse, hasta que en vasta confusión 1025
las estrellas se perdieron. Y así pasó,
el inmenso campo, convertido en polvo,
en arena movediza y en herrumbre amarillenta,
en dunas sedientas con muchos huesos
yacían rotos entre las desnudas rocas. 1030

Dor-na-Fauglith, Tierra de la Sed,
después la llamaron, yermo maldito,
tumba sin techo arrasada por los cuervos
de muchos hombres gallardos y muchos valientes.
Allí las rocosas pendientes miraban 1035
desde la Floresta de la Noche que caía hacia norte,
desde pinos sombríos de vastas alas
terribles y de negras plumas, como muchos mástiles
de barcos de la muerte de negros velámenes
que lentamente se movían bajo una brisa fantasmal. 1040

Desde allí Beren sombrío ahora escruta
a través de las dunas y la ondulante aridez,
y ve a lo lejos las adustas torres
donde desciende el atronador Thangorodrim.

El caballo se agachó y se detuvo, 1045
orgulloso corcel Gnómico; temía el bosque;
sobre la encantada y horrible llanura
ningún caballo volvería a pasar.
«Buena montura de perverso amo», dijo él,
«aquí nos despedimos. Levanta la cabeza 1050
y parte hacia el valle del Sirion,
de regreso por donde vinimos, más allá de la pálida isla

donde en otro tiempo reinó Thû, a dulces aguas
y altas hierbas alrededor de tus patas.
Y si nunca más logras hallar a Curufin, 1055
¡no lo lamentes! mas libre con venado y ciervo
vaga, dejando el trabajo y la guerra,
y sueña que estás de vuelta en Valinor,
de donde antaño vino tu poderosa raza
de la cercada cacería de Tavros». 1060

Beren se sentó allí tranquilo, y cantó,
y alto vibró su solitario canto.
Aunque un Orco lo oyera, o un lobo acechara,
o cualquiera de las horrendas criaturas
dentro de la sombra se moviera y espiara 1065
en Taur-na-Fuin, nada le importaba
a aquel que ahora se despedía de la luz y del día,
con corazón sombrío, amargo, feroz y a morir destinado.

«Aquí y ahora adiós, hojas de los árboles,
a vuestra música en la brisa de la mañana. 1070
Adiós ahora, brizna y flor y hierba
que ven pasar las cambiantes estaciones;
aguas que susurráis por encima de las rocas
y lagos que permanecéis solos y en silencio.
¡Adiós ahora, montaña, valle y llanura! 1075
Adiós ya, viento y helada y lluvia,
y neblina y nube y aire celestial;
estrella y luna tan hermosamente cegadoras
que aún miraréis desde el cielo
a la ancha tierra aunque Beren muera, 1080
aunque Beren no muera, mas en lo profundo,
profundo, donde de aquellos que gimen
no brota ningún terrible eco, y esté postrado y se ahogue
en oscuridad y humo eternos.

Adiós, dulce tierra y cielo del norte, 1085
benditos para siempre, pues aquí durmió
y aquí corrió con pies ligeros
bajo la luna, bajo el sol,
Lúthien Tinúviel,
tan bella que ninguna lengua mortal puede expresarlo. 1090
Aunque cayera en ruinas todo el mundo,
y fuera disuelto y arrojado de nuevo,
ya desvanecido, al antiguo abismo,
aun así fue bueno que se hiciera
—el crepúsculo, el alba, la tierra, el mar— 1095
para que Lúthien viviera un día.»

Beren levantó la espada en su mano,
y desafiante se irguió solo
ante la amenaza del poder de Morgoth;
y valiente le maldijo a él, su morada y su torre, 1100
su mano dominadora y su pie demoledor,
el principio, el fin, la corona y la raíz;
luego giró para bajar por la pendiente
desechando el temor, abandonando la esperanza.

«¡Ah, Beren, Beren!», le llegó una voz, 1105
«¡casi demasiado tarde te he encontrado!
¡Oh mano y corazón orgullosos e intrépidos,
todavía no hay adiós, aún no nos separamos!
Los de la raza élfica no desechan
así el amor que abrazan. 1110
Mi amor es un poder tan grande
como el tuyo, para sacudir la puerta y la torre
de la muerte con débil y frágil desafío
que todavía resiste, y no flaqueará
ni cederá, sin ser derrotado aunque lo arrojen 1115

bajo los cimientos del mundo.
¡Amado insensato! ¡Abandona la búsqueda
y también la empresa; no confíes
en poder tan débil, creyendo que es bueno salvar
del amor a tu amada, que acepta de buen grado la
[tumba 1120
y el tormento antes que languidecer
en espera de buena intención, encerrada,
sin alas e impotente para ayudar a aquel
para cuyo sostén su amor nació!».

Así, Lúthien volvió a su lado: 1125
se encontraron más allá de los caminos de los Hombres;
en el umbral del terror se detuvieron
entre el desierto y el bosque.
Beren la miró, el rostro de ella en alto
bajo los labios de él en dulce abrazo: 1130
«Tres veces ahora maldigo lo que juré», dijo él,
«que te ha llevado bajo la sombra.
Pero ¿dónde está Huan, dónde está el perro
a quien te confié, a quien por amor a ti
ordené que te protegiera bien 1135
de la marcha mortal al infierno?»

«¡No lo sé! Mas el corazón del buen Huan
es más sabio y bondadoso que lo que tú eres,
sombrío señor, más abierto a la súplica.
Y largo tiempo allí supliqué 1140
hasta que él me puso, como yo deseaba,
sobre tu rastro; un buen palafrén
sería Huan, con fluido paso:
te habrías reído al vernos correr,
cual Orco sobre licántropo cabalgar como el fuego 1145

noche tras noche por ciénagas y pantanos,
yermos y bosques. Pero cuando oí
tu claro cantar —(sí, cada palabra
de Lúthien que alguien gritaba desordenadamente,
desafiando con fiereza al mal en acecho)—, 1150
me dejó en el suelo y partió a la carrera;
mas no sé decir con qué intención.»

En poco tiempo lo supieron, pues Huan apareció,
jadeando, los ojos como llamas,
temeroso de que aquella a la que abandonó 1155
para participar en una funesta cacería partiera
antes de que él estuviera cerca. Ahora depositó allí,
ante sus pies, tan oscuros como la sombra,
dos horribles formas que había conseguido
en aquella isla alta del Sirion: 1160
una enorme piel de lobo: su salvaje pellejo
tenía el pelo largo y revuelto, oscuro era el conjuro
que impregnaba la horrible piel,
el manto de licántropo de Draugluin;
la otra era un ropaje como de murciélago 1165
y los dedos que sostenían las poderosas alas membranosas
temían como un garfio de acero en cada extremo:
tales alas se extienden como oscura nube
bajo la luna, cuando en el cielo
desde la Floresta de la Noche vuelan chillando 1170
los mensajeros de Thû.

«¿Qué has traído,
buen Huan? ¿Cuál es tu oculto pensamiento?
¿Qué necesidad tenemos aquí, en el yermo,
de trofeos de proezas y grandes hazañas 1175
cuando derrotaste a Thû?» Así habló Beren,
y una vez más palabras arrancó de Huan:

su voz era como las graves campanas
que tañen en las ciudadelas de Valmar:

«Tú debes ser el ladrón de una hermosa gema, 1180
la de Morgoth o la de Thingol, la odiosa o la amada;
¡aquí debes elegir entre el amor y el juramento!
Si aún no te decides a romper el juramento
entonces Lúthien, o bien debe morir
sola, o bien desafiar la muerte contigo 1185
marchando a tu lado en busca del destino
que espera oculto delante de ti.
Búsqueda desesperada, mas todavía no loca,
a menos que tú, Beren, vayas así ataviado
con ropaje mortal, en tonalidad mortal, 1190
insensato y sin recursos, a cortejar a la muerte.
Buena fue la estratagema de Felagund,
mas se puede mejorar, si el consejo
de Huan os atrevéis a seguir,
pues rápidamente os hará adoptar 1195
formas mil veces malditas, repugnantes y viles,
de licántropos de la Isla del Mago,
de piel de alimaña de monstruoso murciélago
con espectrales alas como garras del infierno.
A esas oscuras amenazas, ¡ay! ahora se enfrentan 1200
aquellos a los que amo, por quienes luché.
Ya no puedo marchar más con vosotros:
¿quién sabe de un gran perro que corre
en amistad al lado de un licántropo
hasta las acogedoras puertas de Angband? 1205
Mas mi corazón me dice que lo que encontraréis
ante el portal será mi destino,
yo mismo lo veré, aunque a esa puerta
mis patas jamás me llevarán.

Oscurecida está la esperanza y debilitados están mis
[ojos, 1210
no veo con claridad lo que aguarda delante;
mas tal vez vuestro sendero conduce hacia atrás,
más allá de toda esperanza de regreso a Doriath,
y hacia allí, quizá, los tres nos encaminaremos,
y de nuevo nos encontraremos antes del fin». 1215

Se pusieron en pie y se maravillaron al oír
su poderosa lengua tan profunda y clara;
entonces de pronto él desapareció de su vista
aunque nacía la noche.

Siguieron su terrible consejo, 1220
y abandonaron sus hermosas formas;
en piel de licántropo y en ala de murciélago
se prepararon a vestirse, temblando.
Con magia élfica trabajó Lúthien,
para que la repugnante vestimenta cargada de infortunio 1225
no sumiera sus corazones en terrible locura;
y allí con artes élficas forjó
una fuerte defensa, un poder de sujeción,
cantando hasta la hora de la medianoche.

Súbitamente, como el manto de lobo que lleva, 1230
Beren yace babeando en el suelo,
con la lengua roja y hambriento; mas en sus ojos
se ve dolor y añoranza,
una mirada de horror al contemplar
una forma de murciélago que trepa hasta sus rodillas 1235
y arrastra sus alas plegadas y crujientes.
Entonces, aullando bajo la luna, salta
sobre las cuatro patas, veloz, de roca en roca,

de la colina a la llanura, pero no solo:
una forma oscura vuela por la pendiente 1240
y girando revolotea encima de él.

Cenizas y polvo y duna sedienta,
agostada y seca bajo la luna,
bajo el frío y ondulante aire
filtrándose y suspirando, desolada y desnuda; 1245
de abultadas rocas y arenas sedientas,
de huesos astillados estaba formada aquella tierra,
sobre la cual ahora se desliza con pelaje polvoriento
y lengua caída una figura infernal.
Muchas leguas agostadas quedan aún por delante 1250
cuando el día enfermizo se arrastra y retrocede;
muchas millas asfixiantes todavía se extendían por
[delante
cuando la gélida noche una vez más se desplegó
con sombra vacilante y ruido espectral
que siseó y pasó sobre la loma y la duna. 1255
Una segunda mañana en nube y vaho maloliente
llegó, cuando tambaleándose, ciega y débil,
una forma como de lobo apareció
y alcanzó los pies de las colinas del Norte;
sobre su lomo llevaba una cosa arrugada 1260
que durante el día parpadeaba.

Las rocas se erguían como dientes de hueso
y garras que aferraban desde la vaina abierta
a cada lado del sombrío camino
que conducía a aquella alta morada 1265
en el interior de la oscura Montaña
con terribles túneles y sólidos portales.

Se arrastraron bajo una sombra amenazadora,
y se ocultaron, agazapados, en la oscuridad.
Allí, junto al sendero, acecharon largo rato, 1270
y se estremecieron soñando con Doriath,
con la risa y la música y el aire puro,
en agitadas hojas donde los pájaros cantaban.
Despertaron, y percibieron el sonido estremecido,
el rítmico eco que lejos, en los subterráneos, 1275
vibraba debajo de ellos, el vasto rumor
de las forjas de Morgoth; y asustados
oyeron las pisadas de pies rocosos
que, calzados con hierro, bajaban por aquella vía:
los Orcos partían a saquear y a guerrear, 1280
y por delante marchaban capitanes Balrogs.
Se inquietaron, y bajo nube y sombra
al anochecer salieron y ya no permanecieron allí;
como criaturas oscuras avanzando encorvadas en negra
[misión
fueron subiendo por aquellas largas pendientes. 1285
A su lado se alzaban siempre riscos abruptos
donde las aves carroñeras se posaban y chillaban;
y se abrían negros abismos humeantes,
donde se habían criado retorcidas formas de serpiente;
hasta que al fin en aquella inmensa oscuridad, 1290
agobiante como la destrucción inminente,
que oprime la ladera de Thangorodrim
como trueno en los cimientos de la montaña,
llegaron a un patio sombrío
amurallado con grandes torres, fuerte tras fuerte, 1295
de riscos fortificados, a aquella última llanura
que se extiende, abismal y vacía,
frente al último muro sin remate
de la inmensurable estancia de Bauglir,

donde cerniéndose sobrecogedoras esperan 1300
las sombras gigantescas de sus puertas.

*****

Una vez, hace mucho tiempo, ante aquella vasta
[sombra
Fingolfin se presentó: llevaba su escudo
con campo azul celeste y estrella
de cristal que brillaba pálida a distancia. 1305
Con incontenible ira y odio,
desesperado, golpeó con fuerza la puerta,
el rey Gnómico, allí solo,
mientras interminables fortalezas de piedra
ahogaban el agudo y claro sonido 1310
del cuerno de plata en el tahalí verde.
Allí su impotente desafío intrépido lanzó
Fingolfin: «¡Ven, abre de par en par,
oscuro rey, tus espantosas puertas de bronce!
¡Sal tú, a quien tierra y cielo aborrecen! 1315
¡Sal, oh monstruoso y cobarde señor,
y lucha con tu mano y tu espada,
tú, conductor de huestes de vasallos en bandas,
tú, tirano protegido por fuertes muros,
tú, enemigo de los Dioses y de la raza élfica! 1320
Aquí te espero. ¡Ven! ¡Da la cara!».

Entonces Morgoth salió. Por última vez
en aquellas grandes guerras se atrevió a subir
desde su profundo trono subterráneo,
el rumor de sus pies como ruido 1325
de terremoto que retumbara en lo hondo.
Con armadura negra, enorme, coronado de hierro,

se presentó; su poderoso escudo,
un vasto campo negro sin blasón
con sombra como nube de tormenta; 1330
y por encima del refulgente rey se inclinó,
inmenso en lo alto, como una maza blandió
aquel martillo de los Mundos Subterráneos,
Grond. Con estrépito batió el suelo
como rayo de tormenta, y trituró 1335
las rocas; empezó a salir humo,
abrió un boquete del que manaba fuego.

Fingolfin, como ráfaga de luz
bajo una nube, puñalada rápida,
saltó a un lado, y desenvainó Ringil, 1340
como hielo que centellea gélido y azul,
aquella espada creada con élfica destreza
para atravesar la carne con frío mortal.
Siete heridas hizo a su enemigo,
y siete potentes gritos de dolor 1345
resonaron en las montañas, y la tierra se estremeció,
y los ejércitos de Angband se agitaron y temblaron.
Mas después los Orcos riendo hablarían
del duelo a las puertas del infierno;
aunque desde entonces se compusieron canciones élficas, 1350
antes que ésta; cuando con tristeza fue enterrado
el poderoso rey en alto túmulo,
y Thorndor, Águila de los cielos,
las terribles noticias llevó y explicó
a la afligida Elfinesse de entonces. 1355
Por tres veces Fingolfin con fuertes golpes
fue puesto de rodillas, por tres veces se levantó
de un salto bajo la alta nube
para resistir con brillo de su estrella, orgulloso;

a su escudo golpeado, a su yelmo hendido, 1360
ni aquella oscuridad ni aquel poderio pudieron abatir,
hasta que toda la tierra se abrió y se desgarró
en zanjas alrededor de él. Estaba exhausto.
Sus pies tropezaron. Cayó destrozado
al suelo, y sobre su cuello 1365
se abatió un pie como pesada loma,
y él fue aplastado: pero aún no estaba vencido;
lanzó un último y desesperado golpe:
la pálida Ringil cortó el poderoso pie
por el talón, y negra la sangre 1370
manó como flujo de humeante fuente.

Cojo quedó para siempre de aquel tajo
el gran Morgoth; mas al rey abatió,
y lo habría despedazado y mutilado, arrojándolo
a las fauces de los lobos. De pronto, desde el trono 1375
que Manwë le ordenó construir en lo alto,
en cumbre no escalada bajo los cielos,
para vigilar a Morgoth, se lanzó
Thorondor, el Rey de las Águilas, que tras descender,
el desgarrador pico de oro clavó 1380
en el rostro de Bauglir, y luego ascendió
con alas de treinta brazas de ancho
llevándose lejos, aunque gritaban con fuerza,
el poderoso cadáver, al Rey de los Elfos;
y donde las montañas forman un anillo 1385
en el lejano sur, alrededor de la planicie
donde después Gondolin reinó,
ciudad fortificada, a gran altura
sobre una deslumbrante aureola blanca de nieve,
en túmulo de piedras al poderoso difunto 1390
depositó sobre la cumbre de la montaña.
Jamás Orco o demonio osó después

VII

trepar hasta aquel paso, en el que se encontraba
la alta y sagrada tumba de Fingolfin,
hasta la decretada destrucción de Gondolin. 1395

Así se ganó Bauglir la honda cicatriz
que afea su oscuro semblante,
y así se ganó su andar de cojo;
pero después en lo profundo reinó
oscuramente en su escondido trono; 1400
y atronador recorría sus estancias de piedra,
construyendo lentamente allí su vasto proyecto
para confinar el mundo bajo su yugo.
Conductor de ejércitos, señor de la aflicción,
sin dar ya descanso a esclavo o enemigo; 1405
por tres veces aumentó su guardia y guarnición,
envió a sus espías de Oeste a Este
y trajeron noticias de todo el Norte,
quién luchaba, quién caía; quién partía,
quién maquinaba en secreto; quién poseía tesoros; 1410
si era hermosa la doncella u orgulloso el señor;
casi todas las cosas conocía, a casi todos los corazones
atrapaba con malas artes.

Sólo a Doriath, más allá del velo
tejido por Melian, ningún ataque 1415
pudo herir o conquistar; sólo el vago rumor
de las cosas que allí pasaban le llegó.
Un fuerte rumor y claras noticias
de otros movimientos lejanos y cercanos
entre sus enemigos, y amenaza de guerra 1420
de los siete hijos de Fëanor,
de Nargothrond, de Fingon que aún
reunía sus ejércitos bajo la colina
y bajo el árbol, a la sombra de Hithlum,

le llegaban a diario. Una vez más 1425
sintió miedo a pesar de todo su poder; la fama
de Beren atormentaba sus oídos,
y en los senderos de los bosques se oían
los ladridos del gran Huan.

Entonces recibió una noticia 1430
muy extraña y fugaz de Lúthien,
que vagaba salvaje por bosques y claros,
y sopesó largamente el propósito de Thingol,
y meditó en él, pensando en aquella doncella
tan hermosa, tan delicada. A un osado capitán, 1435
Boldog, con espada y fuego envió
a la frontera de Doriath; pero una batalla súbita
sobre él se precipitó y de la hueste de Boldog
nadie volvió con noticias,
y Thingol humilló la arrogancia de Morgoth. 1440
Entonces su corazón ardió con zozobra y rabia:
recibió noticias de ruina,
cómo Thû fue vencido y su fuerte isla
quebrantada y saqueada, cómo ahora el engaño
con engaño sus enemigos combatían; y a los espías 1445
temió, hasta que cada Orco a sus ojos
se hizo sospechoso. Pero aún seguía llegando
por los senderos de los bosques la fama
de los ladridos de Huan, perro de la guerra
que los Dioses dejaron suelto en Valinor. 1450

Morgoth se acordó entonces del sino de Huan
presente en los rumores, y se puso a trabajar en la
[oscuridad.
Tenía manadas feroces y hambrientas
con forma y carne de lobos,

pero que albergaban terribles espíritus de demonios; 1455
y siempre salvajes sus voces retumbaban
en las cuevas y las montañas donde vivían,
provocando interminables ecos de gruñidos.
De éstos eligió un cachorro y lo alimentó
de propia mano con cuerpos muertos, 1460
con la mejor carne de Elfos y Hombres,
hasta que se hizo enorme y hacia su guarida
ya no pudo arrastrarse, sino que junto al sitial
del mismo Morgoth se tendía con ojos feroces,
sin permitir que Balrog, Orco o bestia 1465
lo tocara. Muchos festines horrendos
celebró bajo aquel horrendo trono,
desgarrando carne y royendo huesos.
Entonces sobre él cayó un profundo encantamiento,
la angustia y el poder del infierno; 1470
se hizo más grande y terrible,
con ojos de rojo fuego y fauces en llamas,
con aliento como los vapores de una tumba,
más grande que toda bestia de los bosques o las cuevas,
más grande que cualquier bestia de la tierra o el infierno 1475
que existió jamás en tiempo alguno,
sobrepasando a toda su raza y a toda su parentela,
la espantosa tribu de Draugluin.

Carcharoth, Fauces Rojas, le llaman
las canciones de los Elfos. Aún no salió, 1480
provocando desastres, voraz, de las puertas
de Angband. Insomne aguarda allí
donde aquellos grandes portales se ciernen amenazadores,
sus ojos rojos arden en la sombra,
los dientes al descubierto, las mandíbulas abiertas; 1485
y nadie puede caminar, reptar, ni deslizarse,

ni provisto de poder eludir su amenaza
para entrar en la vasta mazmorra de Morgoth.

Mas de pronto ante sus vigilantes ojos,
a lo lejos, descubre una sombra furtiva 1490
que se arrastra por la amenazadora planicie
y se detiene a observar, luego sigue
acercándose y acechando, una forma de lobo
abatida, exhausta, con las fauces abiertas y colgantes;
y sobre ella un murciélago en amplios círculos, 1495
una sombra oscilante, vuela despacio.
A menudo se ven tales formas merodeando,
pues esta tierra es su guarida y su hogar;
pero su ánimo se llena de un extraño desasosiego
y él es presa de pensamientos sombríos. 1500

«¿Qué atroz terror, qué terrible guardián
ha puesto Morgoth a esperar, cerrando
sus puertas a todos los que a ellas llegan?
¡Largos caminos hemos recorrido para encontrarnos al fin
con las mismas fauces de la muerte que se abren 1505
entre nosotros y nuestra búsqueda! Nunca tuvimos
esperanzas. ¡No hay vuelta atrás!»
Así habla Beren al detenerse
y contemplar a lo lejos con ojos de licántropo
el horror que allí aguarda. 1510
Luego, desesperado, reemprende la marcha,
rodeando los negros fosos que se abren vastos
donde el Rey Fingolfin cayó
en solitario ante las puertas del infierno.

Solos ante aquellos portales se presentaron, 1515
mientras Carcharoth con ánimo indeciso

los miró iracundo, y habló con rugidos,
provocando ecos en las arcadas:
«¡Saludos Draugluin, señor de mi casta!
Ha pasado mucho tiempo desde que aquí 1520
viniste. Sí, resulta extraño
verte ahora: un doloroso cambio
hay en ti, señor, que otrora tan osado,
tan intrépido y veloz como el fuego
corrías por la floresta y el yermo, y ahora 1525
tienes que agacharte e inclinarte con cansancio.
¿Es difícil descubrir el aliento jadeante
cuando los colmillos de Huan, afilados como la muerte,
han desgarrado la garganta? ¿Qué extraño azar
te trae de nuevo con vida hasta aquí 1530
si tú eres Draugluin? ¡Acércate!
Quiero saber más y verte con claridad».

«¿Quién eres tú, advenedizo y famélico cachorro
para cerrar el paso a aquel al que deberías ayudar?
Viajo con nuevas y urgentes noticias 1535
para Morgoth de Thû, que está en el bosque.
¡Apártate! Tengo que entrar; o ve
rápidamente a anunciar abajo mi llegada.»

Entonces se levantó despacio en aquel portal,
los ojos brillando sombríos con mal humor, 1540
gruñendo inquieto: «¡Draugluin,
si eres ése, entra ahora!
Pero ¿qué es eso que se arrastra a tu lado,
furtivo, como si se quisiera ocultar debajo de ti?
Aunque innumerables criaturas aladas 1545
entran y salen por aquí, a todas las conozco.
A ésta, no. ¡Quieto, vampiro, quieto!

Ni me gusta tu parentela ni me gustas tú. Ven, di
qué oculta misión te trae aquí,
alimaña alada, a la presencia del rey. 1550
Algo insignificante, no lo dudo, es que te quedes ahí
o entres, o si en mis juegos
te aplasto como una mosca contra la pared,
o de una dentellada te arranco las alas para que te arrastres».

Enorme, arrogante y ruidoso se acercó a ellos. 1555
En los ojos de Beren centelleó una llama;
el pelo de su cuello se erizó.
Nada puede contener la delicada fragancia,
el aroma de flores inmortales
en la eterna primavera bajo la lluvia 1560
que resplandecen plateadas entre la hierba
de Valinor. Allí por donde pasó
Tinúviel, un perfume semejante la acompañaba.
Ningún disfraz oscuramente encantado
para engañar los ojos podía mantener 1565
su súbita dulzura a salvo
del penetrante olfato si aquel hocico se acercaba
a olisquear en duda. Beren lo sabía,
preparado en el umbral del infierno
para la batalla y la muerte. Amenazadoras se miraron 1570
aquellas terribles formas, las dos con odio,
el falso Draugluin y Carcharoth,
cuando he aquí que un prodigio contemplaron:
de repente, Tinúviel se vio dotada
de un poder, llegado de tiempos antiguos, 1575
de la raza divina allende el Oeste,
como un fuego interior. Al oscuro vampiro
a un lado arrojó, y como una alondra,
atravesando la noche, sobre el amanecer saltó,

mientras como plata pura y conmovedora vibró 1580
su voz, como aquellas agudas trompetas
emocionantes, hirientes, invisibles
en los fríos corredores de la mañana. Su manto
tejido por blancas manos, como humo,
como noche adormecedora, dominadora, 1585
que todo lo envuelve, cayó
de sus brazos en alto y ella dio un paso al frente,
cruzó por delante de aquellos pavorosos ojos,
una sombra y una niebla de sueños
en las que brillaba la luz de la estrella apresada. 1590

«¡Duerme, oh infeliz, torturado vasallo!
¡Tú, nacido en la aflicción, abandona y húndete
abajo, en la angustia, el odio, el dolor,
la codicia, el hambre, las ligaduras y las cadenas,
en aquel olvido, oscuro y profundo, 1595
en aquel pozo, el foso sin luz del sueño!
¡Por una breve hora escapa de la red,
olvida la terrible maldición de la vida!»

Sus ojos se apagaron, sus miembros se aflojaron;
cayó como un ciervo a la carrera, lazado 1600
e impedido, que cae violentamente al suelo.
Como muerto, inmóvil, en silencio,
quedó tendido, como enorme y oscurecido
roble derribado por un rayo.

*****

Hasta la inmensa y retumbante oscuridad, 1605
más terrible que tumba con muchas galerías
en laberíntica pirámide

donde se esconde la muerte eterna,
descendiendo por pavorosos corredores que serpenteaban
hasta una lóbrega amenaza allí encerrada; 1610
descendiendo hasta las profundas raíces de la montaña,
devorados, atormentados, aguijoneados y picados
por agresivas alimañas engendradas de la piedra;
descendiendo hasta las profundidades, fueron solos.
El arco situado detrás de la sombra crepuscular 1615
vieron retroceder y desaparecer poco a poco;
creció el rumor de las atronadoras forjas,
un viento ardiente soplaba y rugía
desprendiendo pausadamente vapores por los portillos.
Había enormes formas como de trolls tallados, 1620
formas inmensas en la roca maldita
que remedaban el aspecto humano;
monstruosas y amenazadoras, en sepulcros,
se cernían silenciosas en cada recodo
con vacilante fulgor que crecía y moría. 1625
Los martillos resonaban y las lenguas gritaban
con ruido de piedra batida; allí gemían
débilmente desde abajo, llamando y quebrándose
entre el tintinear del hierro de las cadenas,
las voces de los cautivos sometidos a suplicio. 1630

El estrépito de una carcajada se elevó con fuerza,
con desprecio de sí misma pero sin remordimiento;
con fuerza llegó un áspero y feroz canto
como espadas de hierro que atraviesan las almas.
Rojo era el fulgor más allá de las puertas abiertas 1635
de la luz del fuego que se reflejaba en los suelos de bronce,
y por los arcos inmensa descendía
a oscuridades no imaginadas, a la cúpula abovedada
cubierta de fluctuantes humos y vapores

atravesados por titilantes destellos. 1640
A la estancia de Morgoth, donde espantoso festín
celebraba, y bebía la sangre de bestias
y las vidas de Hombres, llegaron dando tumbos:
sus ojos estaban cegados por el humo y las llamas.
Los pilares, elevados como puntales monstruosos 1645
para sostener los pesados suelos de la tierra,
estaban tallados con diablos, modelados con destreza
como las figuras que pueblan los sueños impíos:
altos se alzaban como árboles en el aire,
cuyos troncos sin esperanza están enraizados, 1650
cuya sombra es la muerte, cuyo fruto es la ruina,
cuyas ramas como serpientes entre dolores se retuercen.
Debajo de ellos, alineada con lanza y espada,
estaba la horda de Morgoth con negra armadura:
el fuego del acero y el tachón del escudo 1655
era rojo como sangre en campo arrasado.
Debajo de una monstruosa columna se alzaba
el trono de Morgoth, y los condenados
y moribundos jadeaban en el suelo:
su horrendo escabel, botín de guerra. 1660
Alrededor de él se sentaban sus espantosos vasallos,
los señores de los Balrogs con flameantes cabelleras,
manos rojas, bocas con colmillos de acero;
a sus pies se agazapaban lobos devoradores.
Y sobre la hueste del infierno brillaban 1665
con frío brillo, claros y pálidos,
los Silmarils, las gemas del destino,
aprisionadas en la corona del odio.

De pronto, a través de los amenazadores portales
una sombra se precipitó y huyó; 1670
y Beren jadeó, yacía solo,

con el vientre sobre la piedra:
una forma alada de murciélago, silenciosa, voló
hasta donde las ramas se alzaban como columnas,
entre los humos y los vapores ascendentes. 1675
Y como en un rincón de los sueños oscuros
una sombra débilmente percibida, invisible, crece
hasta convertirse en una nube inquietante, desgracias
presagia, innominada, y se extiende como la perdición
sobre el alma, así en aquella oscuridad 1680
las voces callaron, y las risas se extinguieron
lentamente para imponer silencio a todos.
Una duda sin nombre, un miedo intangible,
penetró en sus terribles cavernas
y creció, y se elevó sobre ellos que, acobardados, 1685
oían en sus corazones las sonoras trompetas
de dioses olvidados. Morgoth habló,
y atronador el silencio rompió:
«¡Sombra, desciende! Y no quieras
engañar a mis ojos, en vano escapar 1690
de la mirada de tu señor o intentar esconderte.
Nadie podrá desafiar mi voluntad.
Ni esperanza ni huida esperan aquí
a aquellos que sin permiso atraviesan mi puerta.
¡Desciende, antes de que la ira destruya tus alas, 1695
necia y frágil criatura con forma de murciélago,
que por dentro murciélago no es. ¡Baja!».

Girando despacio sobre la corona de hierro,
Beren vio caer la sombra,
remisa, temblorosa y pequeña, 1700
e inclinarse ante el espantoso trono,
una cosa débil y estremecida, sola.
Y en el momento en que el gran Morgoth bajó

su oscurecida mirada, el cayó conmocionado,
el vientre contra la tierra, un sudor frío y húmedo 1705
sobre su pelaje, y arrastrándose se encogió
bajo la oscuridad de aquel sitial,
bajo la sombra de aquellos pies.
Tinúviel habló, un sonido agudo, tenue,
atravesando aquellos profundos silencios: 1710
«¡Una misión legítima hasta aquí me trajo;
desde las oscuras mansiones de Thû he buscado,
desde la sombra de Taur-na-Fuin viajo
para comparecer ante tu poderoso trono!».

«Tu nombre, piltrafa quejumbrosa, tu nombre! 1715
Suficientes noticias de Thû han llegado
hasta hace poco. ¿Qué quiere él ahora?
¿Por qué enviar un mensajero como tú?»

«Soy Thuringwethil, que proyectó
una sombra sobre la terrible faz 1720
de la pálida luna en la tierra maldita
de la estremecida Beleriand.»

«¡Eres un mentirosa, no deberías tramar
engaños ante mis propios ojos. Abandona ahora
tu falso ropaje y tu forma, y muéstrate 1725
al descubierto, entregada a mis manos!»

Se produjo un lento y tembloroso cambio:
el ropaje de murciélago, oscuro y extraño,
se soltó, y lentamente se encogió y se desprendió
estremecido. Ella apareció al descubierto en el infierno. 1730
Alrededor de sus esbeltos hombros caía
su oscura cabellera, y en torno a ella

el sombrío ropaje, donde pálida centelleaba
la luz de las estrellas presa en mágico velo.
Débiles ensoñaciones y leve sopor de olvido 1735
cayeron entonces lentamente, en profundas mazmorras
penetró el aroma de las flores élficas
de los valles de los elfos donde lluvias de planta
descienden lentamente en el aire nocturno;
y hasta allí se arrastraron con mirada codiciosa 1740
formas oscuras de resollante y terrible voracidad.
Entonces, los brazos en alto y la cabeza baja,
ella empezó a cantar con voz suave
un tema de somnolencia y sopor,
errante, entretejido con conjuro más profundo 1745
que las canciones con las que en antiguo valle
un día Melian llenó el crepúsculo,
hondo, impenetrable y quieto.

Los fuegos de Angband fulguraron y murieron,
flameando hasta caer en la oscuridad; por las anchas 1750
y profundas estancias se extendieron y desplegaron
las sombras del mundo subterráneo.
Todo movimiento se paralizó, y todos los ruidos cesaron,
salvo la pavorosa respiración del Orco y de la bestia.
Un fuego aún permanecía en la oscuridad: 1755
los ojos sin párpados de Morgoth ardían;
un ruido quebró el silencio jadeante:
la voz sin alegría de Morgoth habló.

«Así que eres Lúthien, Lúthien,
una mentirosa igual que todos los Elfos y Hombres! 1760
¡Mas bienvenida, bienvenida seas a mi estancia!
Una tarea tengo para cada uno de mis vasallos.
¿Qué noticias traes de Thingol en su guarida

acechando tímido como ratón campestre?
¿Qué nueva locura anida en su mente 1765
si es incapaz de impedir que su hija cegada
se extravíe? ¿Acaso no puede urdir
mejor plan para sus espías?»

Ella vaciló, y detuvo su canción.
«El camino», dijo, «fue silvestre y largo, 1770
pero Thingol ni me envió, ni sabe
por qué camino va su rebelde hija.
Mas al fin cada camino y cada sendero
conducirán al Norte, y por necesidad aquí
temblorosa estoy con frente humilde, 1775
y aquí ante tu trono me inclino;
pues Lúthien posee muchas artes
para dulce solaz de corazones reales».

«Y aquí por necesidad permanecerás
ahora, Lúthien, en gozo o en dolor, 1780
o en dolor, apropiado destino para todos,
para el rebelde, el ladrón o el vasallo presuntuoso.
¿Por qué no has de compartir tú nuestro destino
de aflicción y pesar? ¿O debo ahorrar
a los esbeltos miembros y al frágil cuerpo 1785
el tormento desgarrador? ¿Para qué consideras
que sirve aquí tu balbuciente canción
y tu necia risa? Pujantes trovadores
a mis órdenes están. No obstante, daré
un breve respiro, unos momentos de vida 1790
unos momentos, aunque caramente pagados,
a la hermosa y blanca Lúthien,
un bonito juguete para la hora ociosa.
En indolentes jardines muchas flores

como tú los amorosos dioses están acostumbrados 1795
a besar con dulzura, luego, cuando están marchitas,
a arrojarlas, perdida su fragancia, bajo los pies.
Mas rara vez aquí encontramos esa dulzura
entre nuestros duros y prolongados afanes,
excluidos del ocio de los dioses. 1800
¿Y quién no probará la dulce miel
en sus labios, o aplastará con los pies
el suave y frío tejido de las pálidas flores,
pasando las lentas horas como los dioses?
¡Ah! ¡Malditos sean los Dioses! ¡Oh terrible deseo, 1805
en un momento cesarás, y yo calmaré
aquí tu picazón con bocado exquisito!»

En sus ojos el fuego se convirtió en llama,
y alargó su mano broncínea.
Como la sombra, Lúthien a un lado se echó. 1810
«Así no, oh rey! ¡Así no», gritó,
«acogen los grandes señores el humilde presente!
Todo trovador tiene su tonada;
y algunas son pujantes y algunas suaves,
y todos presentarán su canción, 1815
y cada una será oída durante un rato,
aunque tosca sea la nota y ligera la palabra.
Pero Lúthien posee graciosas artes
para solaz de corazones reales.
¡Escucha ahora!». Y entonces ella sus alas 1820
elevó con destreza, y veloz como el pensamiento
se soltó de él, y girando en redondo,
aleteando ante sus ojos, inició
una laberíntica y alada danza, y se movió
alrededor de su cabeza coronada de hierro. 1825
De pronto reanudó su canción;

VIII

y suave cayó como el rocío
desde lo alto de aquella estancia abovedada
su voz adormecedora, mágica,
y creció hasta convertirse en susurrantes corrientes de
[plata 1830
que en sueños caían pálidas en oscuros estanques.

Ella dejó caer su ondulante ropaje,
portador de conjuros de sueño,
mientras se movía alrededor del oscuro vacío.
De muro a muro se deslizaba y giraba 1835
en una danza como la que Elfo o hada
ni antes ni después ejecutó;
más veloz que la golondrina, que el murciélago
en la moribunda luz en torno a la casa a oscuras,
más sutil, más extraña y más hermosa 1840
que las doncellas sílfide del Aire
cuyas alas en la estancia celestial de Varda
en rítmico movimiento baten y caen.
El Orco y el orgulloso Balrog se desplomaron;
todos los ojos se apagaron, todas las cabezas se inclinaron; 1845
los fuegos del corazón y de las fauces se extinguieron,
y ella seguía cantando como un pájaro
por encima de un olvidado mundo sin luz
transportada a un éxtasis encantado.
Todos los ojos se apagaron, salvo aquellos que ardían 1850
bajo las ceñudas cejas de Morgoth, y poco a poco
empezaron a dar vueltas asombrados
y poco a poco quedaron presos en el conjuro.
Su voluntad flaqueó y su fuego se apagó
y si bajo sus cejas ellos palidecían, 1855
los Silmarils se encendieron como estrellas,
aquellos que habían menguado con los vapores de la tierra

escapando hacia arriba para brillar con claridad,
centelleando maravillosos en las minas celestiales.

Luego ardiendo cayeron súbitamente 1860
yendo a parar a los suelos del infierno.
La oscura y poderosa cabeza estaba inclinada;
como cumbre de montaña bajo una nube
los hombros se hundieron, la vasta forma
se desplomó, y en abrumadora tormenta 1865
enormes riscos en ruina se deslizaron y cayeron;
y Morgoth quedó tendido boca abajo en su estancia.
Su corona rodó allí por el suelo,
una rueda de truenos; entonces todo ruido
murió, y se hizo un silencio tan profundo 1870
como el que reina donde duerme el corazón de la Tierra.

Debajo del trono enorme y vacío
las víboras eran como piedra retorcida,
los lobos estaban tirados como repugnantes cadáveres;
y allí yacía Beren en hondo desvanecimiento: 1875
ningún pensamiento, ni sueño, ni ciega sombra
se movía en la oscuridad de su mente.
«¡Vuelve, vuelve! ¡Ha sonado la hora,
y el poderoso señor de Angband está abatido!
¡Despierta, despierta! Pues los dos nos encontramos 1880
solos ante el pavoroso sitial.»
La voz descendió hasta la profundidad
donde él yacía sumido en los abismos del sueño;
una mano suave y fresca como una flor
se deslizó sobre su rostro, y las quietas aguas 1885
del sopor se agitaron. Su mente recibió una sacudida
y despertó; él se arrastró hacia adelante.
Arrojó a un lado la piel de lobo

y se puso en pie de un salto, y con ojos
muy abiertos miró en medio de la silenciosa penumbra, 1890
jadeando como alguien que es enterrado vivo.
Vio que se encogía allí, a su lado,
sintió que Lúthien se hundía ahora temblando,
su fuerza y su magia debilitadas y consumidas,
y rápidamente la rodeó con sus brazos. 1895

Ante sus pies contempló sorprendido
las gemas de Fëanor, que resplandecían
con fuego blanco que fulguraba en la corona
del poder, ahora caído, de Morgoth.
Para mover aquel yelmo de inmenso hierro 1900
no reunió fuerzas, y allí asustado
con los dedos se esforzó en arrancar
el premio de su desesperada búsqueda,
hasta que en su corazón surgió el recuerdo
de aquella fría mañana en la que luchó 1905
con Curufin; entonces del cinturón
sacó el cuchillo sin vaina, y se arrodilló,
y probó su duro filo, amargo y frío,
sobre el cual en Nogrod habían sonado las canciones
de los armeros enanos cuando, en tiempos lejanos, 1910
seguían con voz queda la música de los martillos.
El hierro hendía como madera tierna
y la cota de malla como trama de tela partía.
Las garras de hierro que sostenían la gema
atravesó y separó; 1915
cogió un Silmaril y lo sostuvo,
y poco a poco brotó el brillo puro
con rojo fulgor a través de su carne apretada.
Se agachó de nuevo y otra vez se esforzó
en liberar las tres joyas sagradas 1920

que Fëanor labró un día lejano.
Pero alrededor de aquellos fuegos estaba tejido el destino;
aún no debían abandonar las estancias del odio.
El acero de la fina hoja
fabricado por traidores herreros de Nogrod 1925
se quebró; vibrando alto y claro
en dos trozos saltó, y como una lanza
o una flecha perdida rozó la frente
de la dormida cabeza de Morgoth, y sacudió
sus corazones con temor. Pues Morgoth gruñó 1930
con voz sepulcral, como el viento que gime
en cavernas cóncavas, encerrado y atado.
Se oyó una respiración; un ruido jadeante
recorrió las estancias cuando Orco y bestia
se movieron en sus sueños de espantoso festín; 1935
los Balrogs se agitaron en inquieto sueño,
y arriba, a lo lejos, se oyó débilmente
un eco que corrió por los túneles,
un aullido de lobo, largo y frío.

*****

A través de la penumbra oscura y reverberante 1940
como fantasmas de una tumba con muchas galerías,
desde las profundas raíces de la montaña
y la vasta amenaza subterránea,
los miembros temblando con miedo mortal,
el terror en los ojos y el pavor en los oídos, 1945
juntos huyeron con el aterrorizado
batir de sus pies en fuga.

Por fin ante ellos, lejos,
vieron el centelleante espectro del día,

el arco inmenso del portal, 1950
y allí un nuevo terror aguardaba.
En el umbral, vigilante, terrible,
los ojos encendidos con fuego denso,
se erguía Carcharoth, una maldición amenazadora:
sus fauces abiertas como una tumba, 1955
sus dientes desnudos, su lengua en llamas;
agitado, vigilaba que no llegara nadie,
ni sombra revoloteante ni forma perseguida,
que quisiera escapar de Angband.
Una vez esquivado aquel guardián, ¿qué ardid o qué fuerza 1960
podía pasar de la muerte a la luz?

Él oyó de lejos sus pies presurosos,
percibió un olor dulce y extraño;
olfateó su llegada mucho antes de que ellos
divisaran la amenaza que esperaba en el portal. 1965
Él se desperezó y eliminó el sopor de sus miembros,
luego se apostó al acecho. De un salto,
mientras corrían, se abalanzó sobre ellos,
y su aullido vibró en los arcos.
Su salto fue demasiado rápido para el pensamiento, 1970
demasiado rápido para que un conjuro lo frenara;
y entonces Beren desesperado a un lado
empujó a Lúthien, y avanzó
desarmado, indefenso para defender
a Tinúviel hasta el fin. 1975
Con la izquierda aferró una garganta peluda,
con la derecha le golpeó en los ojos;
su derecha, de la que brotaba el brillo
del sagrado Silmaril que llevaba.
Como fulgor de espadas al fuego relampaguearon 1980
los colmillos de Carcharoth, y se cerraron

como una trampa, y desgarraron
la mano a la altura de la muñeca, y atravesaron
el hueso quebradizo y el tendón suave,
devorando la frágil carne mortal; 1985
y en aquella boca cruel y sucia
se hundió el brillo sagrado de la joya.

Una página separada contiene otros cinco versos que provienen del proceso de composición:

Entonces Beren se golpeó contra el muro
pero con la izquierda aún trató de proteger
a la hermosa Lúthien, que gritó con fuerza
al ver el dolor de él, y se inclinó
angustiada hasta caer al suelo.

Hacia finales de 1931, cuando mi padre abandonó *La Balada de Leithian* en este punto de la historia sobre Beren y Lúthien, el poema casi había alcanzado la forma final en cuanto a estructura narrativa, tal y como queda representada en *El Silmarillion*. Después de terminar su trabajo en *El Señor de los Anillos*, mi padre realizó varias revisiones exhaustivas de *La Balada de Leithian*, tal y como la había dejado en 1931 (véase el Apéndice, p. 245) pero parece claro que nunca amplió la historia más allá de este punto en verso, a excepción del siguiente pasaje encontrado en una hoja separada titulada «un fragmento del final del poema».

Donde la corriente del bosque atravesaba la floresta
y en silencio allí se alzaban todos los troncos
de los altos árboles, inmóviles, colgando oscuros
con sombras moteadas en su corteza
por encima del verde y centelleante río,

a través de las hojas llegó un súbito temblor,
un ventoso susurro que penetró en los quietos
y fríos silencios; y bajando por la colina,
tan tenue como el aliento de un profundo durmiente,
llegó un eco frío como la muerte:
«¡Largos son los senderos hechos de sombra
donde jamás se marca la huella de un pie
por las colinas y a través de los mares!
Lejos, muy lejos están las Tierras de la Tranquilidad,
mas la Tierra de los Perdidos aún está más lejos,
donde los Muertos aguardan mientras vosotros olvidáis.
allí no hay luna, ni voz, ni ruido
de corazón palpitante; un suspiro profundo
una vez en cada edad, cuando cada edad muere,
es lo único que se oye. Lejos, lejos se extiende
la Tierra de la Espera donde están los Muertos
a la sombra de su pensamiento, no iluminados por la luna».

El *Quenta Silmarillion*

En los años que siguieron, mi padre comenzó a trabajar en una nueva versión en prosa de la historia de los Días Antiguos, que se encuentra en un manuscrito que lleva por título *Quenta Silmarillion*, al que me referiré en lo sucesivo como «QS». Ya no queda rastro de los textos intermedios entre esta versión y su predecesora, el *Quenta Noldorinwa* (p. 105), aunque seguramente existieron; pero a partir del punto en que la historia de Beren y Lúthien entra en la historia de *El Silmarillion* sí existen varios borradores, incompletos en su mayoría, lo cual se debía a las prolongadas dudas de mi padre de si debía atenerse a las versiones largas o las cortas de la leyenda. Una versión más completa, que para este propósito podríamos llamar «QS I», fue abandonada debido a su extensión, en el punto donde el Rey Felagund de Nargothrond dio la corona a Orodreth, su hermano (p. 109, el extracto del *Quenta Noldorinwa*).

A esta versión le siguió un borrador muy general de la historia completa, el cual fue la base para una segunda versión «corta»,

«QS II», que queda preservada en el mismo manuscrito que QS I. Fue sobre todo a partir de estas dos versiones que obtuve la historia de Beren y Lúthien, tal y como queda narrada en *El Silmarillion* publicado.

La composición del QS II todavía no había terminado en 1937, pero en aquel año aparecieron nuevas consideraciones que resultaban totalmente ajenas a la historia de los Días Antiguos. El 21 de septiembre, *El Hobbit* fue publicado por Allen and Unwin. Se convirtió en un éxito inmediato pero también trajo una gran presión sobre mi padre, basada en la necesidad de escribir otro libro sobre hobbits. En octubre del mismo año dijo en una carta a Stanley Unwin, el presidente de Allen and Unwin, que se encontraba «algo perturbado. Ya no sé qué más decir de los *hobbits*. El Señor Bolsón parece haber exhibido tan plenamente el aspecto Tuk como el Bolsón de su naturaleza. Pero tengo mucho que decir y tengo ya mucho escrito acerca del mundo en el que el hobbit se introdujo». Dijo que quería una opinión sobre el valor de estos escritos acerca del tema de «el mundo en el que el hobbit se introdujo»; y recopiló una colección de manuscritos que remitió a Stanley Unwin el 15 de noviembre de 1937. En esta colección se encontraba el QS II, que había llegado al momento en que Beren cerró la mano sobre el Silmaril que había cortado de la corona de Morgoth.

Mucho tiempo después me enteré de que el equipo de Allen and Unwin confeccionó una lista de los manuscritos que mi padre había enviado, que incluía, aparte de *Egidio el granjero de Ham*, *El señor Bliss* y *El camino perdido*, dos elementos a los que titularon *Poema largo* y *Material sobre los gnomos*, títulos que sugieren cierto grado de desesperación. Evidentemente, los manuscritos no solicitados aterrizaron sobre la mesa de Allen and Unwin sin una explicación adecuada. He relatado los pormenores de la extraña historia de este envío en un Apéndice de *Las Baladas de Beleriand* (1985; 1997), pero, en resumidas cuentas, resulta dolorosamente claro que el *Quenta Silmarillion* (incluido en «Material sobre los gnomos», junto con el resto de los textos que pudieran haber recibido ese título) nunca llegó al lector de la editorial, a excepción de unas pocas páginas adheridas de manera independiente (y, en esas circunstancias, muy engañosamente) a *La Balada de Leithian*. El lector se quedó profundamente estupefacto y propuso una solución para establecer una relación entre el *Poema largo* y este fragmento (muy apreciado) de la obra en prosa (es decir, el *Quenta Silmarillion*) que fue radicalmente incorrecta (lo cual resulta muy comprensible). Redactó un perplejo informe en el que transmitió su opinión, y por encima del texto del mismo informe, alguien del equipo editorial escribió, también por motivos comprensibles, «¿qué podemos hacer?».

El resultado del tejido de una serie de malentendidos posteriores fue que mi padre, que no tenía ni idea de que nadie había leído el *Quenta Silmarillion*, dijo a Stanley Unwin que se alegraba de que al menos no había sido rechazado «con desdén» y que ahora esperaba «¡poder publicar, o poder permitirme pagar, la publicación de *El Silmarillion*!».

Mientras el QS II estaba fuera, continuó el relato en otro mansucrito, que narraba la muerte de Beren en la caza de Carcharoth, con la intención de copiar el nuevo material en el QS II cuando le devolviesen los textos; pero cuando esto sucedió, el 16 de diciembre de 1937, dejó de lado *El Silmarillion*. Todavía preguntó, en una carta a Stanley Unwin con esa fecha, «¿qué más pueden hacer los hobbits? Pueden ser cómicos pero su comedia es suburbana a no ser que se la sitúe en un medio más elemental». Sin embargo, tres días más tarde, el 19 de diciembre de 1937, anunció a Allen and Unwin: «He escrito el primer capítulo de una nueva historia sobre los Hobbits: "Una reunión muy esperada"».

Fue en este momento, tal y como señalé en el Apéndice de *Los*

Hijos de Húrin, que terminó la tradición continua, en constante desarrollo, del modo sintetizador del *Quenta*, abatido en pleno vuelo cuando Túrin partió de Doriath para convertirse en un proscrito. A partir de ese punto, el resto de la historia permaneció, durante los años que siguieron, en la forma comprimida, no desarrollada, del *Quenta* de 1930, congelada en el tiempo mientras las grandes estructuras de la Segunda y Tercera Edad tomaron forma con la composición de *El Señor de los Anillos*. Pero aquella historia que faltaba tenía una importancia cardinal para las antiguas leyendas, porque las historias finales (derivadas del *Libro de los Cuentos Perdidos* original) versaban sobre la desastrosa historia de Húrin, el padre de Túrin, después de que Morgoth lo liberase, y sobre la destrucción de los reinos élficos de Nargothrond, Doriath y Gondolin, acerca de las cuales Gimli cantó en las minas de Moria muchos miles de años más tarde.

El mundo era hermoso y las montañas altas
en los Días Antiguos antes de la caída
de reyes poderosos en Nargothrond
y Gondolin, que desaparecieron más allá
de los Mares del Oeste...

Esto iba a ser la obra cumbre que lo completaba todo: el destino de los Noldor en su larga lucha contra el poder de Morgoth, y los papeles que Húrin y Túrin desempeñaron en aquella historia; terminando con el *Cuento de Eärendil*, que se escapó de los destructivos incendios de Gondolin.

Muchos años más tarde, mi padre escribió en una carta (del 16 de julio de 1964):

Les ofrecí las leyendas de los Días Antiguos y sus lectores las rechazaron. Querían una continuación. Pero yo quería leyendas heróicas y acontecimientos elevados. El resultado fue *El Señor de los Anillos*.

*

Cuando *La Balada de Leithian* quedó abandonada, no existía ningún relato explícito de lo que iba a suceder tras el momento en que «las fauces de Carcharoth se cerraron como una trampa» sobre la mano de Beren que agarraba el Silmaril. Para encontrarlo debemos remontarnos al *Cuento de Tinúviel* original (pp. 80-85), donde aparecía una historia de la desesperada huida de Beren y Lúthien, de la persecución desde Angband, y de cómo Huan los encontró y los guió de vuelta a Doriath. En el *Quenta Noldorinwa* (p. 134), mi padre dijo acerca de esto simplemente que «hay poco que contar».

En el relato final acerca del regreso de Beren y Lúthien a Doriath el principal (y radical) cambio reseñable es la manera en que huyeron desde las puertas de Angband a partir del momento en que Beren fue herido por Carcharoth. Este acontecimiento, al que *La Balada de Leithian* no llegó, se narra mediante las palabras de *El Silmarillion*:

Fue así que la búsqueda del Silmaril pudo haber terminado en ruina y desesperación; pero entonces aparecieron sobre los muros del valle tres aves poderosas; volaban hacia el norte, con alas más rápidas que el viento.

Todas las bestias y aves tenían noticia del viaje y del apuro de Beren, y el mismo Huan les había pedido que lo ayudaran vigilando. Altas por sobre el reino de Morgoth, volaron Thorondor y las otras águilas, y al ver la locura del lobo y la caída de Beren bajaron de prisa, al tiempo que los poderes de Angband despertaban de las redes del sueño. Entonces alzaron a Lúthien y a Beren de la tierra y los llevaron allá arriba entre las nubes.

Bajo ellos de pronto retumbó el trueno, rebotaron los rayos y temblaron las montañas. Thangorodrim echó fuego y humo, y unas centellas llameantes fueron arrojadas muy lejos, y cayeron arruinando los campos; y los Noldor en Hithlum se estremecieron. [...] (Mientras volaban muy alto sobre las tierras) Lúthien lloró, porque pensó que Beren moriría sin duda, pues no hablaba, ni abría los ojos, y nada sabría de este vuelo. Y por fin las águilas los depositaron en las fronteras de Doriath; y llegaron al mismo valle pequeño del que Beren había partido a escondidas y desesperado, mientras Lúthien dormía.

Allí las águilas la dejaron al lado de Beren, y volvieron a los altos nidos de Crissaegrim; pero Huan vino en ayuda de Lúthien, y juntos asistieron a Beren, como antes le curara ella la herida abierta por Curufin. Pero esta herida era terrible y emponzoñada. Durante mucho tiempo yació Beren, y su espíritu erraba por los oscuros límites de la muerte, conociendo siempre una angustia que lo perseguía de sueño en sueño. Entonces, de pronto, cuando la esperanza de ella casi se había agotado, Beren despertó, y al mirar hacia arriba, vio hojas contra el cielo; y oyó bajo las hojas a Lúthien junto a él, que cantaba con una voz suave y lenta. Y era primavera otra vez.

En adelante Beren fue llamado Erchamion, que significa el Manco; y llevaba el sufrimiento grabado en la cara. Pero por fin fue devuelto a la vida por el amor de Lúthien, y se puso en pie, y juntos recorrieron los bosques una vez más.

*

Ya se ha narrado la historia de Beren y Lúthien, tal y como fue evolucionando en prosa y verso a lo largo de veinte años, a partir de *El*

Cuento de Tinúviel original. Tras cierta vacilación inicial, Beren, cuyo padre al principio era Egnor el Guardabosques del clan élfico llamado los Noldoli, traducido al inglés como «gnomos», se convirtió en el hijo de Barahir, un líder de Hombres que además encabezaba una banda de rebeldes que se escondían de la odiosa tiranía de Morgoth. Ya ha aparecido la memorable historia (en 1925, en *La Balada de Leithian*) de la traición de Gorlim y la muerte de Barahir (pp. 97 y ss.), y aunque Vëannë, que contó el «cuento perdido», no sabía nada de lo que llevó a Beren a Artanor, y supuso que se debía a un simple deseo de viajar (p. 45), después de la muerte de su padre se convirtió en un famoso enemigo de Morgoth, obligado a huir al sur, donde se inicia la historia de Beren y Lúthien cuando la ve entre los árboles del bosque de Thingol en el crepúsculo.

Resulta muy llamativa la historia, tal y como fue contada en *El Cuento de Tinúviel*, de la captura de Beren, mientras viajaba a Angband en busca de un Silmaril, por parte de Tevildo, el Príncipe de los Gatos; también lo es la posterior y total transformación de esta historia. Sin embargo, si afirmamos que el castillo de los gatos «es» la atalaya de Sauron en Tol-in-Gaurhoth, la «Isla de los Licántropos», sólo lo puede ser, como ya señalé en otro lugar, en el sentido de que ocupa el mismo «espacio» en la narración. Más allá de esto no tiene sentido buscar siquiera las similitudes más remotas y oscuras entre ambos lugares. Los monstruosos gatos, presos de la gula, sus cocinas y terrazas para tomar el sol, y sus sugerentes nombres élfico-felinos, Miaugion, Miaulë, Meoita, han desaparecido sin dejar rastro. Sin embargo, más allá de su odio a los perros (y la importancia para la historia del odio mutuo entre Huan y Tevildo) es evidente que los residentes del castillo no son gatos ordinarios. En este sentido resulta notable el siguiente pasaje del Cuento (p. 72) que habla de «el secreto de los gatos y el conjuro que Melko le había entregado» [a Tevildo]»:

ésas eran las palabras mágicas que mantenían en su lugar las piedras de su maléfico hogar y a todos los animales del pueblo de los gatos bajo su dominio, otorgándoles un poder perverso que superaba a su propia naturaleza; porque hacía mucho ya que se decía que Tevildo era un duende maligno que había adoptado la forma de un animal.

También es interesante observar en este pasaje, al igual que en otros lugares, la manera en que algunos aspectos e incidentes del cuento original pueden volver pero bajo una apariencia totalmente diferente, surgiendo a partir de una concepción narrativa completamente alterada. En el viejo Cuento Tevildo fue obligado por Huan a revelar el hechizo, y cuando Tinúviel lo recitó «la casa de Tevildo se estremeció; y de allí comenzaron a salir muchísimos seres» (que era un grupo de gatos). En el *Quenta Noldorinwa* (p. 133), cuando Huan derrota al terrible mago licántropo Thû, el Nigromante, en Tol-in-Gaurhoth, «y le quitó las llaves y los hechizos que unían muros y torres encantados. Así quebró la fortaleza y las torres se derribaron y se abrieron las mazmorras. Muchos prisioneros fueron liberados...».

Sin embargo, aquí entramos en el principal cambio que tiene lugar en la historia de Beren y Lúthien, cuando ésta fue combinada con la leyenda —completamente distinta— de Nargothrond. A través de su juramento de amistad eterna y ayuda a Barahir, el padre de Beren, Felagund, el fundador de Nargothrond, se vio inmerso en la búsqueda de Beren del Silmaril (p. 117, versos 158 y ss.); y entraron en la historia los Elfos de Nargothrond que, disfrazados de orcos, fueron apresados por Thû y terminaron sus días en las espantosas mazmorras de Tol-in-Gaurhoth. Con la búsqueda del Silmaril también entraron en la historia Celegorm y Curufin, los hijos de Fëanor con una poderosa presencia en Nargothrond, a través del destructivo juramento de los Fëanorianos de vengarse de cualquiera «que posea, tome o guarde un Silmaril en contra de su voluntad». La cautividad de Lúthien en Nargothrond, de la que Huan la rescató, la introdujo en las maquinaciones y ambiciones de Celegorm y Curufin: véase pp. 150-151, versos 273-296.

Queda un aspecto de la historia que también supone su final y que, desde mi punto de vista, tiene una importancia fundamental en la mente de su autor. La primera referencia a los destinos de Beren y Lúthien tras la muerte de Beren durante la caza de Carcharoth ocurre en *El Cuento de Tinúviel*; pero en aquel momento tanto Beren como Lúthien eran Elfos. Allí se dice (p. 90):

«Tinúviel, abrumada de dolor y sin encontrar ni consuelo ni luz en todo el mundo, lo siguió presurosa por los sombríos caminos que todos debemos recorrer a solas. Y hasta el frío corazón de Mandos se conmovió ante su belleza y su tierna hermosura, y le permitió llevar a Beren nuevamente al mundo y nunca se ha vuelto a permitir tal cosa ni a un Hombre ni a un Elfo y hay muchas canciones e historias que hablan de las súplicas de Tinúviel ante el trono de Mandos, pero no las recuerdo bien. Entonces Mandos les dijo a los dos: "Escuchad, oh Elfos, no os envío a un mundo de perfecta dicha, porque ésta no se encuentra ya en ningún lugar del mundo donde mora Melko, el del malvado corazón, y debéis saber que os convertiréis en mortales al igual que los Hombres y que cuando regreséis aquí será para siempre, a menos que los Dioses os manden llamar a Valinor".»

Este pasaje deja claro que Beren y Lúthien formaban parte de la historia posterior de la Tierra Media («a partir de entonces realizaron notables proezas y hay muchas historias que hablan de ellas»), pero lo único que allí se dice de ellos es que son los i-Cuilwarthon, los muertos que renacen, y «se convirtieron en poderosas hadas en las tierras que circundan el norte del Sirion».

En otro de los *Cuentos Perdidos*, *La Llegada de los Valar*, hay una descripción de los que acudían a Mandos (el nombre tanto de las estancias como del Vala, cuyo nombre verdadero era Vê):

Allí en días posteriores viajaban los Elfos de todos los clanes que por infortunio morían en combate o de desdicha. Sólo así morían los Eldar, y nada más que por un tiempo. Allí Mandos dictaba las suertes del destino, y allí los Eldar esperaban en la oscuridad soñando con sus pasadas hazañas, hasta llegado el momento por él designado en que volverían a nacer en sus hijos y podrían reír y cantar otra vez.

Con esto se puede comparar los versos no insertados en *La Balada de Leithian* que quedan reproducidos en pp. 207, acerca de «la Tierra de los Perdidos aún está más lejos, donde los Muertos aguardan mientras vosotros olvidáis»:

Allí no hay luna, ni voz, ni ruido
de corazón palpitante; un suspiro profundo
una vez en cada edad, cuando cada edad muere,
es lo único que se oye. Lejos, lejos se extiende
la Tierra de la Espera donde están los Muertos
a la sombra de su pensamiento, no iluminados por la luna.

Permaneció la idea de que los Elfos sólo morían de heridas de arma, o de tristeza, y aparece en *El Silmarillion* publicado:

Porque los Elfos no mueren hasta que no muere el mundo, a no ser que los maten o los consuma la pena (y a estas dos muertes aparentes están sometidos); tampoco la edad les quita fuerzas, a no ser que uno se canse de diez mil centurias; y al morir se reúnen en las estancias de Mandos, en Valinor, de donde pueden retornar llegado el momento. Pero los hijos de los Hombres mueren en verdad, y abandonan el mundo; por lo que se los llama los Huéspedes o los Forasteros. La Muerte es su destino, el don de Ilúvatar, que hasta los mismos Poderes envidiarán con el paso del Tiempo.

Me parece que las palabras de Mandos de *El Cuento de Tinúviel* que acabo de citar, «debéis saber que os convertiréis en mortales al igual que los Hombres y que cuando regreséis aquí será para siempre», implican que su destino como Elfos había quedado arrancado de raíz: al haber muerto cómo los Elfos podían morir, no volverían a nacer, sino que se les permitiría —y únicamente a ellos— partir de Mandos manteniendo sus particulares esencias como seres vivos. Pagarían un precio, eso sí, porque cuando se muriesen por segunda vez no habría posibilidad de regresar, no habría «muerte aparente», sino la muerte a la que los Hombres, por su propia naturaleza, estaban destinados a someterse.

Más tarde, en el *Quenta Noldorinwa*, se dice (pp. 136) que «Lúthien se debilitó y desapareció rápidamente y se desvaneció de la tierra... Y ella llegó a las estancias de Mandos, y le cantó una historia de amor conmovedora, tan hermosa que él se apiadó como nunca volvió a suceder desde entonces».

Llamó a Beren, y así, tal como Lúthien le jurara al besarlo en la hora de su muerte, se encontraron más allá del mar occidental. Y Mandos los dejó partir, pero dijo que Lúthien debería ser mortal como su amado, y que debería abandonar la tierra una vez más a la manera de las mujeres mortales, y su belleza convertirse en un recuerdo de las canciones. Así fue, pero se dice que en recompensa a partir de entonces Mandos le dio a Beren y a Lúthien una larga vida y gran gozo, y ellos erraron sin conocer la sed, ni el frío en la hermosa tierra de Beleriand, y desde entonces ningún mortal habló con Beren o su esposa.

En el borrador de la historia de Beren y Lúthien que fue preparado para el *Quenta Silmarillion* y al que nos hemos referido en la p. 208, entra la idea de la «elección de destino» que Mandos presenta a Beren y Lúthien:

Y ésta fue la elección que decretó para Beren y Lúthien. Ahora debían morar dichosos en Valinor hasta el fin del mundo, pero al final Beren y Lúthien o bien debían acudir cada uno al destino asignado a su especie, cuando todas las cosas cambiasen, y Manwë [el Señor de los Valar] no conoce los designios de Ilúvatar acerca de los Hombres; o bien podían regresar a la Tierra Media sin saber con certeza si habrá ni felicidad ni vida; y entonces Lúthien sería mortal como Beren, y moriría una segunda vez, y al final partiría de la tierra para siempre y su belleza se convertiría en el mero recuerdo de una canción. Y eligieron este destino, aun sabiendo que pudiera traer muchas tristezas, para que de esta manera sus destinos se uniesen y sus caminos se juntasen para llevarles más allá de los confines del mundo.

Esta idea de una «Elección de Destino» se mantuvo, pero bajo una forma diferente, tal y como se puede apreciar en *El Silmarillion*: las elecciones fueron impuestas únicamente a Lúthien, y cambiaron. Lúthien todavía podía partir de Mandos y vivir hasta el fin del mundo en Valinor, por sus labores y sus tristezas, y porque era la hija de Melian; pero hasta allí no podía ir Beren. Por lo tanto, si ella acepta lo primero, deben quedar separados a partir de ahora y hasta la eternidad: porque él no puede escapar de su propio destino, no puede escaparse de la Muerte, que es el Don de Ilúvatar que no puede ser rechazado.

La segunda opción seguía siendo una posibilidad, y fue la que ella eligió. Sólo así Lúthien podía unirse a Beren «más allá del mundo»: ella misma debía cambiar el destino de su ser: debía convertirse en mortal y morir como tal.

Como ya hemos comentado, la historia de Beren y Lúthien no terminó con el juicio de Mandos, y hay que ofrecer algún tipo de comentario sobre él, sus secuelas, y la historia del Silmaril que Beren cortó de la corona de hierro de Morgoth. La estructura que he elegido para el presente libro dificulta esta tarea, en gran parte porque el papel desempeñado por Beren en su segunda vida depende de ciertos aspectos de la historia de la Primera Edad que abarcarían más de lo que el propósito de este libro permite.

He señalado (p. 105) acerca del *Quenta Noldorinwa* de 1930, que se originó a partir del *Esbozo de la Mitología*, y era mucho más largo que éste, que seguía siendo «una versión comprimida, con una narración compendiosa»: se dice en el título de la obra que es «La breve historia de los Noldoli o Gnomos, extraída de *El Libro de los Cuentos Perdidos*». Acerca de estos textos, con su carácter «compendioso», señalé en *La Guerra de las Joyas* (1994; 2002): «En estas versiones mi padre resumía (a la vez que, por supuesto, ampliaba y mejoraba) extensas obras que ya existían en prosa y en verso, y en el *Quenta Silmarillion* perfeccionó ese tono característico, melodioso, grave, elegíaco, con un aire de pérdida y distancia en el tiempo, que a mi parecer reside en parte en el hecho literario de que estaba redactando una historia breve y resumida que también podía contemplar en una forma mucho más detallada, inmediata y dramática. Una vez la gran «intrusión» y desviación de *El Señor de los Anillos* estuvo terminada, parece que volvió a los Días Antiguos con el deseo de retomar la escala mucho más amplia que había empezado mucho tiempo antes, en *El Libro de los Cuentos Perdidos*. Siempre quiso terminar el *Quenta Silmarillion*; sin embargo, «las grandes historias», que habían evolucionado considerablemente desde sus versiones originales, de los que los últimos capítulos habían de derivarse, nunca fueron acabadas.

Lo que nos ocupa aquí es una historia que se remonta al último cuento escrito, por fecha de composición, de los *Cuentos Perdidos*, donde llevaba por título *El Cuento del Nauglafring*: lo cual fue el nombre original del *Nauglamír*, el Collar de los Enanos. Pero aquí llegamos al último punto de las obras de mi padre sobre los Días Antiguos que siguieron tras la terminación de *El Señor de los Anillos*: no hay más narraciones nuevas. Por citar nuevamente mis comentarios de *La Guerra de las Joyas*, «es como si llegáramos al borde de un gran acantilado y contempláramos la llanura muy por debajo desde las tierras altas levantadas en alguna edad posterior. Para la historia del Nauglamír y la destrucción de Doriath, la caída de Gondolin, el ataque a los Puertos, debemos retroceder en más de un cuarto de siglo al *Quenta Noldorinwa* (Q), o más allá». Y ahora pasamos al *Quenta Noldorinwa* (véase p. 105) para ver el texto relevante presentado de manera ligeramente abreviada.

El cuento comienza con más detalles sobre la historia del gran tesoro de Nargothrond, que fue conquistado por el malvado dragón Glómund. Tras la muerte de Glómund, al que Túrin Turambar mató, Húrin, el padre de Túrin, llegó con algunos proscritos de los bosques a Nargothrond, que todavía nadie —ni orco, ni Elfo ni Hombre— se había atrevido a saquear, por miedo al espíritu de Glómund y el propio recuerdo de él. Pero encontraron allí a un tal Mîm, el Enano.

El retorno de Beren y Lúthien según el *Quenta Noldorinwa*

Mîm había encontrado los recintos y el tesoro de Nargothrond desguarnecidos; y tomó posesión de ellos y se quedó allí sentado sumido en el gozo jugueteando con el oro y las gemas, dejándolos correr entre sus manos; y los unió a él con muchos sortilegios. Pero el pueblo de Mîm eran pocos, y los proscritos, invadidos por el ansia del tesoro, los mataron, aunque Húrin quiso detenerlos; y a su muerte Mîm maldijo el oro.

[Húrin acudió a Thingol en busca de su ayuda, y la gente de Thingol llevó el tesoro a las Mil Cavernas; después, Húrin partió.]

Entonces los encantamientos del oro maldito del dragón comenzaron a afectar incluso al rey de Doriath, y largo tiempo permaneció sentado contemplándolo, y la semilla del amor al oro que había en su corazón despertó y creció. Por lo tanto, llamó a los más grandes artesanos del mundo occidental, ya que Nargothrond había dejado de existir (y Gondolin era desconocida), los Enanos de Nogrod y Belegrost, para que convirtieran el oro y la plata y las gemas (pues gran parte estaba sin trabajar) en incontables copas y cosas hermosas; y para que hicieran un maravilloso collar de gran belleza, del que colgar el Silmaril.[1]

Pero lo Enanos que llegaron en el acto fueron poseídos por el ansia y el deseo del tesoro, y tramaron traición. Entre sí se dijeron: «¿No es esta riqueza tanto derecho de los Enanos como del rey élfico, y no se la arrebataron con maldad a Mîm?». Sin embargo, también codiciaban el Silmaril.

Y Thingol, cada vez más esclavo del hechizo, por su parte les negó la recompensa prometida por el trabajo; y entre ellos se cruzaron palabras amargas, y hubo lucha en los recintos de Thingol. Allí murieron muchos Elfos y Enanos, y el lugar donde se depositaron en Doriath se llamó Cûm-nan-Arasaith, el Montículo de la Avaricia. Pero el resto de los Enanos fueron expulsados sin recompensa o paga.

Por esa razón reunieron nuevas fuerzas en Nogrod y Belegost y regresaron, y con la ayuda de la traición de ciertos Elfos, víctimas del ansia por el tesoro maldito, entraron a Doriath en secreto. Allí sorprendieron a Thingol en una cacería en la que iba sólo con una pequeña compañía armada; y mataron a Thingol, y tomaron por sorpresa y saquearon la fortaleza de las Mil Cavernas; y así la gloria de Doriath fue prácticamente aniquilada, y ahora sólo que-

1. Una versión posterior de la historia acerca del Nauglamír decía que había sido fabricado por artesanos de los Enanos para Felagund mucho antes, y que era el único tesoro que Húrin se llevó de Nargothrond y entregó a Thingol. La tarea que Thingol encomendó a los Enanos consistió en rehacer el Nauglamír y colocar en él el Silmaril que él tenía. Ésta es la forma de la historia que fue publicada en *El Silmarillion.*

daba una fortaleza de los Elfos contra Morgoth, y su crepúsculo se hallaba próximo.

Los Enanos no pudieron capturar o dañar a la Reina Melian, y ella partió en busca de Beren y Lúthien. Ahora bien, el Camino de los Enanos de Nogrod y Belegost en las Montañas Azules atravesaba Beleriand del Este y los bosques alrededor del Río Ascar, donde en tiempos pasados cazaban Damrod y Díriel, hijos de Fëanor. Al sur de esas tierras, entre el río y las montañas, se extendía la tierra de Assariad, y allí vivían y erraban todavía en paz y felicidad Beren y Lúthien, en aquella época de respiro que Lúthien había ganado, antes de que los dos tuvieran que morir; y su pueblo estaba formado por los Elfos Verdes del Sur. [...] Pero Beren no volvió a ir a la guerra, y su tierra rebosaba belleza y flores [...] y los hombres la llamaron Cuilwarthien, la Tierra de los Muertos que Viven.

Al norte de aquella región hay un vado que cruza el río Ascar, cerca de su unión con el Duilwen, que cae en torrenes desde las montañas; y ese vado se llama Sarn Athrad, el Vado de Piedras. Los Enanos debían atravesarlo antes de llegar a su hogar; y allí Beren libró una última batalla, advertido de su acercamiento por Melian. En esa batalla de Elfos Verdes cogieron los Enanos por sorpresa cuando se hallaban en mitad del cruce, cargados con su pillaje; y los jefes Enanos fueron muertos, y casi toda su hueste. Pero Beren tomó Nauglamír, el Collar de los Enanos, de donde colgaba el Silmaril; y se dice y se canta que Lúthien, con el collar y la joya inmortal sobre el blanco pecho, era lo más bello y glorioso jamás visto fuera de los reinos de Valinor, y que durante un tiempo la Tierra de los Muertos que viven se convirtió en una visión de la tierra de los Dioses, y desde entonces ningún lugar ha sido tan hermoso, fértil, o ha estado tan lleno de luz.

Sin embargo Melian les advirtió de la maldición que pendía sobre el tesoro del Silmaril. En efecto, hundieron el tesoro en el río Ascar, y lo rebautizaron Rathlorion, Lecho de Oro, mas conservaron el Silmaril. Y con el tiempo, el breve tiempo de belleza de la tierra de Rathlorion pasó. Pues Lúthien desapareció tal como dijera Mandos, incluso como Elfos de días posteriores se marchitaron, [...] y ella se desvaneció del mundo;[2] y Beren murió, y nadie sabe dónde volverán a encontrarse.

Desde entonces el heredero de Thingol fue Dior, hijo de Beren y Lúthien, rey de los bosques, el más hermoso de todos los hijos del mundo, pues su raza era triple: de los más hermosos y agradables de los Hombres, y de los Elfos y de los divinos espíritus de Valinor; mas no lo protegió del destino del juramento de los hijos de Fëanor. Pues Dior regresó a Doriath y durante un tiempo se restableció una parte de su antigua gloria, aunque Melian ya no moraba en aquel lugar, y ella se marchó a la tierra de los Dioses más allá del mar occidental, para meditar sus pesares en los jardines de donde vino.

Pero Dior llevó el Silmaril sobre el pecho y la fama de la joya se extendió por todas partes; y el inmortal juramento despertó una vez más de su sueño.

Pues mientras Lúthien llevara esa gema sin igual ningún Elfo se atrevería a atacarla, y ni siquiera Maidros se atrevió a albergar tal pensamiento. Pero, entonces, al enterarse del restablecimien-

2. La manera de morir de Lúthien está marcada para ser corregida; más tarde, mi padre escribió por encima: «Sin embargo, las canciones dicen que Lúthien fue la única de los Elfos que ha pasado a ser parte de nuestra raza, e irá a donde vayamos nosotros a encontrarnos con nuestro destino más allá del mundo».

to de la gloria de Doriath y del orgullo de Dior, los siete dejaron de errar y volvieron a reunirse; y fueron a ver a Dior para reclamar lo suyo. Pero él se negó a cederles la joya; y cayeron. Pero Dior no dio respuesta a los hijos de Fëanor; y Celegorm instó a sus hermanos a que atacaran a Doriath. Llegaron inadvertidos en pleno invierno, y lucharon con Dior en las Mil Cavernas; y así ocurrió la segunda matanza de Elfos por Elfos. Allí cayó Celegorm a manos de Dior, y allí cayeron Curufin y el oscuro Caranthir, pero Dior fue también muerto, y Nimloth, su esposa; y los crueles sirvientes de Celegorm se apoderaron de los jóvenes hijos y los dejaron abandonados en el bosque para que murieran de hambre.

Pero los hijos de Fëanor no obtuvieron lo que buscaban; porque un resto del pueblo huyó ante ellos, y con él iba Elwing hija de Dior, y escaparon, y llevando consigo el Silmaril llegaron con el tiempo a las Desembocaduras del Sirion, junto al mar.

[En un texto algo posterior al *Quenta Noldorinwa*, la forma más temprana de *Los Anales de Beleriand*, la historia fue cambiada en la medida en que Dior regresó a Doriath cuando Beren y Lúthien todavía estaban vivos en Ossiriand; y para contar lo que le ocurrió allí me referiré a las palabras de *El Silmarillion*:

Una noche de otoño, ya tarde, alguien llegó y llamó a las puertas de Menegroth pidiendo ser admitido ante el rey. Era un señor de los Elfos Verdes que venía apresurado de Ossiriand, y los guardianes lo condujeron a la cámara donde Dior se encontraba solo; y allí, en silencio, el Elfo le dio al rey un cofre y se despidió. Pero ese cofre guardaba el Collar de los Enanos en que estaba engarzado el Silmaril; y al verlo Dior reconoció el signo de que Beren Erchamion y Lúthien Tinúviel habían muerto en verdad, y habían ido a donde va la raza de los Hombres, a un destino más allá del mundo. Durante mucho tiempo contempló Dior el Silmaril, que más allá de toda esperanza su padre y su madre habían traído del terror de Morgoth; y mucho se dolió de que la muerte los hubiera sorprendido tan temprano.

EXTRACTO DEL *CUENTO PERDIDO DEL NAUGLAFRING*

Aquí me desviaré de la cronología de la composición para regresar al *Cuento Perdido del Nauglafring*. La razón es que el pasaje que quiero reproducir es un ejemplo notable del modo expansivo, que incorpora detalles visuales y a menudo dramáticos, que mi padre adoptó para la fase inicial de *El Silmarillion*; sin embargo, el Cuento Perdido en su totalidad se extiende en ramificaciones que no serán necesarias para el presente libro. Por eso, un resumen muy breve de la batalla en Sarn Athrad, el Vado Pedregoso, aparece en el texto del Quenta, p. 224, mientras que aquí se presentará la versión mucho más completa del *Cuento Perdido*, con el duelo entre Beren y Naugladur, el señor de los Enanos de Nogrod en las Montañas Azules.

El pasaje comienza con la aproximación de los Enanos a Sarn Athrad, encabezados por Naugladur, cuando regresan del saqueo de las Mil Cavernas.

Así llegó toda esa hueste a las orillas del Aros y ésta era su formación: primero, un grupo de Enanos que no llevaban carga pero que iban muy bien armados; luego el grupo más numeroso que llevaba el tesoro de Glómund y muchos objetos hermosos que habían sacado de la morada de Tinwelint; y más atrás iba Naugladur, montado en el caballo de Tinwelint, y lucía como una extraña figura porque las piernas de los Enanos son cortas y torcidas, pero dos Enanos conducían al caballo porque no avanzaba de buena gana e iba cargado con el botín. Pero detrás de ellos venía una masa de hombres armados que llevaban poca carga y, así formados, trataron de cruzar el Sarn Athrad ese día nefasto para ellos.

Era de mañana cuando llegaron a la orilla más cercana y a mediodía aún no habían dejado de cruzar en largas filas, vadeando lentamente el veloz río en los sitios más bajos. Allí el río se ensancha y baja por estrechos canales cubiertos de enormes piedras entre largas lenguas de tierra y piedras de menor tamaño. Naugladur se apeó del caballo agobiado por la carga y se dispuso a hacerlo cruzar, porque el grupo armado que iba delante ya había escalado la otra orilla, que era muy alta y escarpada y estaba cubierta de árboles, y algunos de los que transportaban el oro ya habían llegado allí y otros aún estaban en medio del río, pero los hombres armados de la retaguardia descansaban por un rato.

De pronto, el sonido de los cuernos de los Elfos retumba en todo el paraje y un [¿estrépito?] con un eco mucho más claro que los demás, y es el cuerno de Beren, el cazador de los bosques. Entonces el aire se cubre con las delicadas flechas de los Eldar que no se apartan de su blanco y que el viento no desvía, y he aquí que los Elfos pardos y los verdes saltan súbitamente desde atrás de cada árbol y cada piedra y empiezan a disparar sin cesar las flechas que repletan sus aljabas. Entonces se desató el pánico y se produjo un estruendo en la hueste de Naugladur, y los que cruzaban el río arrojaron el oro a las aguas para abalanzarse aterrorizados a una de las orillas, pero muchos fueron heridos por esos dardos implacables y cayeron con el oro que cargaban en medio de la corriente del Aros, tiñendo sus aguas diáfanas con su oscura sangre.

Los guerreros que estaban en la otra orilla [¿se vieron en vueltos?] en la batalla y, luego de reagruparse, trataron de atacar a sus enemigos, pero éstos huían ágiles delante de ellos, mientras [¿otros?] seguían arrojándoles una lluvia de flechas y pocos Eldar resultaron heridos pero los Enanos caían uno detrás de otro. Ésa fue la gran batalla del Vado Rocoso... cerca de Naugladur, porque aunque Naugladur y sus capitanes dirigían con gran valor a sus bandas no pudieron derrotar al enemigo y la muerte cayó sobre sus filas como un torrente, hasta que muchos de ellos se dispersaron y huyeron, y los Elfos estallaron en carcajadas claras y sonoras al verlos y no les siguieron disparando, porque las deformes siluetas de los Enanos que huían, con sus barbas blancas alborotadas por el viento, los llenaban [de] júbilo. Pero Naugladur seguía allí, rodeado de unos pocos, y entonces recordó las palabras de Gwendelin,[1] porque he aquí que Beren se le acercó, arrojó a un lado su arco y desenvainó su deslumbrante espada; y Beren se destacaba por su altura entre los Eldar, aunque no tenía la corpulencia de Naugladur, el de los Enanos.

Entonces Beren le dijo:

—Defiende tu vida si puedes, asesino de piernas torcidas, porque si no te la arrebataré. —Y Naugladur le ofreció incluso el Nauglafring, el maravilloso collar, para que lo dejara marcharse sin hacerle daño; pero Beren le dijo—: No, porque ya me apode-

1. En un momento anterior del cuento, cuando Naugladur está a punto de partir de Menegroth, afirma que Gwendelin, la reina de Artanor (Melian), debe ir con él a Nogrod, a lo que ella replica: «Ladrón y asesino, hijo de Melko, eres un necio, porque no alcanzas a ver lo que pende sobre tu propia cabeza».

raré de él cuando te haya dado muerte. —Y, junto con pronunciar esas palabras, se lanzó solo sobre Naugladur y sus compañeros y dio muerte a la mayoría, pero los demás escaparon en medio de la risa de los Elfos y entonces Beren atacó a Naugladur, el asesino de Tinwelint. El anciano se defendió valerosamente y ésa fue una cruenta lucha y muchos Elfos que observaban, impulsados por el amor y el temor por su capitán, echaron mano a sus arcos, pero Beren les ordenó que se quedaran quietos mientras luchaba.

Ahora bien, el cuento nos dice muy poco de las heridas y los lances de ese combate, salvo que Beren sufrió muchas lastimaduras y que muchos de sus golpes más arteros apenas rozaron a Naugladur, por la [¿excelencia?] y la magia de su cota de malla hecha por los Enanos; y se dice que lucharon durante tres horas y que a Beren se le fatigaron los brazos, pero que eso no le ocurrió a Naugladur porque estaba acostumbrado a trabajar con el pesado martillo en la fragua y es muy posible que de no haber sido por el maleficio de Mîm, el resultado de la lucha habría sido muy distinto; porque, al ver que Beren se debilitaba, Naugladur comenzó a atacarlo cada vez más de cerca y la arrogancia que provenía de ese maleficio se apoderó de su corazón y pensó: «Voy a dar muerte a este Elfo y los suyos huirán aterrorizados de mí». Y, blandiendo su espada, le lanzó un fuerte golpe y le gritó:

—Bebe este veneno, mozalbete de los bosques. —Y en ese instante tropezó en una piedra dentada y se tambaleó hacia delante, pero Beren esquivó el golpe y, agarrándolo de las barbas, cogió el collar de oro y levantó repentinamente a Naugladur y lo aplastó de cara contra el suelo; y Naugladur soltó su espada, pero Beren la cogió y se la enterró diciéndole:

—No mancharé la hoja brillante de mi espada con tu sangre maligna, porque no es necesario. —Y arrojaron el cuerpo de Naugladur al Aros.

Entonces desató el collar y lo miró maravillado, contemplando el Silmaril, la misma joya que había conquistado en Angband y que le había dado una gloria imperecedera gracias a su hazaña; y dijo:

—Oh Lámpara de Faëry, mis ojos jamás te habían visto brillar siquiera con la mitad de la belleza que ahora tienes, engarzada así entre oro y gemas con la magia de los Enanos. —Y ordenó que le quitaran las manchas y no lo arrojó lejos, porque desconocía su poder, sino que lo llevó consigo de regreso a los bosques de Hithlum.

A este pasaje del *Cuento del Nauglafring* sólo le corresponden las pocas palabras del Quenta citadas en la p. 224 [de este mismo libro]:

En esa batalla [Sarn Athrad] los Elfos Verdes cogieron a los Enanos por sorpresa cuando se hallaban en mitad del cruce, cargados con su pillaje; y los jefes Enanos fueron muertos, y casi toda su hueste. Pero Beren tomó el Nauglamír, el Collar de los Enanos, de donde colgaba el Silmaril...

Esto es ilustrativo de mi afirmación en la p. 217 [de este mismo libro], de que mi padre estaba reduciendo a una historia breve y resumida aquello que también podía ver de manera mucho más detallada, inmediata y dramática.

Terminaré esta breve incursión en el *Cuento Perdido* del Collar de los Enanos con otra cita, el origen de la historia de las muertes de Beren y Lúthien y el asesinato de Dior, su hijo, tal y como se narra en el *Quenta* (p. 225-226). El extracto comienza con la conversación entre Beren y Gwendelin (Melian) que tuvo lugar cuando Lúthien llevaba el Nauglafring por primera vez. Beren declaró que nunca antes la había visto tan bella, pero Gwendelin dijo: «Sin embargo, el Silmaril estuvo en la corona de Melko, que fue forjada por maléficos herreros...».

Entonces Tinúviel dijo que no le interesaban los objetos valiosos ni las piedras preciosas, sino la alegría de los Elfos en la floresta, y se lo arrancó del cuello para complacer a Gwendelin; pero eso desagradó a Beren y no permitió que lo arrojaran lejos, sino que lo conservó en su [¿propiedad?]

«Por un tiempo Gwendelin se quedó a vivir con ellos en los bosques y se sintió curada» [de su sobrecogedor dolor provocado por la muerte de Tinwelint]; «finalmente regresó llena de añoranzas a la tierra de Lórien y en los cuentos de los habitantes de la Tierra no se habla más de ella pero la maldición de la mortalidad de la que había hablado Mandos cuando los despidió de su morada cayó súbitamente sobre Beren y Tinúviel... y tal vez el maleficio de Mîm haya [¿influido?] en que cayera con más rapidez sobre ellos; y esta vez los dos no recorrieron juntos el camino, pero cuando su hijo, Dior el Justo, aún era pequeño, Tinúviel se fue debilitando lentamente, como lo han hecho los Elfos en épocas más recientes en todo el mundo, y desapareció en los bosques y nadie la ha vuelto a ver bailar allí nuevamente. Pero Beren recorrió todas las tierras de Hithlum y de Artanor buscándola; y jamás ha sentido un Elfo tal soledad y él también se alejó de la vida, y Dior, su hijo, quedó como jefe de los Elfos pardos y de los Elfos verdes y como Señor del Nauglafring.

Tal vez sea cierto lo que dicen todos los Elfos, que esos dos salen ahora de cacería por la floresta de Oromë en Valinor y que Tinúviel sigue bailando eternamente en los verdes prados de Nessa y de Vána, las hijas de los Dioses: sin embargo, los Elfos sufrieron un gran dolor cuando los Guilwarthon se alejaron de su lado y, como no tenían un jefe y su poder mágico había mermado, se redujeron en número; y muchos se marcharon a Gondolin, porque los Elfos repetían en secreto los rumores sobre su poder y su gloria cada vez mayores.

No obstante, cuando Dior llegó a la edad adulta gobernó sobre un pueblo numeroso y amaba los bosques tal como antes los había amado Beren; y en las canciones se lo suele llamar Ausir el Próspero, porque poseía esa prodigiosa gema engarzada en el Collar de los Enanos. La historia de Beren y de Tinúviel se volvió difusa en su corazón, y comenzó a colocárselo en torno al cuello y a amar intensamente su hermosura; y la fama de esa joya se extendió como el fuego por todas las regiones del Norte y los Elfos se decían unos a otros: «Un Silmaril de Fëanor arde en los bosques de Hisilómë».

El *Cuento del Nauglafring* narra en más detalle el ataque a Dior y su muerte a manos de los hijos de Fëanor, y este *Cuento Perdido*, el último en recibir su forma ininterrumpida termina con la huida de Elwing:

[...] comenzó a vagar por los bosques, y unos pocos Elfos pardos y verdes se congregaron en torno a ella, y se alejaron para siempre de los claros de Hithlum y se marcharon hacia el sur, rumbo a las profundas aguas del Sirion y a las plácidas tierras.

Y así se entretejió el destino de todas las hadas en una sola hebra y esa hebra es la grandiosa historia de Eärendil; y aquí se inicia en realidad ese cuento.

*

El *Quenta Noldorinwa* continúa con pasajes que versan sobre la historia de Gondolin y su caída, y la historia de Tuor, que se casó con Idril Celebrindal, la hija de Turgon, el rey de Gondolin; su hijo era Eärendel, que se escapó con ellos de la destrucción de la ciudad y llegó a las Bocas del Sirion. El Quenta continúa, tras la huida de Elwing, la hija de Dior, de Doriath hasta las bocas del Sirion (pp. 171):

Sin embargo, junto al Sirion y el mar creció un pueblo élfico, las espigas de Gondolin y Doriath, y se enamoraron de las olas y de la construcción de hermosos navíos, y moraron siempre cerca de las costas y bajo las sombra de la mano de Ulmo.

En aquellos días Tuor sintió que la vejez se adueñaba de él, y el anhelo por las profundidades del mar crecía cada vez con más fuerza en su corazón. Por lo tanto construyó un gran navío, Eärámë, Ala de Águila, y navegó con Idril Celebrindal hacia la puesta de sol y el Oeste, y no volvió a aparecer en ninguna historia o canción. El Brillante Eärendel fue entonces señor del pueblo del Sirion y de sus muchos navíos; y tomó por esposa a Elwing la hermosa, hija de Dior. Sin embargo, Eärendel no podía descansar. Dos proyectos crecieron en su corazón, confundidos ambos en el anhelo por el ancho mar: navegar en busca de Tuor e Idril Celebrindal, que no retornaban; y quizá encontrar la última costa y llevar antes de morir el mensaje de los Dioses y los Elfos del Oeste que conmoviera los corazones de Valinor y de los Elfos de Tûn para que tuvieran piedad del mundo y las aflicciones de la Humanidad.

Construyó Wingelot, el más hermoso de los navíos de las canciones, la Flor de Espuma; blancas como la luna argéntea tenía las cuadernas, dorados los remos, plateadas las velas, los mástiles coronados de joyas como estrellas. En *La Balada de Eärendil* se dice mucho de sus aventuras en alta mar y en tierras vírgenes, y en muchos mares y muchas islas. [...] Pero Elwing permanecía en casa, lamentándose.

Eärendel no encontró a Tuor, ni jamás llegó en aquel viaje a las costas de Valinor, empujado por los vientos contrarios de vuelta hacia el Este. Llegó por la noche a los Puertos del Sirion, sin ser visto, sin ser recibido, ya que estaban desolados.

En los puertos del Sirion se habían abatido nuevas aflicciones. La morada de Elwing, donde aún conservaba el Nauglamír y el glorioso Silmaril, fue conocida por los hijos supervivientes de Fëanor; y abandonaron sus senderos de caza y se agruparon.

Pero Elwing y el pueblo del Sirion se negaron a ceder la joya que Beren había obtenido y Lútien lucido, y por la que habían matado a Dior el Hermoso. Y al final aconteció la última y más cruel de las matanzas de Elfos por Elfos; y ésta fue la tercera desgracia provocada por el maldito juramento. Pues los hijos de Fëanor cayeron sobre los exiliados de Gondolin y lo que quedaba de Doriath, y aunque algunos de ellos se apartaron y unos pocos se rebelaron, y fueron matados en el otro lado mientras ayudaban a Elwing en la lucha contra sus propios señores, terminaron victoriosos. Damrod cayó, y Díriel, y ya solo quedaron Maidros y Maglor de entre los Siete; pero los restos del pueblo de Gondolin fueron destruidos u obligados a partir para unirse al pueblo de Maidros. Y aun así los hijos de Fëanor no consiguieron el Silmaril; porque Elwing arrojó el Nauglamír al mar, donde permanecerá hasta el Fin; y ella se lanzó a las olas, y tomó la forma de un ave marina blanca, y salió volando entre lamentos en busca de Eärendel por todas las orillas del mundo.

Pero Maidros se apiadó de su hijo, Elrond, y lo llevó con él, y lo protegió y alimentó, pues su corazón estaba enfermo y cansado por la carga del terrible juramento.

Al enterarse de estas cosas, Eärendel se vio abrumado por el dolor; y volvió a navegar en busca de Elwing y de Valinor. Y se cuenta en *La Balada de Eärendel* que al final llegó a las Islas Mágicas, y con grandes dificultades escapó de su encantamiento, y de nuevo encontró la Isla Solitaria, y los Mares Sombríos, y la Bahía de Faërie en los bordes del mundo. Allí desembarcó en la costa inmortal, el único de los Hombres mortales, y sus pies ascendieron la maravillosa colina de Kôr; y caminó por los desiertos caminos de Tûn, donde el polvo que se le posaba en las vestiduras y calzado era de diamantes y gemas. Pero no se adentó en Valinor. Llegó demasiado tarde para llevar mensajes a los Elfos, pues los Elfos se habían ido.

Construyó una torre en los Mares del Norte a la que todas las aves marinas del mundo se dirigen alguna vez, y siempre se lamentó por la hermosa Elwing, y esperó que regresara a él. Y alzaron a Wingelot a sus alas y navegó incluso por los aires en busca de Elwing; maravilloso y mágico era aquel navío, una flor iluminada por las estrellas del cielo. Pero el Sol lo quemó y la Luna lo acosó en el cielo, y largo tiempo Eärendel erró sobre la Tierra, centelleando como una estrella fugitiva.

Aquí termina el cuento de Eärendel y Elwing en el *Quenta Noldorinwa*, tal y como fue compuesto originalmente, pero en un momento posterior una nueva versión de este pasaje cambió profundamente la idea de que el Silmaril de Beren y Lúthien se había perdido para siempre en el mar. En su forma reescrita, queda de la siguiente manera:

Sin embargo, Maidros no obtuvo el Silmaril, pues Elwing, al ver que todo estaba perdido y que su hijo Elrond había sido tomado prisionero, eludió a la hueste de Maidros y con el Nauglamír en el pecho se arrojó al mar, y la gente pensó que había perecido. Pero Ulmo la sacó de las aguas y le dio la forma de una gran ave blanca, y en el pecho le brillaba como una estrella el resplandeciente Silmaril mientras volaba sobre el agua en busca de Eärendel, su amado. Y una noche Eärendel al timón la vio venir hacia él, como una nube blanca bajo la luna demasiado veloz, como una estrella sobre el mar moviéndose en un curso extraño, como una llama pálida en alas de la tormenta.

Y cantan que ella cayó del aire encima de las cuadernas de Wingelot, desmayada, próxima a la muerte debido al apremio de su impulso, y Eärendel la acunó en su regazo. Y por la mañana, con ojos maravillados, contempló a su esposa que había recobrado su forma junto a él, y con el cabello le cubría el rostro; y ella dormía.

A partir de aquí, el cuento del *Quenta Noldorinwa*, en su mayoría reescrito, alcanza en su esencia la forma del cuento tal y como aparece en *El Silmarillion*, y terminaré la historia en el presente libro citando aquella obra.

ESTRELLA DEL AMANECER Y DEL ATARDECER

Grande fue el dolor de Eärendil y Elwing por la ruina de los Puertos del Sirion y el cautiverio de sus hijos, y temían que les dieran muerte; pero no ocurrió así. Porque Maglor tuvo piedad de Elros y Elrond, y los estimó, y el amor creció luego entre ellos, aunque pocos lo hubieran imaginado antes, pero Maglor tenía el corazón enfermo y cansado por la carga del terrible juramento.

Pero Eärendil no veía ahora ninguna esperanza en la Tierra Media, y no sabiendo otra vez qué hacer, no regresó a su casa, sino que trató de ir de nuevo hacia Valinor, junto con Elwing. Se pasaba las horas de pie erguido en la proa de Vingilot, y sujeto en la frente llevaba el Silmaril, y la luz de la joya se iba haciendo cada vez más intensa a medida que avanzaban hacia Occidente.

Entonces Eärendil, el primero entre los Hombres vivientes, pisó las costas inmortales; y habló allí a Elwing y a los que estaban con él, los tres marineros que habían navegado por todos los mares en su compañía: Falathar, Erellont y Aerandir. Y les dijo Eärendil:

—Aquí no otro que yo ha de poner pie, no sea que la cólera de los Valar se desate contra vosotros. Pues yo solo correré ese peligro, en nombre de los Dos Linajes.

Pero Elwing respondió:

—Entonces nuestros caminos se separarían, pero yo correré contigo ese peligro. —Y saltó a la espuma blanca y corrió hacia él; pero Eärendil se sintió apenado, pues temía el enojo de los Señores del Occidente contra cualquiera de la Tierra Media que osara atravesar el cerco de Aman. Y allí se despidieron de los compañeros de viaje y se separaron de ellos para siempre.

Entonces Eärendil le habló a Elwing:

—Espérame aquí; porque no hay más que uno que pueda llevar el mensaje, y tal es mi destino. —Y avanzó solo por la tierra y llegó al Calacirya, y le pareció desierto y silencioso; porque como Morgoth y Ungoliant en edades pasadas, llegaba Eärendil ahora en tiempos de festividad, y casi todo el pueblo de los Elfos había ido a Valimar o estaba reunido en las estancias de Manwë sobre Taniquetil, y pocos eran los que habían quedado de guardia sobre los muros de Tirion.

Pero algunos había allí que vieron venir de lejos a Eärendil, y la gran luz que transportaba; y fueron de prisa a Valimar. Pero Eärendil subió a la verde colina de Túna y la encontró desierta; y sintió una pesadumbre en el corazón, pues temía que el mal hubiera llegado aun al Reino Bendecido. Anduvo por los caminos desiertos de Tirion, y el polvo que se le posaba sobre los vestidos y zapatos era un polvo de diamantes, y él brillaba y resplandecía mientras subía por la larga escalinata blanca. Y llamó en alta voz en muchas lenguas, tanto élficas como humanas, pero no había nadie que le respondiese. Por fin se volvió hacia el mar; pero al tomar el camino de la costa, alguien le habló desde la colina gritando:

—¡Salve, Eärendil, de los marineros el más afamado, el buscado que llega de improviso, el añorado que viene cuando ya no queda ninguna esperanza! ¡Salve, Eärendil, portador de la luz de antes del Sol y de la Luna! ¡Esplendor de los Hijos de la Tierra, estrella en la oscuridad, joya en el crepúsculo, radiante en la mañana!

Esa voz era la voz de Eönwë, heraldo de Manwë, y venía de Valimar, y pidió a Eärendil que se presentara ante los Poderes de Arda. Y Eärendil fue a Valinor y a las estancias de Valimar, y nunca volvió a poner pie en las tierras de los Hombres. Entonces los Valar se reunieron en consejo, y convocaron a Ulmo desde las profundidades del mar; y Eärendil compareció ante ellos y comunicó el recado de los Dos Linajes. Pidió perdón para los Noldor y piedad por los que habían soportado penurias, y clemencia para los Hombres y los Elfos y que los socorrieran en sus necesidades. Y este ruego fue escuchado.

Se dice entre los Elfos que después de que Eärendil hubo partido, en busca de su esposa Elwing, Mandos habló sobre el destino del Medio Elfo; y dijo:

—¿Ha de pisar Hombre mortal las Tierras Inmortales y continuar con vida?

Pero Ulmo dijo:

—Para esto nació en el mundo. Y respóndeme: ¿es Eärendil hijo de Tuor del linaje de Hador, o el hijo de Idril hija de Turgon, de la casa élfica de Finwë?

Y Mandos respondió:

—Los Noldor que se exiliaron voluntariamente tampoco pueden retornar aquí.

Pero cuando todo quedó dicho, Manwë pronunció su sentencia:

—El poder del destino depende de mí en este asunto. El peligro en que se aventuró por amor de los Dos Linajes no caerá sobre Eärendil, ni tampoco sobre Elwing, que se aventuró en el peligro por amor a Eärendil; pero nunca volverán a andar entre Elfos u Hombres en las Tierras Exteriores. Y esto es lo que decreto en relación con ellos: a Eärendil y a Elwing y a sus hijos se les permitirá elegir libremente a cuál de los linajes unirán su destino y bajo qué linaje serán juzgados.

[Ahora, cuando Eärendil llevaba mucho tiempo fuera, Elwing se sintió sola y asustada, pero mientras ella caminaba a orillas del mar él la encontró.] Y escucharon lo que contó de Doriath y Gondolin y las penurias de Beleriand, y mostraron piedad y asombro; y cuando Eärendil regresó la encontró allí, en el Puerto de los Cisnes. Pero antes de no mucho tiempo fueron convocados a Valimar; y allí se les anunció el decreto del Rey Mayor. Entonces Eärendil le dijo a Elwing:

—Elige tú, porque ahora estoy cansado del mundo. —Y Elwing eligió ser juzgada entre los Primeros Hijos de Ilúvatar a causa de Lúthien; y por ella Eärendil eligió de igual modo, aunque se sentía más unido al linaje de los Hombres y el pueblo de su padre.

Entonces, por orden de los Valar, Eönwë fue a la costa de Aman, donde los compañeros de Eärendil todavía esperaban noticias; y soltó un bote, y los tres marineros fueron embarcados en él, y los Valar los transportaron hacia el Oriente en un gran viento. Pero tomaron el Vingilot, y lo consagraron, y lo cargaron a través de Valinor hasta la margen extrema del mundo; y allí pasó por la Puerta de la Noche y fue levantado hasta los océanos del cielo.

Ahora bien, bella y maravillosa era la hechura de ese navío, envuelto en una llama estremecida, pura y brillante; y Eärendil el Marinero estaba al timón, y relucía con el polvo de las gemas élficas, y llevaba el Silmaril sujeto a la frente. Lejos viajaba en ese navío, aun hasta el vacío sin estrellas; pero con más frecuencia se lo veía por la mañana o el atardecer, resplandeciente al alba o al ponerse el sol, cuando volvía a Valinor de viajes hasta más allá de los confines del mundo.

IX

En esos viajes Elwing no lo acompañaba, porque no podía soportar el frío y el vacío sin senderos, y antes prefería la tierra y los dulces vientos que soplan en el mar o las colinas. Por tanto, construyeron para ella una blanca torre en el norte, a orillas de los Mares Divisorios; y allí a veces buscaban reparo todas las aves marinas de la tierra. Y se cuenta que Elwing aprendió las lenguas de los pájaros, ella que una vez había tenido forma de ave; y le enseñaron el arte del vuelo, y tuvo alas blancas y grises como de plata. Y a veces, cuando Eärendil se acercaba de regreso a Arda, ella solía volar a su encuentro, como lo había hecho mucho tiempo atrás cuando la rescataron del mar. Entonces aquellos de vista penetrante entre los Elfos que vivían en la Isla Solitaria alcanzaban a verla como un pájaro blanco, resplandeciente, teñido de rosa por el crepúsculo, cuando se elevaba dichosa para saludar el regreso a puerto de Vingilot.

Ahora bien, cuando por primera vez Vingilot se hizo a la mar del cielo, se elevó de pronto, refulgente y brillante; y la gente de la Tierra Media lo vio desde lejos y se asombró, y lo tomaron por un signo, y lo llamaron Gil-Estel, la Estrella de la Gran Esperanza. Y cuando esta nueva estrella fue vista en el crepúsculo, Maedhros le habló a su hermano Maglor y le dijo:

—¿No es acaso un Silmaril, que brilla ahora en el Occidente?

¿Y cómo fue la partida final de Beren y Lúthien? En las palabras del *Quenta Silmarillion*: Ningún Hombre mortal volvió a hablar con Beren hijo de Barahir; y nadie vio a Beren o a Lúthien abandonar el mundo, ni supo dónde reposaron por última vez.

APÉNDICE

Revisiones de *La Balada de Leithian*

Entre las primeras —tal vez incluso la primera— de las tareas literarias que atrajeron la atención de mi padre tras la terminación de *El Señor de los Anillos*, estaba el regreso a *La Balada de Leithian*: no para continuar la narración (no hace ni falta decirlo) a partir del punto que había alcanzado en 1931 (el ataque de Carcharoth a Beren en las puertas de Angband), sino desde el inicio del poema. La historia textual de la composición es muy compleja, y no será necesario decir nada en este momento más allá de señalar que, mientras que mi padre al principio parece haberse embarcado en una reescritura radical de la Balada en su totalidad, ese impulso no tardó en desvanecerse, o fue sustituido por (y reducido a) pasajes cortos por aquí y por allá. Sin embargo, presentaré aquí, como ejemplo sustancial de los nuevos versos que escribió tras el transcurso de un cuarto de siglo, el pasaje de la Balada que trata sobre la traición de Gorlim el Desdichado que propició la muerte de Barahir, el padre de Beren, y de todos sus compañeros salvo Beren. Éste es, de lejos, el más largo de los nuevos pasajes y puede ser comparado —convenientemente— con el texto original que queda reproducido en las pp. 98-104. Podremos comprobar que Sauron (Thû), que ha acudido a caballo desde la «Isla de Gaurhoth», ha sustituido a Morgoth, y que por el tipo de poesía se trata de un poema nuevo.

Comenzaremos el nuevo texto con un breve pasaje titulado *Del Bendecido Tarn Aeluin,* que no tiene ninguna correspondencia en la versión original; estos versos están enumerados del 1 al 26.

Tales hazañas de arrojo allí realizaron
que pronto los cazadores que los buscaban
huyeron ante el rumor de su llegada.
Aunque a cada cabeza se puso un precio
igual al valor de la vida de un rey, 5
ningún soldado pudo llevar a Morgoth
siquiera noticias de su oculta guarida,
pues donde las tierras altas, pardas y desnudas
se extendían por encima de los oscurecidos pinos
de la escarpada Dorthonion hasta las nieves 10
y los vientos de las montañas estériles, había
un lago pequeño, azul de día,
de noche espejo de cristal oscuro
para las estrellas de Elbereth que pasan
por encima del mundo hacia el Oeste. 15
Consagrado un día, aquel lugar aún era bendito:
ninguna sombra de Morgoth y ninguna criatura maligna
hasta allí llegaban; en susurrante corro
los esbeltos abedules gris plata
se inclinaban sobre sus orillas; alrededor de él 20
se extendía un brezal desierto, y los desnudos huesos
de la antigua Tierra como rocas puntiagudas
se alzaban por encima del brezo y la aliaga;

y allí junto Aeluin, privado de hogar,
señor perseguido, y los hombres leales 25
bajo las rocas grises construyeron su refugio.

De Gorlim el Desdichado

Gorlim el Desdichado, hijo de Angrim,
como cuenta la historia, era entre todos ellos uno
de los más fieros y desesperados. Por esposa,
mientras se mantuvo benigna la fortuna de su vida, 30
tomó a la blanca doncella Eilinel:
de tierno amor gozaron antes de que el mal llegara.
Él marchó a la guerra; de la guerra volvió
para encontrar sus campos y su heredad quemados,
su casa estaba abandonada, sin techo, 35
vacía, en medio de los árboles sin hojas;
y Eilinel, la blanca Eilinel,
fue llevada a un lugar que nadie conocía,
a la muerte o a la esclavitud, muy lejos.
Negra fue la sombra de aquel día 40
para siempre en su corazón, y la zozobra
aún lo corroía cuando atravesaba
los campos vagando, o de noche,
a menudo insomne, pensando que quizá,
antes de que el mal cayera, ella huyó a tiempo 45
a los bosques: no estaba muerta,
vivía, volvería de nuevo
a buscarle, y le daría por muerto.
Por eso a veces abandonaría la guarida,
y en secreto, en solitario, afrontaría el peligro, 50
y a su vieja casa de noche iría,
ruinosa y fría, sin fuego o sin luz,

y nada recibiría salvo dolor renovado,
allí vigilando y esperando en vano.

En vano, o aun peor, pues muchos espías 55
tenía Morgoth, muchos ojos que acechaban
acostumbrados a horadar la oscuridad más espesa;
y la llegada de Gorlim observarían
para informar de ella. Llegó un día
en el que una vez más Gorlim se arrastró por aquel camino, 60
bajando por el sendero desierto, cubierto de maleza
en la triste penumbra otoñal, con lluvia
y viento frío y quejumbroso. Por la noche
divisó asombrado una luz titileante
en la ventana; y acercándose, 65
entre la débil esperanza y el miedo súbito,
miró dentro. ¡Era Eilinel!
Aunque estaba cambiada, la reconoció.
Estaba consumida por el dolor y el hambre,
sus cabellos estaban revueltos, las ropas desgarradas; 70
sus suaves ojos apagados por las lágrimas,
mientras quedamente sollozaba: «¡Gorlim, Gorlim!
No me has podido abandonar.
¡Entonces muerto, ay, muerto debes de estar!
¡Y yo he de permanecer fría, sola, 75
y sin amor como piedra desnuda!».

Él lanzó un grito... y entonces la luz
se apagó, y en el viento de la noche
los lobos aullaron; y sobre sus hombros cayeron
de pronto las fuertes manos del infierno. 80
Allí los servidores de Morgoth le sujetaron con fuerza
y le ataron con crueldad, y le llevaron
ante Sauron, capitán de la hueste,

señor del licántropo y del espectro,
el más horrendo y cruel de todos los que se arrodillaban 85
ante el trono de Morgoth. Con poder moraba
en la Isla de los Gaurhoth; pero ahora había cabalgado
con fuerzas hasta tierras lejanas, por orden de Morgoth
en busca del rebelde Barahir.
Él estaba en un cercano y oscuro campamento, 90
y hasta allí arrastraron los carniceros a su presa.
Ahora Gorlim yacía allí, sometido a tortura:
con soga en el cuello, en manos y pies,
fue sometido a duro tormento
para quebrantar su voluntad y obligarle 95
a pagar con traición el fin del dolor.
Pero él nada les revelaría
de Barahir, ni rompería el pacto
de fe que su lengua selló
hasta que al fin se hizo una pausa, 100
y uno se acercó despacio a su estaca,
una forma oscura que se agachó y le habló
de Eilinel, su esposa.
«¿Abandonarás», le preguntó, «tu vida,
cuando con pocas palabras la podrías salvar 105
para ella, y para ti, para marchar en paz
y habitar juntos lejos de la guerra,
convertidos en amigos del Rey? ¿Qué prefieres?».
Y Gorlim, ya debilitado por el dolor,
anhelando ver otra vez a su esposa 110
(a la que también suponía presa
en la red de Sauron), permitió que la idea
se afianzara, y vaciló en su promesa.
Entonces, rápidamente, entre decidido e indeciso,
le llevaron ante el sitial de piedra 115
donde se sentaba Sauron. Gorlim compareció solo

ante la oscura y terrible faz,
y Sauron dijo: «¡Ven, vil mortal!
¿Qué es lo que oigo? ¿Qué quieres
negociar conmigo? ¡Bien, di la verdad! 120
¿Cuál es tu precio?». Y Gorlim
bajó la cabeza, y con gran dolor,
lentamente, palabra tras palabra, al fin imploró
a aquel despiadado y pérfido señor
que le dejara marchar en libertad para poder 125
reunirse de nuevo con Eilinel la Blanca,
y vivir con ella, y abandonar la guerra
contra el Rey. No deseaba nada más.

Entonces Sauron sonrió y dijo: «¡Esclavo!
¡El precio que pides es pequeño 130
para traición y vergüenza tan grandes!
¡Por supuesto que te lo concedo! Bien, estoy esperando:
¡Vamos! ¡Habla pronto y di la verdad!».
Entonces Gorlim se atemorizó y dio
un paso atrás; pero el ojo terrible de Sauron 135
lo retuvo allí, y no se atrevió a mentir:
puesto que había empezado, ahora debía continuar
desde el primer paso en falso hasta el fin desleal:
debía responder a todo como pudiera,
traicionar a su señor y a sus hermanos, 140
y terminar, y caer con la cara contra el suelo.

Entonces Sauron rio ruidosamente. «Vil
y rastrero gusano! ¡Ponte en pie
y escúchame! ¡Bebe ahora de la copa
que con dulzura te he preparado! 145
Necio: un fantasma es lo que viste,
uno que yo, Sauron, creé para engañar

tu mente enferma de amor. No había nada más.
¡Triste es casarse con los espectros de Sauron!
¡Tu Eilinel! Hace mucho tiempo que está muerta, 150
muerta, comida por gusanos menos abyectos que tú.
Pero ahora te otorgo tu recompensa:
pronto irás junto a Eilinel,
y en su lecho yacerás, para no saber nunca más
de la guerra... o de la virilidad. ¡Recibe tu paga!» 155

Entonces a Gorlim se llevaron a rastras,
y cruelmente lo mataron; y finalmente
a la tierra húmeda su cuerpo arrojaron,
allí donde Eilinel llevaba largo tiempo,
asesinada por carniceros en los bosques calcinados. 160
Así, Gorlim murió con muerte vil,
y se maldijo a sí mismo con aliento agonizante,
y por fin cogieron a Barahir
en la trampa de Morgoth; pues sólo con la traición
fue apresada la antigua gracia 165
que durante largo tiempo guardó aquel solitario lugar,
Tarn Aeluin: entonces fueron devastados
los secretos senderos y la oculta guarida.

De Beren, hijo de Barahir, y su huida

Oscura desde el Norte ahora avanzaba la nube;
los vientos del otoño fríos y ruidosos, 170
siseaban en los brezales; tristes y grises
estaban las pesarosas aguas de Aeluin.
«Beren, hijo», dijo entonces Barahir,
«tú conoces el rumor que nos llega
de la fuerza enviada por los Gaurhoth 175

contra nosotros; y nuestros alimentos se han agotado.
Sobre ti recae el deber, según nuestra ley,
de partir ahora solo en busca
de la ayuda que puedas obtener de los pocos escondidos
que aún nos proveen, y averiguar 180
qué hay de nuevo. ¡Que la buena fortuna te acompañe!
Vuelve pronto, pues con pesar
dejamos que abandones nuestra hermandad,
tan pequeña: y Gorlim en el bosque
hace tiempo que se perdió o está muerto. ¡Adiós!». 185
Al partir Beren, como un mal presagio todavía
resonó en su corazón aquella palabra,
la última que oyó de su padre.

Por la ciénaga y el marjal, junto al árbol y el brezo
lejos llegó: divisó el fuego 190
del campamento de Sauron, oyó el aullido
del Orco cazador y del lobo al acecho,
y dando un rodeo, pues el camino era largo,
a oscuras en el bosque se echó.
Entonces extenuado tiene que dormir, 195
dispuesto a meterse en una guarida de tejón,
pero oyó (o así lo soñó)
pasar cerca una legión en formación,
el tintineo de la cota de malla y el fragor del escudo
subiendo hacia los rocosos campos montañosos. 200
De pronto se vio sumido en la oscuridad
hasta que, como hombre que va a ser tragado por las aguas
jadeante se afana por subir, le pareció
que ascendía por el cieno junto al borde
del lóbrego estanque bajo los árboles muertos. 205
Sus ramas lívidas en una fría brisa
temblaban, y todas sus negras hojas se agitaban:

cada hoja un pájaro negro y graznador
cuyo pico una gota de sangre dejaba caer.
Beren se estremeció y luchó por salir a rastras 210
a través de la enmarañada maleza, cuando a lo lejos
vio una sombra débil y gris
deslizarse por el tenebroso lago.
La sombra se acercó lentamente y con voz queda habló:
«Gorlim fui, pero ahora soy un espectro 215
de voluntad derrotada, de fe quebrantada,
traidor traicionado. ¡Vete! ¡No te quedes aquí!
¡Despierta, hijo de Barahir,
y date prisa! Pues los dedos de Morgoth aprietan
la garganta de tu padre; él sabe 220
de tus citas, de tus senderos, de tu secreta guarida».
Entonces reveló el engaño del diablo
en el que cayó y fracasó; y por último
imploró el perdón, lloró, y desapareció
en la oscuridad. Beren despertó, 225
se levantó de un salto como alguien que de pronto
se ve invadido por el fuego de la ira. Cogió
su arco y su espada, y como el corzo
con ágiles pies corrió por rocas y brezales
antes del amanecer. Y antes de que el día muriera 230
llegó por fin a Aeluin,
cuando el rojo sol se hundía en llamas en el oeste;
pero Aeluin estaba rojo de sangre,
rojas eran las piedras y el barro hollado.
Negros en los abedules se posaban alineados 235
el cuervo y el grajo carroñero;
húmedos estaban sus picos, y oscura era la carne
que caía de la tenaza de sus garras.
Uno graznó: «¡Ja, ja, llega demasiado tarde!».
«¡Ja, ja!» respondieron los otros. «¡Ja! ¡Demasiado tarde!» 240

Allí Beren depositó los huesos de su padre
apresuradamente bajo un montículo de piedras;
ninguna runa tallada ni palabra escribió
sobre Barahir, mas por tres veces golpeó
la piedra más alta y por tres veces con fuerza 245
gritó su nombre. «Tu muerte», juró,
«vengaré. Sí, aunque mi destino
me lleve al fin hasta las puertas de Angband».
Luego se volvió, y no lloró:
demasiado sombrío su corazón, demasiado profunda su
[herida. 250
En la noche, frío como la piedra,
sin amor, sin amigos, se echó a andar.

No tuvo necesidad de conocimientos de cazador
para encontrar el rastro. Con poca cautela 255
su despiadado enemigo, seguro y orgulloso,
marchaba hacia el norte con ruidoso soplar
de los cuernos de bronce para saludar a su señor,
batiendo la tierra con pies pesados.
Detrás de ellos intrépido pero precavido iba 260
ahora Beren, rápido como el sabueso sobre el rastro,
hasta que junto a un oscuro manantial,
donde el Rivil salta desde la montaña
para correr hasta los cañizales del Serech,
encontró a los asesinos, sus enemigos. 265
Desde su escondite en la cercana ladera
los observó a todos: aunque no tenía miedo,
eran demasiados para que su espada y su arco
solos los pudieran abatir. Luego, arrastrándose
como serpiente por el brezal, se acercó aún más. 270
Muchos dormían extenuados por la marcha,
pero los capitanes, tendidos sobre la hierba,

bebían y hacían pasar de mano en mano
el botín, intentando retener cada fruslería
arrancada de los cuerpos muertos. Uno un anillo 275
mostró en alto y rio: «¡Esto, camaradas», gritó,
«es mío! Nadie me lo negará,
aunque haya pocos como él en la tierra.
Pues fue arrebatado de la mano
del mismo Barahir al que yo maté, 280
el villano ladrón. Si las historias son ciertas
lo recibió de un señor élfico
por el canallesco servicio de su espada.
Poca ayuda le prestó, pues muerto está.
Los anillos élficos son peligrosos, eso dicen; 285
pero me lo quedaré por el oro, sí,
y así completaré mi mísera paga.
El viejo Sauron me ordenó llevárselo,
aunque me parece que a él no le faltan
prendas más valiosas en su tesoro: 290
¡cuanto más grande tanto más avaro es el señor!
¡Así que escuchadme, camaradas, todos juraréis
que la mano de Barahir estaba desnuda!».
Y mientras hablaba una flecha voló
desde detrás de un árbol, y de bruces y muerto 295
cayó ahogado por la punta en la garganta;
con rostro perverso la tierra golpeó.

De un salto, como oscuro lobo, cayó
Beren sobre ellos. A dos hizo
a un lado con su espada; apresó el anillo; 300
mató a uno que le tenía cogido; de otro salto
a la sombra volvió y huyó
antes de que los gritos de cólera y pavor
por el asalto resonaran en el valle.
Entonces tras él como lobos saltaron, 305

aullando y maldiciendo, con rechinar de dientes,
cortando y atravesando los brezales,
disparando flechas salvajes, una tras otra,
contra toda sombra temblorosa u hoja agitada.
Beren nació en hora aciaga: 310
se mofaba de las flechas y de los cuernos aullantes;
el de pies más rápidos entre los hombres vivos,
incansable en la montaña y ligero en el marjal,
astuto como elfo en el bosque, se alejó,
protegido por su cota de malla gris
fabricada en Nogrod por artesanos enanos, 315
donde los martillos vibraban en las sombras de la caverna.

Beren tenía fama de intrépido:
cuando se mencionaban los hombres más valientes en
[la batalla
el pueblo pronunciaba su nombre, 320
prediciendo que su futura fama
superaría incluso la del dorado Hador
o la de Barahir y la de Bregolas;
pero ahora el dolor había sumido su corazón
en feroz desesperación, ya no luchaba 325
con esperanza de vida o gozo o alabanza,
sino con el solo anhelo de emplear sus días
en que Morgoth sintiera en lo hondo
el aguijón de su acero vengador,
antes de que encontrara la muerte y el fin del dolor: 330
su único miedo era la cadena de la esclavitud.
El peligro buscaba y la muerte perseguía,
y así escapó del destino que acariciaba,
y realizó hazañas de suprema osadía,
en solitario, cuyo rumor llevó 335
nueva esperanza a muchos hombres abatidos.

Éstos susurraban «Beren», y se pusieron
a afilar secretas espadas, y con frecuencia,
al anochecer junto a fuegos ocultos,
entonaban cantos que hablaban del arco de Beren, 340
de su espada Dagmor: cómo entraría
silencioso en los campamentos y mataría al jefe,
o atrapado en su refugio de manera imposible
se escabulliría, y en la noche
bajo la niebla o la luna, o bajo la luz 345
del pleno día retornaría.
De cazadores cazados, de matadores muertos
cantaron, de Gorgol el Carnicero, partido en dos,
de la emboscada en Ladros, del fuego en Drûn,
de treinta muertos en una batalla, 350
de lobos que aullaban como cachorros y huían,
sí, de Sauron con la mano herida.
  Así, uno solo llenó aquella tierra
de espanto y muerte para el pueblo de Morgoth;
sus camaradas fueron el haya y el roble 355
que no le defraudaban, y criaturas cautas
con piel y alas emplumadas
que en silencio vagan, o solas habitan
en la colina y el páramo y el yermo pedregoso,
vigilaban sus caminos, sus leales amigos. 360

  Pero un proscrito rara vez acaba bien;
y Morgoth era un rey más fuerte
de lo que el mundo desde entonces en canto
ha ensalzado: oscura a lo ancho de la tierra
llegaba la sombra de su mano, 365
después de cada revés volvía a la carga;
por cada guerrero abatido enviaba dos más.

Se apagó la nueva esperanza, los rebeldes estaban muertos;
los fuegos se extinguieron, se acabaron los cantos,
el árbol fue derribado, el brezal incendiado, y por el yermo 370
pasó rauda la negra hueste de los Orcos.

Casi cerraron su anillo de acero
en torno a Beren; pegados a sus talones
marchaban ahora sus espías; dentro de su cerca
privado de toda ayuda, al borde 375
de la muerte, se vio acosado, horrorizado,
y supo que al fin tendría que morir,
o huir de la tierra de Barahir,
su amado país. Junto al lago
bajo un montón de piedras sin nombre 380
deben deshacerse aquellos huesos un día poderosos,
olvidados por el hijo y por los parientes,
llorados por las cañas del Aeluin.

En noche de invierno el Norte sin hogar
dejó atrás, y a escondidas 385
el cerco de sus vigilantes enemigos
atravesó, una sombra en la nieve,
un torbellino de viento, y desapareció,
la ruina de Dorthonion,
para no contemplar nunca más 390
el Tarn Aeluin y sus tristes aguas.
Ya no cantará la oculta cuerda de su arco,
ya no volarán sus pulidas flechas,
ya su cabeza acosada no reposará
en el páramo bajo el cielo. 395
Las estrellas del Norte, cuyo fuego plateado
desde antaño los Hombres llamaron la Pipa Ardiente,
quedaron a su espalda, y brillaron
sobre la tierra abandonada: él se había ido.

Hacia el sur se dirigió, y hacia el sur 400
le llevó su largo y solitario viaje,
mientras sobre su sendero se cernían persistentes
los terribles picos de Gorgorath.
Los pies del hombre más audaz
aún no habían hollado aquellas montañas escarpadas
[y frías, 405
ni habían trepado por su abruptas laderas,
ante las cuales los ojos se apartan y se cierran mareados
al ver que por el sur sus riscos descienden verticales
en rocosos pináculos y pilares
hasta las sombras que se proyectan 410
desde antes que se crearan el sol y la luna.
En valles cubiertos con engaño
y bañados por aguas agridulces

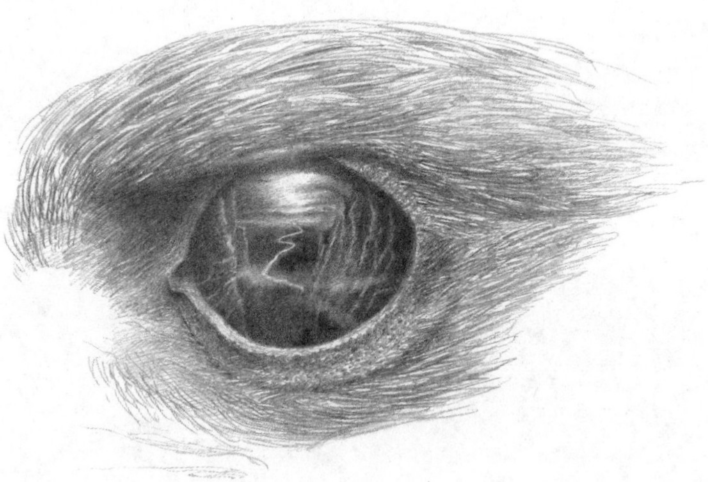

la oscura magia acechaba en hondonadas y simas;
pero lejos, más allá del alcance 415
de la visión mortal, el ojo del águila
desde las vertiginosas torres que horadaban el cielo
podía ver a lo lejos, gris y centelleante,
como resplandor en el agua bajo las estrellas,
Beleriand, Beleriand, 420
las fronteras de la tierra de los Elfos.

Lista de nombres en los textos originales

He recopilado esta *Lista de Nombres* (limitada a los nombres que aparecen en los pasajes de los escritos de mi padre), la cual obviamente no es un índice, con dos propósitos en mente.

Ninguno de ellos es, de ninguna manera, esencial para el presente libro. En primer lugar está pensada para asistir a aquellos lectores que no recuerden, entre la multitud de nombres (y formas de nombres), la referencia a un nombre concreto y relevante en la narración. En segundo lugar, determinados nombres, especialmente aquellos que aparecen raras veces o en una sola ocasión, serán provistos de una explicación algo más completa. Por ejemplo, aunque por razones obvias no resulta importante en este cuento, uno puede sentir curiosidad por saber por qué los Eldar no querían tocar las arañas, «debido a Ungweliantë» (p. 45).

Aeluin Un lago en el noreste de Dorthonion donde Barahir y sus compañeros levantaron su campamento.

Aglon Un estrecho puerto de montaña entre Taur-na-Fuin y las Colinas de Himring, tomado por los hijos de Fëanor.

Ainur (en singular, Ainu) «los Sagrados»: los Valar y los Maiar. [El nombre Maiar fue una incorporación tardía de un concepto anterior: «Con los grandes llegaron también muchos espíritus menores; seres de su propia especie pero con menos poder» (como Melian).]

Aman Las Tierras del Oeste allende el Gran Mar en las que vivían los Valar («el Reino Bendecido»).

Anfauglith «Las Cenizas Asfixiantes». Véase *Dor-na-Fauglith, Tierra bajo la Ceniza Asfixiante.*

Angainu La gran cadena, fabricada por el Vala Aulë, con la que Morgoth fue atado (posteriormente *Angainor*).

Angamandi (plural) «Los Infiernos de Hierro». Véase *Angband.*

Angband La gran fortaleza-mazmorra de Morgoth en el noroeste de la Tierra Media.

Angrim Padre de Gorlim el Desdichado.

Angrod Hijo de Finrod (más tarde Finarfin).

Arda La Tierra.

Artanor «La Tierra Remota»; la región que posteriormente fue llamada Doriath, el reino de Tinwelint (Thingol).

Aryador «Tierra de la Sombra», uno de los nombres de Hisilómë (Dor-lómin) entre los Hombres. Véase *Hisilómë.*

Ascar Río en Ossiriand, rebautizado *Rathlorion*, «Lecho de Oro», cuando el tesoro de Doriath fue hundido en él.

Aulë El gran Vala conocido como Aulë el Herrero; es «el señor de todas las sustancias de que Arda está hecha».

Ausir Otro nombre de Dior.

Balada de Leithian, La Véase p. 96.

Balrogs [En los *Cuentos Perdidos* existen «cientos» de Balrogs.

Se les llama «demonios de poder»; llevan armaduras de hierro, tienen garras de acero y látigos llameantes.]

Barahir Un líder de Hombres, el padre de Beren.

Bauglir «El Opresor», un nombre de Morgoth entre los Noldor.

Beleg Un Elfo de Doriath, un gran arquero, llamado *Cúthalion*, «Arcofirme»; compañero y amigo cercano de Túrin Turambar, quien, trágicamente, fue su verdugo.

Belegost Una de las dos grandes ciudades de los Enanos en las Montañas Azules.

Beleriand (nombre anterior *Broseliand*) La gran región de la Tierra Media, en su mayoría hundida en el mar y destruida al final de la Primera Edad, que se extendía entre las Montañas Azules del este hasta las Montañas de la Sombra en el norte (véase *Montañas de Hierro*) y las costas occidentales.

Bëor Líder de los primeros Hombres que entraron en Beleriand. Véase *Edain*.

Boldog Un capitán de los Orcos.

Bosque bajo la Noche, el Una traducción de Taur-na-Fuin; véase *Montañas de la Noche*.

Bregolas Hermano de Barahir.

Calacirya Un puerto de montaña en las Montañas de Valinor en el que se encontraba la ciudad de los Elfos.

Cranthir Hijo de Fëanor, llamado «el Oscuro».

Carcharoth Véase *Karkaras*.

Celegorm Hijo de Fëanor, llamado «el Hermoso».

Colinas de los Cazadores (también *Bosque de los Cazadores*). Las tierras altas al oeste del río Narog.

i-Cuilwarthon «Los muertos que renacen», Beren y Lúthien tras su regreso de Mandos; *Cuilwarthien*: la tierra donde vivieron. (Una forma posterior de *Guilwarthon*.)

Cuiviénen El Agua del Despertar: el lago en la Tierra Media donde se despertaron los Elfos.

Cûm-nan-Arasaith El Montículo de la Avaricia, levantado en honor a los muertos de Menegroth.

Curufin Hijo de Fëanor, llamado «el Habilidoso».

Dagmor La espada de Beren.

Dairon: Un bardo de Artanor, considerado uno de «los tres músicos más mágicos de los Elfos»; originalmente el hermano de Lúthien.

Damrod y Díriel Los hijos más jóvenes de Fëanor. (Posteriormente llamados *Amrod* y *Amras*.)

Dior Hijo de Beren y Lúthien; padre de Elwing, la madre de Elrond y Elros.

Dioses Véase *Valar*.

Doriath Nombre posterior de Artanor, la gran región boscosa gobernada por Thingol (Tinwelint) y Melian (Gwendeling).

Dor-lómin Véase *Hisilómë*.

Dor-na-Fauglith La gran llanura de Ard-galen, cubierta de hierba, al norte de las Montañas de la Noche (*Dorthonion*) que fue transformada en un desierto (véase *Anfauglith, Tierra bajo la Ceniza Asfixiante*).

Dorthonion «Tierra de Pinos»; una vasta región cubierta de pinos en las fronteras septentrionales de Beleriand; posteriormente llamada *Taur-na-Fuin*, «el Bosque bajo la Noche».

Draugluin El más importante de los licántropos de Thû (Sauron).

Drûn Una región al norte del Lago Aeluin; no se menciona en ningún otro sitio.

Eärámë «Ala de Águila», la nave de Tuor.

Eärendel (en su forma posterior, Eärendil). Hijo de Tuor e Idril, la hija de Turgon, Rey de Gondolin; se casó con Elwing.

Edain «Los Segundos»; la palabra se refiere a Hombres, pero es usada sobre todo en referencia a las tres Casas de Amigos de los Elfos que llegaron primero a Beleriand.

Egnor Hijo de Finrod (posteriormente Finarfin).

Egnor bo-Rimion «El cazador de los Elfos»: el padre de Beren, sustituido por Barahir.

Eilinel Esposa de Gorlim.

Elbereth «Reina de las Estrellas», véase *Varda.*

Eldalië (El pueblo de los Elfos), los Eldar.

Eldar Los Elfos que realizaron el Gran Viaje desde el lugar donde se despertaron; la palabra se usa ocasionalmente en los primeros escritos para referirse a todos los Elfos.

Elfinesse Un nombre general para referirse a las tierras de todos los Elfos.

Elfos del Bosque Los Elfos de Artanor.

Elfos Verdes Los Elfos de Ossiriand, llamados *Laiquendi.*

Elrond de Rivendel Hijo de Elwing y Eärendel.

Elros Hijo de Elwing y Eärendel; el primer Rey de Númenor.

Elwing Hija de Dior, se casó con Eärendel, madre de Elrond y Elros.

Eönwë Heraldo de Manwë.

Erchamion «El Manco», nombre dado a Beren; otras formas del nombre son *Ermabwed, Elmavoitë.*

Esgalduin Río de Doriath que pasa por Menegroth (las salas de Thingol), tributario del Sirion.

Fëanor El hijo mayor de Finwë; creador de los Silmarils.

Felagund Elfo de los Noldor, fundador de Nargothrond y amigo jurado de Barahir, el padre de Beren. [Acerca de la relación entre los nombres de *Felagund* y *Finrod* véase p. 106.]

Fingolfin El segundo hijo de Finwë; caído en combate singular con Morgoth.

Fingon El hijo mayor de Fingolfin; rey de los Noldor tras la muerte de su padre.

Finrod El tercer hijo de Finwë. [El nombre fue sustituido por el de Finarfin cuando Finrod se convirtió en el nombre de su hijo, *Finrod Felagund*.]

Finwë Líder de la segunda hueste de Elfos, los Noldor (Noldoli), en el Gran Viaje.

Gaurhoth Los licántropos de Thû (Sauron); *Isla de Gaurhoth*, véase *Tol-in-Gaurhoth*.

Gelion El gran río del este de Beleriand con tributarios que bajan de las Montañas Azules en la región de Ossiriand.

Gilim Un gigante, nombrado por Lúthien en su conjuro de «alargamiento» que lanzó sobre sus cabellos (p. 59), desconocido salvo por el pasaje correspondiente de *La Balada de Leithian,* donde se le llama «el gigante de Eruman» [una región de la costa de Aman «donde las sombras eran más profundas y densas que en ningún otro lugar del mundo»].

Gimli Un Elfo muy mayor y ciego de los Noldor, prisionero durante mucho tiempo en el bastión de Tevildo y con una capacidad auditiva extraordinaria. No desempeña ningún papel en *El Cuento de Tinúviel* ni en ninguna otra parte, y nunca vuelve a aparecer.

Ginglith Río que desemboca en el Narog encima de Nargothrond.

Glómund, Glorund Los primeros nombres de Glaurung, «Padre de Dragones», el gran dragón de Morgoth.

Gnomos Una temprana traducción de *Noldoli, Noldor*: Véase pp. 40.

Gondolin La ciudad escondida, fundada por Turgon, el segundo hijo de Fingolfin.

Gorgol el Carnicero Un Orco matado por Beren.

Gorgorath (También *Gorgoroth*) Las Montañas del Terror; los despeñaderos al sur de Dorthonion.

Gorlim Uno de los compañeros de Barahir, el padre de Beren; reveló su escondite a Morgoth (posteriormente Sauron). Conocido como *Gorlim el Desdichado.*

Grandes Tierras Las tierras al este del Gran Mar: Tierra Media [un término nunca usado en los *Cuentos Perdidos*].

Gran Mar del Oeste *Belegaer*, el mar que se extiende desde la Tierra Media hasta Aman.

Grond Arma de Morgoth, una gran maza conocida como el Martillo de los Mundos Subterráneos.

Guilwarthon Véase *i-Cuilwarthon.*

Gwendeling Nombre anterior para referirse a Melian.

Hador Un gran líder de Hombres, llamado «el de cabellos dorados», abuelo de Húrin, el padre de Túrin, y de Huor, el padre de Tuor, padre de Eärendel.

Hielo Crujiente *Helkaraxë*: el estrecho en el lejano norte entre la Tierra Media y la Tierra del Oeste.

Himling Una gran colina en el norte de Beleriand Oriental, un bastión de los hijos de Fëanor.

Hirilorn «Reina de Árboles», una gran haya cerca de Menegroth (las salas de Thingol); entre sus ramas estaba la casa en la que Lúthien fue encerrada.

Hisilómë Hithlum. [En una lista de nombres del periodo de los *Cuentos Perdidos* se dice: «*Dor-lómin* o la "Tierra Sombría" era aquella región que los Eldar llamaban *Hisilómë* (y esto significa "crepúsculos sombríos")... y se le llama así por los pocos rayos de sol que se asoman por encima de las Montañas de Hierro al este y al sur de ella.»]

Hithlum Véase *Hisilómë.*

Hoz de los Valar La constelación de la Osa Mayor [que Varda colocó encima del Norte como amenaza a Morgoth y presagio de su muerte].

Huan El poderoso perro lobo de Valinor, que se convirtió en el amigo y salvador de Beren y Lúthien.

Húrin padre de Túrin Turambar y Niënor.

Idril Llamada *Celebrindal*, «Pies de Plata», hija de Turgon, el rey de Gondolin; se casó con Tuor y es la madre de Eärendel.

Ilkorins, Ilkorindi Elfos que no son de Kôr, la ciudad de los Elfos en Aman (véase *Kôr*).

Indravangs (también *Indrafangs*) «Barbas Largas», los Enanos de Belegost.

Ingwil Río que desemboca en el Narog a la altura de Nargothrond (una forma posterior del nombre es *Ringwil*).

Isla del Mago *Tol Sirion.*

Islas Mágicas Islas en el Gran Mar.

Isla Solitaria *Tol Eressëa*: una isla grande en el Gran Mar cerca de las costas de Aman; el punto más oriental de las Tierras Imperecederas, donde vivían muchos Elfos.

Ivárë Un famoso bardo élfico, «que toca junto al mar».

Ivrin El lago situado a los pies de las Montañas de las Sombras, donde nacía el Narog.

Jinetes de la Espuma El clan de los Eldar denominado los *Solosimpi*, posteriormente los *Teleri*; la tercera y última hueste en el Gran Viaje.

Karkaras El enorme lobo que guardaba las puertas de Angband (su nombre posterior fue *Carcharoth*), cuya cola queda nombrada en el «conjuro de alargamiento» de Lúthien; «Dientes de cuchillo» en la traducción.

Kôr Ciudad de los Elfos en Aman y la colina en la que fue construida; más tarde la ciudad recibió el nombre de *Tûn* y sólo la colina mantuvo el nombre de *Kôr*. [Al final la ciudad se convirtió en *Tirion* y la colina en *Túna*.]

Ladros Una región al noreste de Dorthonion.

Lórien A los Valar Mandos y Lórien se les llamaba hermanos y recibían el nombre de los *Fanturi*: Mandos era *Néfantur* y Lórien era *Olofantur*. En palabras del Quenta, Lórien era el «patrono de las visiones y los sueños, y sus jardines en la tierra de los Valar son los lugares más hermosos del mundo , habitados por muchos espíritus de belleza y poder».

Mablung «El de la Mano Pesada», Elfo de Doriath, el principal capitán de Thingol; estaba presente en la muerte de Beren durante la caza de Karkaras.

Maglor El segundo hijo de Fëanor, un celebrado cantante y bardo.

Maiar Véase *Ainur*.

Maidros El hijo mayor de Fëanor, llamado «el Alto» (la forma posterior del nombre es *Maedhros*).

Mandos Un Vala de grandes poderes. Él es el Juez y el guardián de las Casas de los Muertos, y el que reúne a los espíritus de los que han caído en batallas [el Quenta]. Véase *Lórien*.

Manwë El principal y más poderoso de los Valar, el esposo de Varda.

Mares Sombríos Una región del Gran Mar del Oeste.

Melian La Reina de Artanor (Doriath), su nombre anterior era

Gwendeling; una Maia, que acudió a la Tierra Media desde los dominios del Vala Lórien.

Melko El gran Vala malvado, Morgoth (la forma posterior del nombre es *Melkor*).

Menegroth Véase *Mil Cavernas.*

Miaulë Un gato, cocinero en la cocina de Tevildo.

Mil Cavernas *Menegroth*: las salas ocultas de Tinwelint (Thingol) en el río Esgalduin de Artanor.

Mîm Un Enano que se quedó en Nargothrond tras la partida del dragón y lanzó una maldición sobre el tesoro.

Mindeb Un río que desemboca en el Sirion en la región de Doriath.

Montañas Azules La gran cordillera que formaba los límites orientales de Beleriand.

Montañas de Hierro También llamadas *Montañas de la Amargura.* Una gran cordillera que corresponde a las posteriores *Ered Wethrin, las Montañas de la Sombra*, que forman las fronteras del sur y el este de Hisilómë (Hithlum). Véase *Hisilómë.*

Montañas de la Amargura Véase *Montañas de Hierro.*

Montañas de la Noche Las tierras altas (*Dorthonion*, «Tierra de Pinos») que llegaron a ser conocidas como *El Bosque bajo la Noche* (*Taurfuin*, later *Taur-na-[-nu-]fuin*).

Montañas de la Sombra, Montañas Sombrías. Véase *Montañas de Hierro.*

Montañas Sombrías, Montañas de la Sombra Véase *Montañas de Hierro.*

Nan Al parecer, lo único que se sabe de Nan es el nombre de su espada, *Glend*, nombrada en el «conjuro de alargamiento» de Lúthien (véase *Gilim*).

Nan Dumgorthin «La tierra de los ídolos siniestros» donde Huan encontró a Beren y Lúthien durante su huida de Angband. En el poema aliterativo *La Balada de los Hijos de Húrin* (véase p. 82) aparece en estas líneas:

en Nan Dungorthin donde dioses sin nombre
han envuelto sus santuarios en sombras secretas
más antiguos que Morgoth o los antiguos señores
los Dioses dorados del protegido Oeste.

Nargothrond La gran ciudad-fortaleza de cavernas fundada por Felagund en el río Narog en Beleriand Occidental.

Narog Río en Beleriand Occidental; véase *Nargothrond.* A menudo usado en el sentido de «dominio», es decir «de Nargothrond».

Naugladur Señor de los Enanos de Nogrod.

Nauglamír El Collar de los Enanos en el que fue incrustado el Silmaril de Beren y Lúthien.

Nessa La hermana de Oromë y esposa de Tulkas. Véase *Valier.*

Nogrod Una de las dos grandes ciudades de los Enanos en las Montañas Azules.

Noldoli, posteriormente *Noldor* La segunda hueste de los Eldar del Gran Viaje, encabezada por Finwë.

Oikeroi Un feroz gato guerrero al servicio de Tevildo, matado por Huan.

Orodreth Hermano de Felagund; Rey de Nargothrond tras la muerte de Felagund.

Oromë El Vala llamado el Cazador; guió a lomos de su caballo las huestes de los Eldar en el Gran Viaje.

Ossiriand «La Tierra de los Siete Ríos», Gelion y sus tributarios que venían de las Montañas Azules.

Palisor La región de las Grandes Tierras donde se despertaron los Elfos.
Pipa Ardiente La constelación de la Osa Mayor.
Planicie Guardada La gran llanura entre los ríos Narog y Teiglin, al norte de Nargothrond.
Puerto de los Cisnes Véase *Notas sobre los Días Antiguos*, p. 28.

Rathlorion Río en Ossiriand. Véase *Ascar.*
Reino Bendecido Véase *Aman.*
Ringil La espada de Fingolfin.
Rivil Río que nace en el oeste de Dorthonion y desemboca en el Sirion a la altura del Marjal de Serech, al norte de Tol Sirion.

Sarn Athrad El Vado de Piedra, donde el río Ascar de Ossiriand era atravesado por el camino que llevaba a las ciudades de los Enanos en las Montañas Azules.
Serech Un gran marjal donde el Rivil desembocaba en el Sirion; véase *Rivil.*
Silmarils Las tres grandes joyas que contenían la luz de los Dos Árboles de Valinor, creadas por Fëanor. Véase pp. 40-41.
Silpion El Árbol Blanco de Valinor, cuyas flores emanaba un rocío de luz plateada; también llamado *Telperion.*
Sirion El gran río de Beleriand, que nace en las Montañas de la Sombra y corre hacia el sur, marcando la frontera entre Beleriand Occidental y Oriental.

Taniquetil La montaña más alta de Aman, los aposentos de Manwë y Varda.
Taurfuin, Taur-na-fuin, (posteriormente *-nu-*) El Bosque bajo la Noche; véase *Montañas de la Noche.*

Tavros Nombre de los gnomos para el Vala Oromë: «Señor de los Bosques»; la forma posterior de su nombre es *Tauros.*

Tevildo El Príncipe de los Gatos, el más poderoso de todos los gatos, «poseído de un espíritu malvado» (véase pp. 53, 85); un compañero íntimo de Morgoth.

Thangorodrim Las montañas encima de Angband.

Thingol Rey de Artanor (Doriath); su nombre anterior era *Tinwelint.* [Su nombre era *Elwë*: en el Gran Viaje era el líder de la tercera hueste de los Eldar, los Teleri, pero en Beleriand era conocido como «Mantogrís» (el significado de *Thingol*).]

Thorondor Rey de las Águilas.

Thû El Nigromante, el más poderoso de los sirvientes de Morgoth, que vivía en la atalaya élfica de Tol Sirion; su nombre posterior era *Sauron.*

Thuringwethil El nombre que adoptaba Lúthien cuando apareció ante Morgoth en forma de murciélago.

Tierra bajo la Ceniza Asfixiante Véase *Dor-na-Fauglith.*

Tierras Exteriores Tierra Media.

Timbrenting Nombre de Taniquetil en inglés antiguo.

Tinfang Trino Un famoso bardo [*Tinfang* = del quenya *timpinen* «flautista».]

Tinúviel «Hija del Crepúsculo», ruiseñor: el nombre que Beren dio a Lúthien.

Tinwelint Rey de Artanor; véase *Thingol,* su nombre posterior.

Tirion Ciudad de los Elfos en Aman; véase *Kôr.*

Tol-in-Gaurhoth Isla de los Licántropos, el nombre de Tol Sirion después de que Morgoth invadiera la isla.

Tol Sirion La isla en el río Sirion en la que había una fortaleza élfica; véase *Tol-in-Gaurhoth.*

Tulkas El Vala descrito en el Quenta como «el más grande de todos los Valar en fuerza y en proezas de coraje».

Tuor Primo de Túrin y padre de Eärendil.

Túrin Hijo de Húrin y Morwen; nombrado *Turambar*, el «Amo del Destino».

Uinen Una Maia (véase *Ainur*). «La Señora de los Mares», «cuyos cabellos se esparcen por todas las aguas bajo el cielo»; nombrada en el «conjuro de alargamiento» de Lúthien.

Ulmo «Rey de los Mares», el gran Vala de los mares.

Umboth-Muilin *Las Lagunas del Crepúsculo*, donde Aros, el río más austral de Doriath, desembocaba en el Sirion.

Umuiyan Un viejo gato, el guardián de la puerta de Tevildo.

Ungweliantë La monstruosa araña que vivía en Eruman (véase *Gilim*), y que junto con Morgoth destruyó los Dos Árboles de Valinor; (la forma posterior de su nombre es *Ungoliant*).

Valar (en singular, *Vala*) «los Poderes»; en los primeros textos mi padre se refería a ellos como a los *Dioses*. Son los grandes seres que entraron en el Mundo a principios de los Tiempos. En el *Cuento Perdido de La Música de los Ainur*, Eriol dice: «Me gustaría saber quiénes son estos Valar; ¿acaso son los Dioses?». La respuesta fue la siguiente: «Así es, aunque sobre ellos los Hombres cuentan muchas cosas extrañas y confusas que están lejos de la verdad, y les llaman con muchos nombres extraños que aquí no oirás».

Valier (en singular, *Valië*) Las «Reinas de los Valar»; en el presente libro sólo se mencionan los nombres de Varda, Vána y Nessa.

Valinor La tierra de los Valar en Aman.

Valmar, Valimar Ciudad de los Valar en Valinor.

Vána La esposa de Oromë. Véase *Valier*.

Varda La más importante de las Valier; la esposa de Manwë; creadora de las estrellas [de ahí su nombre *Elbereth*, «Reina de las Estrellas»].

Vëannë La recitadora de *El Cuento de Tinúviel*.

Wingelot «Flor de espuma», la nave de Eärendel.

Otros títulos del autor en Booket: